CHILDREN
OF THE
RUNE
WINTERER

3

전민희
장편
판타지

3

# 룬의 아이들

## 윈터러

살아남은 자들의 섬

# CHILDREN
## OF THE
# RUNE
## WINTERER

엘릭시르

# 7장

## NEVER EYES

# 8장

## SEVER NIGHTS

# 9
## 장

## EVER ROSE

겨울을 지새우는 자여,
그것은 아주 길고 긴,
끝나지 않는 겨울일지도 모른다.

서리와 눈보라를 이기고
바람과 눈물을 견뎌
마침내 찾아올 그 봄은

네 시체 위에 따뜻한 햇살이 되어 내릴지도 모른다.

그러니 마음을 푸른 칼날처럼 세워
천년의 겨울을 견디도록 대비하라.

반드시 살아남아야 한다.
반드시 살아남아야 한다.
반드시 살아남아야 한다.

**7**

장

# NEVER EYES

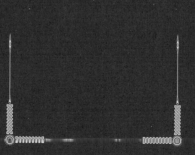

# 겨울 땅의 헤베티카

트라바체스의 가을은 빨랐다. 파랗게 타던 하늘이 8월 중순부터 서늘하게 흐렸다. 새벽녘, 아직 여름이 덜 가신 청색 밤이 희뿌옇게 밝을 무렵 수도 론의 한 저택에서 아기가 태어났다.

그날 아기의 아버지는 집에 없었다. 높은 사람의 명을 받고 한 달 전부터 다른 나라에 가 있었다. 아기가 태어날 날에 맞추어 돌아오리라 했는데, 아기는 예상보다 두 달이나 일찍 태어나버렸다. 그래서 아기 아버지가 돌아온 것도 두 달이 흐른 뒤가 되었다.

그러나 아기는 서택에 남은 사람들의 사랑과 축복을 듬뿍 받았다. 첫 아기였고, 모두가 기대하던 아기였다. 저택의 주인을 모시는 사람들은 아기가 아기 아버지의 얼어붙은 마음을 조금이라도 녹여주리라 기대하고 있었다. 부디 여자아이이기를. 아기 어머니조차도 아직 마음의 벽을 허물지 못한 사람이지만, 사랑스러운 딸의 힘이라면 가능할 거라고.

사람들의 기대대로 태어난 아기는 상냥한 눈을 가진 딸이었다.

채 자라지도 않은 금빛 머리털과 꼭 같은 빛깔의 눈동자가 자못 어른이라도 된 듯 깊었다. 그러나 달을 다 채우지 못하고 태어나서인지 아기는 몸이 약했다. 아기 아버지가 섬기는 사람이 친히 보내준 의사들과 치유술사들이 한 달 내내 붙어 있는 동안 몇 번이나 어려운 고비를 넘겼다. 이러다 죽지 않을까 생각한 날도 여럿이었다.

그러나 아기는 살아났다. 사람들의 기도에 응답하는 것처럼. 그칠 날이 없던 아기 어머니의 눈물도, 곧 돌아오마 편지한 아기 아버지의 기대도 저버리지 않았다. 어느 날 아침부터 언제 그랬냐는 듯 건강해져서 잘 먹고 잘 자게 되었다. 그후로도 아기는 사람들의 바람을 저버리지 못하는 소녀로 자랐다. 여러 사람이 눈물 흘리며 기원한 기적을 몇 번이나 일으키고, 간절히 붙드는 손을 뿌리치지 못해 세상을 버리지 못하면서.

처음으로 바깥 햇빛을 보던 날, 작은 새처럼 폭신한 아기는 어머니의 품에 안겨 안뜰에 앉아 있었다. 워낙 얌전해서 칭얼 댈 줄도 모르는 아기였다. 세상 평화를 다 가진 미소를 머금은 아기 어머니 앞으로 한 사람이 다가왔다. 저택의 주인이 먼 곳에서 데려왔다는 말 없는 집사였다. 한 해가 다 가도록 저택의 식솔들과 어울리는 법조차 없는데도, 주인이 비운 저택을 책임질 정도로 신임받는 남자였다. 아기 어머니는 그를 약간 무서워했다. 무슨 일이든 빈틈없이 처리해주었지만 마음을 터놓고 대화하기에는 지나치게 음울한 사람이었다.

아기는 자고 있지 않았다. 이 평화를 느낄 줄 아는 것처럼 가을볕 감도는 정원에 가만히 시선을 맞추고 있었다. 잠시 아기를 들여다보던 집사는 이윽고 전에 없이 부드러운 눈빛으로 어머니에게 말했다.

"아기가 죽은 고모를 닮았군요."

아기의 아버지가 돌아왔을 때, 아직껏 이름이 없던 소녀의 이름은 예니가 되었다.


렘므의 12월은 혹독했다.

서리가 바삭바삭 밟히는 들판을 두 사람이 걷고 있었다. 엇비슷한 로브 차림이었지만 소년 쪽이 입은 것은 두건 달린 망토에 가까웠다. 언뜻 아버지와 아들 같기도 했지만 그보다는 친구 같았고, 그렇다고 동료로 보기에는 나이 차이가 컸다.

어느 쪽이든 둘의 걸음은 가벼웠다. 이날의 추위도 별로 느끼지 못하는 것 같았다.

나이든 사내 이실더가 소년을 흘끔 내려다보더니 웅얼거렸다.

"언제까지 버티나 보자."

소년 보리스도 즉시 응답했다.

"당신도요."

입술이 추위에 언 듯 발음이 불명확했다. 오기와 장난기가 뒤섞인 눈짓을 주고받은 둘은 다시 기운차게 걸음을 옮기기 시작했다.

해가 기울면서 하늘은 눈이라도 내릴 듯 누레졌다. 서로의 얼굴까지 노랗게 보일 정도였다. 곧 가는 눈발이 날렸다. 둘다 뺨이 돌덩이처럼 얼었다. 그런데도 둘의 걸음은 점점 빨라지기만 했다. 서리 깔린 들판은 끝날 줄을 몰랐고, 낮의 빛은 빠르게 졌다. 얼마 뒤, 달리기 경주라도 하듯 속도를 올리기만 하던 그들도 멈출 수밖에 없는 상황이 닥쳤다.

"강이군."

먼저 멈추고 싶지 않은 듯 둘은 일부러 걸음을 늦추었다. 얼어붙은 강 앞에 도착한 것은 거의 동시였다.

이실더가 말했다.

"건너갈 테냐?"

보리스는 미소를 지으려 했지만 얼굴이 너무 얼어서 불가능했다.

"당신이 간다면요."

"흥, 고집부리긴."

얼음 위로 올랐다. 누가 먼저랄 것도 없었다. 강폭이 스무 걸음 정도라 큰 강은 아니었지만 얼마나 깊을지는 모를 노릇이었다. 또 얼마나 얼음이 단단할지도. 하지만 최근 며칠간 몰아닥쳤던 혹한을 생각하면 쉽사리 갈라질 염려는 없겠지 싶었다.

그러나 그건 오판이었다. 얼음 밑으로 흐르는 급류 때문이었든, 오전 내내 내리쬔 볕 때문이었든.

"보리스!"

이실더가 먼저 사태를 알아챘다. 앞질러 걷던 보리스가 중심부로 접어들자마자 얼음판 곳곳에서 얇은 금이 생기더니 급기야 찌익 소리를 내며 갈라지기 시작했다. 보리스는 다행히 큰 얼음 조각 위에 있었다. 그러나 그 여파로 주위의 얼음들이 죄다 부서지면서 이제는 소리친 사람 쪽이 위험해졌다. 날카로운 금이 발밑으로 다가왔다.

"선생님!"

그렇게 부르지 말라고 했지만 위급한 상황이 되니 저절로 튀어나왔다. 보리스에게 가려던 이실더는 한 걸음 물러났다가 갑자기 몸을 솟구쳐 눈앞의 부서진 얼음 하나를 딛고, 소년이 선 얼음 위에 도달했다.

그러나 미처 손을 잡기도 전에, 착지의 충격으로 얼음이 둘로 갈라져버렸다. 빠른 물살이 얼음 조각들을 계속 하류로 밀어댔다. 이실더가 탄 얼음이 다른 얼음에 부딪히는 순간, 보리스는 중심을 잡지 못하고 미끄러졌다. 무게가 한쪽으로 쏠리자 얼음이 물속으로 밀려들어가며 보리스까지 끌고 들어갔다. 쑥, 들어가는 순간 놀란 심장이 펄쩍 뛰어올랐다. 이미 온몸이 얼었다고 생각했는데, 물속은 차원이 다르게 차가웠다.

"이런! 안 되겠다!"

보리스는 어느새 머리까지 잠겨 보이지 않았다. 저러다 자칫 얼음 아래로 흘러가면 얼어죽기 전에 숨부터 막힐 것이 뻔했다. 엷어진 햇빛 아래 시커먼 강물만 번쩍거렸다. 다른 대안을 생각해내지 못한 이실더는 앞뒤 가릴 것 없이 물속으로 뛰어들려 했다.

"푸후, 헙……."

보리스의 머리가 순간적으로 떠올랐다. 이 아이가 수영을 할 줄 알던가? 판단할 겨를도 없이 이실더는 얼음 위에 엎드리며 소년의 어깨를 잡았다. 그리고 힘껏 끌어당겼다.

"……."

잠깐 사이에 보리스의 몸은 얼린 생선처럼 딱딱해져 있었다.

놀라운 힘으로 상반신을 잡아 올려 숨을 쉬게 하는 데는 성공했지만 그런 자세로는 더이상 끌어올릴 재간이 없었다. 자칫 잘못 힘을 주었다가는 몸을 의지한 얼음이 부서질 터였다.

"전…… 괜찮……아요……."

말은 그렇게 했지만 얼어붙은 다리가 도무지 움직이지 않았다. 눈앞에는 자신을 붙잡은 사람의 안타까운 눈동자가 보였다. 어떻게든 얼음덩어리를 부여잡아보려 해도 이미 제대로 말을 듣지 않는 몸이었다.

죽는 건가…….

그런 생각이 약한 불씨처럼 떠올라 깜빡일 무렵이었다. 어딘가에서 낯선 외침이 들린 듯했다. 꿈이나 착각은 아닐까? 그러나 목소리는 점차 또렷해졌다. 물 밖의 남자나 물속의 소년 모두에게. 강한 억양의 렘므 사투리였다.

"거그서 뭣들 하신다요? 이 추운 날씨에 목간이라도 하잔다는 거다요?"

얼음 위에 엎드린 이실더가 간신히 고개를 돌려보니 건너편 기슭에 농민 같은 남자 셋과 젊은 여자가 보였다. 그런데 이 급박한 상황에 쑥덕대며 킬킬거리고 있는 게 아닌가?

화가 난 이실더가 소리쳤다.

"사람이 죽어가는데 서 있어 웃고만 있을 겁니까!"

"죽긴 뉘가 죽는다고 그래요! 거, 그려, 접싯물에 빠져 죽을 일도 있다 그거다요?"

머리라도 한 대 얻어맞은 기분이었다. 보리스는 오그렸던 발을 내려 물밑을 더듬어보았다. 다리에 느낌이 없어서 얼른 알 수는 없었지만, 물이 가슴 언저리에 올라올 즈음 발이 더 내려지지 않는 것만은 분명했다. 물론 밑은 단단한 바닥이었다.

"……."

여자가 웃고 있는 남자들을 향해 눈을 흘겼다.

"본새 모르는 사람들을 놀리니 재미진다요? 저러다 어린 아 발에 얼음 들갔구먼!"

여자는 양털로 짠 두툼한 긴치마 차림에 키를 훌쩍 넘는 장대를 짚고 있었다. 그녀가 망설이는 기색도 없이 얼음에 올라서더니 장대를 물에 꽂아 넣으며 그 반동을 이용해 몸을 띄우는 방식으로 몇 번 만에 코앞까지 다가왔다. 얼음에 내려서는 걸음이 어찌나 가벼운지 아까 이실더가 한 것과는 비교도 되지 않았다. 여자는 막대에 몸을 의지한 채 보리스에게 손을 내밀었다.

"꽉 잡고, 모둠발로 바닥을 힘껏 차는 거라."

시키는 대로 하자 여자가 셋, 하고 구령을 붙이더니 단숨에 소년을 끌어내어 얼음 위에 내려놓아주었다. 그 얼음도 갈라졌지만 잠깐 사이에 또다시 끌어올려졌다. 여자는 장대 하나만 가졌으면서도 흡사 뿌리가 단단히 박힌 나무에 매달리기라도 한 것처럼 쉽사리 보리스를 강기슭에 데려다주었다.

"하아…… 후……."

몸이 떨려 말도 잘 나오지 않았다. 여자는 보리스의 젖은 로브를 벗기더니 옆에 있는 남자의 망토를 냉큼 빼앗아 둘러주었다. 망토를 빼앗긴 남자는 항의도 없이 머쓱하게 웃을 뿐이었다. 이어 막대를 휘둘러 물기를 탁탁 터는 것으로 할 일을 마친 여자는 문득 생각난 것처럼 강 쪽을 보았다. 아직도 얼음에 엎드려 멍청한 표정을 짓고 있는 이실더를 발견하자 어깨를 으쓱했다.

"어른은 혼자 나와."

농부들은 두 사람을 기꺼이 초대해주었다. 멍청한 꼬락서니로 사람들을 웃긴 것이 오히려 호감을 준 것 같았다. 렘브 사람들은 외지인에게 배타적이었지만 기분만 나면 무한정 살가워지기도 했다. 그날 마을사람들은 저녁 식사와 잠자리는 물론이고 물에 빠진 소년을 위해 장작을 피워 데운 목욕물까지 준비해주는 놀라운 친절을 발휘했다.

그러나 다음날 아침이 되고 보니 그건 공짜가 아니었다. 보리스와 이실더가 늦은 아침 식사를 하고 밖으로 나오니 지나기는 사람들이 고개를 돌리며 키득거리는 상황이 속출했다. 굳이 따지자면 구경거리를 제공한 대가였다고 할까. 물론 어린애 키도 넘지 않는 강에 빠져서 생사의 갈림길에 선 양 심각하게 군 걸 생각하면 본인들도 그리 좋은 기분만은 아니었다. 이실더가 머리를 한바탕 긁적이더니 한숨을 쉬었다.

"널 만난 후로 나까지 덩달아 바보짓을 해대는 것 같단 말이야."

보리스는 말없이 웃기만 했다. 어른답지 않게 철없는 소리를 지껄일 때면 한결 친구처럼 느껴지는 이실더를 좋아했기 때문이다.

둘은 지난 이틀 동안 쉬지 않고 추위 속을 걷는 내기를 했다. 어쩌다 그런 걸 시작하게 됐는지 돌이켜 생각해도 모를 노릇이었지만 그 내기가 아니었더라면 얼어붙은 강을 잘 살피지도 않고 무작정 건너려 하지는 않았을 것이다.

첫날은 밤을 새워, 이튿날도 종일 불도 한번 피우지 않고 걸어왔다. 물에 빠지지 않았다 해도 귀나 손발이 동상에 걸리지 않은 것만도 천행이었다. 님 반도에서, 그것도 드라켄즈 산맥 동쪽에서 12월에 그런 일을 벌였다는 소릴 했다간 렘므 사람들에게 두고두고 바보 취급을 당해도 할말이 없었다.

"어쨌든 제가 졌네요."

갑자기 이실더가 발끈했다.

"이 자식아! 내가 자란 곳은 뒷동산만 올라가도 사철 녹지도 않는 눈이 쌓인 곳이란 말이다! 난 그 눈 속을 뒹굴며 자랐

어. 웬만한 추위는 내 적수가 못 돼. 내기 같은 내기를 하자고
해야지."

보리스는 고개를 들며 씩 웃었다.

"그래도 다행히 무사했죠?"

"……."

이실더가 흥분한 이유에는 어린 녀석의 고집을 꺾겠다고
위험천만한 내기에 동참했던 자신에 대한 자학도 섞여 있었
다. 비록 웃음거리로 끝나긴 했지만 보리스가 물에 빠졌던 순
간에는 진심으로 자신의 경솔함을 탓했던 것이다. 하지만 역
시 이실더는 어른치고 천진한 사람이었다. 얼마 안 가 그는
이런 문제를 일으키고 만 괘씸한 꼬마 녀석을 어떻게 혼내줄
까 궁리하기 시작했다.

"그래, 접싯물에서 헤엄친 소감은?"

부락 중앙에 지핀 큰 모닥불로 다가가자 장대를 든 여자가
남자 하나와 함께 맞은편에서 걸어왔다. 모닥불 주위에는 사
람들 몇이 양철 술잔을 부딪치고 있었다. 오전부터 술이라니,
강추위를 자랑하는 고장의 풍습답다 싶었다. 이실더가 불만
스럽게 어깨를 올렸다.

"강이 그렇게 줄어버렸을 줄이야 알았겠느냐고. 거, 멋대
로 꺼져버리는 접시 뚜껑이라니 이름 높은 뱀브의 추위도 예
전 같지 않군그래."

"올겨울이 좀 가물긴 했어. 그리고 살다 보면 요런 날도 있어야지. 렘므 사람이라고 천년만년 얼음만 씹으란 법 있겠어."

처음 만났던 때와는 달리 단정한 남부 말씨가 뜻밖이었다. 여자는 두 손으로 허리를 짚고 이실더를 올려다보더니 이윽고 의아한 표정을 지었다.

"처음 보는 사람 같지가 않은데?"

"잘 봤어."

대수롭잖게 대꾸해놓고 부연 설명도 없었다. 보리스는 이실더가 말하는 방식을 잘 알고 있었으므로 개의치 않았지만 여자는 의심쩍은 눈으로 상대를 구석구석 살펴봤다.

"몇 년 전이더라, 여기 온 적이 있는 것 같은데. 이름이 뭐야?"

"이실더. 이실더 산."

"그런 이름은 아니었는데."

"그럼 우리 형이 왔었나?"

예의 태평스러운 말투에 보리스는 나오는 웃음을 애써 참았다. 이실더는 버릇처럼 어깨를 으쓱거리며 싱긋 웃었다.

"당신 이름도 말해줘야지."

여자는 장대를 고쳐 쥐며 도전적으로 대꾸했다.

"헤베티카."

"호오, 성도 없으면서 이름은 우아한데?"

헤베티카는 장대로 맞은편 손바닥을 탁탁 쳤다.

"내 이름이 당신에게 뭘 요구하고 있는지 모르나? 당신, 야만족이야? 아니면 그쪽도 몇 대 맞지 않으면 얌전해지지 않는 종류인가?"

처음 만난 사람에게 하는 말치고는 발끈할 정도로 거친데도 이실더는 얼굴색 하나 변하지 않았다.

"야만족이라니, 그런 뜻밖의 말씀을. 당신 이복오빠가 들으면 섭섭해하겠는걸."

헤베티카의 표정이 바로 달라졌다.

"그 사람을 알아? 혹시 봤어? 지금은 어디 있어?"

"이봐, 내가 그런 걸 알 리가 없잖아? 설마 정말 날 감자크로 보는 거야? 소문을 들었을 뿐이라고. 게다가 당신을 보니 마침 딱 닮은 것 같기도 해서 말이야."

"닮다니, 지금 말 다 했어?"

헤베티카와 함께 온 남자가 히죽 웃었다.

"헤베티카는 배냇니 빠질 적부터 노젓기로 잔뼈가 굵은 아씨라. 할미, 어미가 모다 사공 벌이하던 집안이다니. 장대 쓰는 재주 하면 근방에 당할 이가 없다라. 해사하다고 허술히 보다간 큰코다친다니게니."

"그래? 역시 노젓기로는 당할 수 없겠는걸. 내가 신 설로 하지. 음훗훗."

노젓기 내기를 하자고 한 적이 없는 헤베티카는 어이가 없는 표정이었다. 이실더가 천연덕스럽게 말을 이었다.

"당신도 성 하나 만들어 붙여. 이름이 아깝네. 헤베티카 카잔니스는 어때? 헤베티카 알츠로즈도 나쁘지 않고, 헤베티카 솔론도 괜찮은데?"

"어이, 당신, 거 자꾸 개궂게 굴다가는 참말로 한 대 맞는다라!"

옆의 남자가 이죽대며 경고하는 가운데 헤베티카는 장대를 고쳐 쥐었다가 다시 반대쪽 손으로 옮기고, 다른 손으로 꼬나 쥐었다가 이윽고 내렸다. 그리고 한쪽 입술을 말아 올렸다.

"기억났어. 사 년 전쯤이던가? 생각보다 오래됐네. 데칸 족이 쳐들어왔을 때 제멋대로 끼어 싸우고 사라졌던 사람, 맞지? 그래서 우리 오빠를 알고 있군?"

이실더는 생각에 잠긴 체했다.

"아아, 그래. 우리 형이 아니면 역시 나일 거라니까."

헤베티카가 장대를 바닥에 탁탁 찍어댔다.

"도와줘서 고맙다는 말이 그렇게나 듣기 싫어?"

이실더는 여전히 웃는 얼굴이었지만 대답을 들은 여자는 약간 얼굴색이 변했다.

"새삼스럽게 예전의 은혜를 끄집어내는 사람은 흔히 두 번째 용건을 가지고 있더라고."

여자는 잠시 입술을 비죽거리며 장대만 매만지고 있었다. 그러다가 결국 단도직입적으로 말했다.

"그래, 맞혔어. 용건이 있지."

"짧게 말해봐."

"그때처럼 협조해줘."

"날더러 싸우라고?"

이실더는 이 어처구니없는 사태를 좀 굽어보시라는 것처럼 두 손을 하늘로 올리며 호소하는 시늉을 했다. 그러더니 곧 고개를 설레설레 저었다.

"이젠 늙어서 그런 건 못 해. 뭐 다른 용건은 없어? 내년 파종을 위해서 땅을 한바탕 갈아엎어보자든가, 묵은 포도주가 처치 곤란이니 마셔 없애달라든가, 그런 거라면 기꺼이 도와줄 텐데."

헤베티카는 희한한 표정으로 웃었다.

"사실대로 말하자면 그거랑 별로 다를 것도 없는 일이야. 잘해준다면 묵은 술쯤은 실컷 마시게 해줄게."

"오, 그래? 먹고 남는 것은 좀 싸갖고 가도 되겠지?"

정말로 일의 내용을 물어보지도 않은 채 간단히 승낙해버렸다. 헤베티카는 북쪽 언덕배기를 가리키며 내일 아침 일찍 지리로 나오라고 밑했나. 이실너가 고개를 끄넉이며 자리를 뜨자 보리스가 뒤따라가며 물었다.

"정말로 형이 있어요?"

"음, 없지 않다면 있는 거겠지."

보리스는 눈을 가늘게 뜨며 중얼거렸다.

"있지 않다면 없단 뜻이군요."

내륙의 겨울은 맑고 찼다. 회색 층구름이 두텁게 쌓인 지평선 위로 뭉게구름 몇 조각이 떠올랐다. 이실더와 보리스는 헤베티카와 약속한 언덕에 미리 도착해서 아침이 되기를 기다리고 있었다. 보리스는 구름을 멍하니 보고 있다가 이실더가 한 말을 다시 뇌까려보았다.

"야만족이라고요?"

"그래, 벨노어 성에 있을 때 해준 얘기를 네가 기억할지 모르겠군."

점잖게 독백이라도 하는 말투지만 실은 이실더는 묵은 포도주 한 병을 곱게 따르려고 갖은 수를 다 쓰는 중이었다. 보리스는 지평선에서 눈을 떼지 않았다. 회색 구름은 달려오는 군마가 일으킨 흙먼지 같았다.

"생각납니다. 야만족과 공주에 대한 이야기였죠."

"사실 야만족들은 저들을 야만족이라고 부르지 않는데, 지금은 일단 넘어가고. 그때 렘브 사람과 야만족의 묘한 공생법도 얘기해줬지? 한때 원수처럼 싸웠지만 지금은 적당히 영역을 존중해주면서, 아직도 좋아하진 않지만 때로는 돕기도 하거든. 지금 하려는 일도 렘므식 공생법에 대충 포함된다고나 할까. 어쨌든 간단한 일이고, 대충 신세도 졌고 하니 헤베티카를 지켜줘야겠지.”

보리스는 말뜻을 이해하지 못했다.

“헤베티카 씨를 지킨다고요?”

“아냐, 아냐.”

이실더는 고개를 내젓더니 어떻게 설명하면 좋을까 잠시 궁리했다.

“‘헤베티카’라는 건 사람 이름이기 전에 특별한 뜻이 있는 말이거든. 옛 렘므 말로 ‘예의’라고 하면 될까, 아니, 예의하고도 좀 다른데. 쓰읍, 좀 길게 말하자면 ‘그 땅의 오랜 풍습을 따른다’ 정도면 되려나. 그런 뜻이야. 그 아가씨가 그런 이름을 가진 것도 우연은 아니고.”

“왜 사람에게 그런 이름을 붙이죠?”

“풍습이야. 부락에서 몇몇 사람에게 특별한 이름을 물려주는 거지. 대대로 지켜나가야 하는 가치들을 이름으로 만들어놓은 셈이야. 그런 이름들이 부락 안을 돌아다니고 있으면 그 가치를 잊어버릴 수가 없잖아?”

보리스는 나소 어이가 없어 되물었나.

“사람 이름을 그런 용도로 쓰다니, 너무한 거 아니에요?”

"기록을 쉽게 못 하던 시절의 풍습일 거야. 어쨌든 헤베티 카라는 이름은 외지인이 접근하기 쉬운 부락에서 흔히 발견되지. 외지인에게 헤베티카를 강조해서 어기지 못하게 하려고. 그거 말고 또 뭐가 있더라."

이실더는 포도주병을 두드리며 잠시 궁리하다가 말했다.

"그래, '림사르'. 그건 '싸움에서 항상 선두에 선다'는 의미가 있어. 주로 이민족과 오랫동안 투쟁해온 부락에서 이어지는 이름이야. 큰 강을 끼고 있는 마을에는 흔히 '코로누스'가 있어. '치수자治水者'라는 의미인데, 물이 문제를 일으키기 전에 미리 잘 다스려놓으라는 얘기지."

보리스는 신기한 표정을 지었다.

"당신은 모르는 게 없네요."

"그럼, 모르는 거 빼고는 다 안다니까."

보리스는 이실더의 버릇이다시피 한 기고만장이 잠잠해지길 기다렸다가 다시 물었다.

"그런데 왜 야만족이 렘므 사람의 부락을 공격하죠? 방금 선생님…… 아니, 당신이 말하기로 야만족은 렘므 사람과 공생한다면서요? 서로 도우면서 국경을……."

"그래, 그래. 하지만 그건 렘므 왕국과 야만족 전체, 이렇게 크게 보았을 때 그렇다는 거고 작은 단위로 보면 자잘한 다툼이 있기 마련이지. 두 집안의 아들들끼리 동네에서 몇 번

치고받고 했다고 집안끼리 원수가 되지는 않는 것처럼 말이다. 이런 싸움을 하다가 운이 없어 부락이 하나쯤 망한다 해도 렘므 국왕도, 야만족의 족장도 별달리 신경쓰지 않을걸. 일부러라도."

잠시 후 이실더는 흐음, 하더니 정정했다.

"야만족의 족장은 조금 다를지도 모르겠군. 어쨌든 렘므 왕국에 비하면 터무니없이 작은 무리니까 말이다. 아마 무모하게 행동한 저들 일족에게 화를 내겠지. 족장이 어리석은 자라면 복수를 원하는 자들을 은밀히 지원해서 결국 렘므 왕가의 군대까지 움직이게 할 거고 말이다."

보리스가 심각한 얼굴로 듣고 있자 이실더가 흘끔 보더니 피식 웃었다.

"뭐, 하지만 이번 일은 그런 비극적인 상황을 만들 것 같지는 않다. 기껏 옥수수 경작지 갖고 다투는 거라던데. 하여간 아옹다옹거리는 이웃사촌이라니까."

조각난 구름들이 점차 넓게 번져갔다. 얼어붙은 푸른 하늘에 흰 점이 양떼처럼 깔렸다. 태양은 구름 뒤에 숨어 있었다. 새벽의 장관이었다.

"그래서 우리가 이른바 '헤베티카'를 지키려면 어느 정도로 해야 하나요? '팀사트'처럼 맨 앞에 서서 틸티카'아 되나요?"

이실더는 혀를 내밀면서 고개를 저었다.

"몰라. 내키는 대로 해."

보리스는 자못 어른 같은 표정으로 팔짱을 낀 채 지평선의 구름들을 굽어보았다.

"죽이는 건 싫거든요."

어김없이 이실더의 주먹이 날아와 보리스의 정수리를 쥐어박았다.

"나도 싫다, 이 녀석아!"

둘은 이윽고 코를 맞댄 채 짓궂은 미소를 지었다. 벨노어 성을 떠나자 그다지 자라지 않게 된 보리스는 딱 이실더의 목 언저리에 닿는 키였다. 둘은 비슷한 얼굴로 뺨을 부풀리며 고개를 끄덕였다.

"적당히, 하지만 멋지게."

"오늘 수업은 남의 나라 예의를 지키는 법이군요."

"그래. 백마흔네 번째 교훈이다."

"언제부터 그런 거 셌어요?"

이럴 때 둘은 영락없는 친구였다. 보리스는 이런 상황이, 이럴 수 있는 자신이, 이렇게 해주는 이실더가 좋았다. 영영 이랬으면 하고 바랐다. 아무것도 바뀌지 않았으면 했다.

"자, 가볼까?"

하지만 그건 둘만의 구령이었다. 둘이 이름이 어쩌고 떠드는 사이에 집결을 마친 부락 사람들은 벌써 아우성인지 외침인지 모를 소리를 울리며 앞다투어 뛰어 내려간 뒤였다. 출발이 늦은 사람들이 서 있는 둘의 등을 퍽퍽 치며 지나갔다. 그와중에 이실더는 결국 뚜껑을 딴 포도주의 마지막 한 모금을 마시고 있었다.

"포도주씩이나 받고 하는 일치고 너무 뒤처진 것 같은데요."

"걱정 마. 이놈의 묵은 포도주는 뭘 하자고 그리 오래 싸묶어놨는지 맛 한번 그럴싸하다. 넌 그놈의 검이나 자칫 안 뽑도록 조심해."

"설마 그 정도 일이야 있겠어요?"

처음 만난 날 이후로 이실더의 충고를 받아들인 보리스는 다시 윈터러를 뽑지 않았다. 대신 이실더가 사준 짤막한 검을 썼다.

"그러면 곪은 포도주 값을 해볼까?"

모였던 사람들이 달려가고 나자 언덕에는 응원 나선 아이들만 드문드문 남았다. 아이들 역시 지금껏 두드려대고 있던 무쇠 솥뚜껑 따위를 들고 행렬의 끝을 계속 따라갈 태세였다. 보리스는 아직도 실감이 안 나서 나직이 중얼거려보았다.

"옥수수 재배지 쟁탈전이라."

그때, 이실더가 갑자기 광분한 마을 사람들처럼 고함을 내질렀다. 솥뚜껑을 누드리던 소년 소녀들노 늘라 저나벘을 징도였다.

"옥수수는 내줄 수 없다아아앗!"

그러더니 마을 사람들과 똑같이 팔다리를 휘저으면서 언덕 아래로 달려 내려가기 시작했다. 이실더가 애써 포도주 한 병을 다 마셔버린 까닭을 그제야 알았다. 포도주를 마시지 않은 보리스는 당황해서 머뭇거렸다. 그러나 곧 어떻게 해야 할지 감이 왔다. 그건 견디기 어려운 즐거운 욕구였다.

"옥수수…… 땅을 내놔라아앗!"

"우리 땅에서 옥수수 한 알도 못 거둬먹게 하겠다아아 아…….

"야만족들아, 옥수수는 너네 집 뒷마당에나 가꿔라!"

"옥수수를 털어가면 늬들 이도 싹 털어가겠다아아!"

"옥수숫대로 틀니를 해다 박아주기 전에 조용히 너희 동네로 꺼져라!"

온갖 신선한(?) 구호가 먼 들판으로 메아리쳤다. 마흔 명남짓한 '옥수수 경작지 수호단'과 비슷한 규모의 '침략자'들은 들판 어느 구석에선가 몽둥이를 휘두르며 격돌하였다. 그들 속에는 누구보다도 목청껏 옥수수에 대한 사수 의지를 밝히며 달려가고 있는 어느 남자와 소년이 있었다.

# 그 상처의 약

묵은해가 마침내 갔다. 그해처럼 조용하게 맞은 새해는 처음이었다. 축하 만찬도, 폭죽놀이도, 밤샘 파티도 없었다. 다른 날과 다름없는 하루가 밝았을 뿐이었다.

1월 1일 저녁에 이실더와 보리스는 모닥불을 마주보며 마른 빵을 물어뜯었다. 음식을 가리지 않는 보리스는 허술하기 이를 데 없는 새해 만찬에도 불만 없이 빵을 모두 먹어치우고 데운 밀죽을 마셨다.

불기가 어른거리는 소년의 얼굴을 흘끗 본 이실더는 곳곳에 움푹한 그늘이 진 것을 발견했다. 소년은 확실히 전보다 말랐다. 뺨의 셋살이 빠지고 남사납게 윤곽이 뚜렷해졌다.

"새해를 위해 건배."

둘은 밀죽을 새로 채운 그릇을 부딪쳤다. 보리스는 어느 때보다도 마음이 가벼운 새해 첫날이었다고 생각했다. 집안의 일도, 생존의 문제도, 이날만은 마음을 괴롭히지 않았다. 자신이 작년보다 의젓해졌다고 느꼈다. 앞으로도 잘해나갈 수 있을 것만 같았다.

여행은 줄곧 북부로 향했다. 딱히 목적지가 있었던 것은 아니었다. 보리스는 적어도 그런 줄 알았다. 하지만 지금껏 방향을 결정한 사람은 이실더였고, 그렇게 가는 이유를 밝히지도 않았다. 보리스도 굳이 묻지 않았다.

딱 한 번 둘이 목적지 이야기를 한 일이 있었다. 지난 11월경, 드라켄즈 산맥이 갈라지는 모리더 산 아래에 이르렀을 때였다. 거기서 북쪽으로 가면 님 반도였고, 서쪽으로 뻗은 산맥을 넘어간다면 오를란느 공국, 동쪽으로 곧장 가면 렘므의 수도인 엘티보였다. 엘티보라는 이야기에 보리스가 관심을 보였다.

엘티보는 대륙에서 두 번째로 크다는 대도시이자 특이한 북부 문물로 잘 알려진 항구였다. 그곳 주민들은 누구나 작은 돛배를 갖고 있었다. 다른 지역 사람들이 말이나 소 한 마리를 갖는 것처럼. 그런 돛배들이 정박한 만에는 해안선 가득 하얀 삼각돛들이 펄럭인다고 했다. 그 말을 듣고 마음이 동해 가보고 싶다고 했지만 이실더는 고개를 저었다.

역사가 오래된 항구인 엘티보는 렘프 기질, 즉 북방 선원의 기운이 폭발할 듯 충만한 곳이었다. 쇠도리깨를 휘두르는 지나파 공주의 인기가 하늘을 찌르는 나라인 것이다. 수도라는 곳은 각종 문화가 집결하는 곳이라 외지인들의 별난 풍습에도 관대하기 마련인데 엘티보는 그렇지 않았다. 아니, 정확히는 관대한 층과 그렇지 않은 층으로 확연히 갈렸다. 몇백 년 된 항구인 엘티보를 수도로 정해 옮겨온 왕과 귀족들, 그들을 따라온 이주자 후손들은 너그러우면서 무관심했고, 토박이 선원들은 날카롭고 짓궂었다.

"엘티보는 우리 같은 사람들이 초대장 없이 놀러갈 만한 곳이 아니야. 연줄이 있어야만 문제를 일으키지 않고 편안히 지낼 수가 있지."

경험담이었을까? 어쨌든 엘티보행을 포기한 두 사람은 산자락마다 자리잡은 마을들을 거쳐 계속 북으로 갔다.

님 반도의 품에 든 티보 만灣을 육로로 우회한 셈이었다. 2월 말에 이르러 도착한 첫 도시가 나르닛사였다. 렘프의 큰 도시가 대부분 그렇듯 나르닛사도 항구였다. 렘프를 직접 종단하며 새삼 깨달았지만 렘프 사람은 바다에 매달릴 수밖에 없는 조건이었다. 육지란 죄다 얼음 아니면 산이었다. 나르닛사는 곶의 이름이기도 했는데 엘베섬을 바로 굽어보는 위치였나. 그래서 그곳이 중요했다.

그 상처의 약

엘베섬은 티보 만에 자리잡은 큰 섬이다. 그곳으로 가는 배들은 거의 모두가 나르닛사에서 출발했다. 티보 만 주위의 작은 항구들을 빙 도는 무역선들의 출발지이기도 했다. 서쪽으로 휘도는 티보 만류灣流를 타기에 가장 좋은 지점인 까닭이었다. 하지만 이실더와 보리스는 무역을 할 예정도, 엘베섬으로 건너갈 계획도 없었다. 그들이 추운 겨울에도 월동지를 찾지 않고 이곳까지 온 까닭을 보리스는 그날 밤에야 알게 되었다.

두 사람은 돈이 넉넉하지 않았다. 뒷골목을 뒤진 끝에 허름하지만 비교적 조용한 여관을 발견했다. 삐걱거리는 계단을 세 단 올라가서, 추위를 막는 바깥문과 덧문을 차례로 밀고 숙박계로 다가간 이실더는 방을 하나만 달라고 말했다. 예순쯤 된 늙은이가 꾸벅꾸벅 졸고 있다가 퍼뜩 깨어 이실더가 부르는 대로 이름을 적었다. 기다리는 동안 서서히 정신이 든 노인은 보리스를 보더니 무심코 물었다.

"아덜이다요?"

이실더는 망설이지도 않고 대꾸했다.

"그려요."

"아니 닮았구마는?"

"쳇, 남의 아픈 데 찌르지 말고 방이나 퍼뜩 주요."

이실더는 렘프 말투를 능청스럽게 흉내냈다. 출신이 다른 거야 외모 때문에 숨기기 힘들지만 그렇더라도 렘므에서 오래 지낸 행세를 하는 편이 어딜 가도 나았다. 노인이 열쇠를 떼어 건네며 이죽거렸다.

"그러니 마누라 단속을 여물게 해야 되는 법이다요."

이실더는 화를 내는 대신 한탄조로 말했다.

"아덜놈이 들으람서 말거리 추스를 줄도 모르는 노망난 늙은이한테 충고랍시고 듣자니 한숨이 절로 나오요."

그때 등뒤에서 누군가가 말했다.

"어라, 형님한테 마누라도 있고 아들도 있었소? 난 이제껏 전혀 몰랐소그려."

연극 같은 놀음에 사정 모르고 끼어드는 사람이 누군가 싶어 눈만 말똥말똥 굴리던 보리스가 뒤를 돌아보았다. 이실더와 비슷할 정도로 키가 큰 백발의 남자가 눈에 띄었다. 이실더도 돌아보았다. 그러나 그는 농담을 계속하는 대신 안색이 변했다.

노인이 이실더의 건방진 소리에 꿍얼대며 팔을 툭툭 쳐댔지만 이실더는 꼼짝도 않고 새로 나타난 남자를 쏘아봤다. 낡은 가죽조끼 안으로 흰 무명옷이 들여다보이는 남자의 손에는 방금 벗어 든 두터운 털옷이 있었다. 딱 벌어진 어깨와 팔, 주위에 단련된 섬고 거친 얼굴이였지만 폭닐비 안쪽을 보니 본래 흰 피부인 모양이었다. 흐트러진 백발에도 불구하고 나이는 삼십 대 초반쯤일 듯했다.

"오랜만이오, 형님."

백발 남자가 손을 내밀자 이실더도 마주 내밀어 둘은 악수를 했다. 그러나 보리스는 이실더의 태도가 경직되어 있음을 느꼈다.

"오랜만이군, 동생."

뒤에서 노인네가 툴툴거렸다.

"아들에, 마누라에, 이번엔 동생이다요?"

백발 남자가 노인을 건너다봤다.

"노인장, 나도 방 하나 주시오. 우리 형님 바로 옆방으로 말이오. 상관없겠소?"

"허이, 좋도록 하요."

북부 전나무처럼 건장한 두 남자가 실제로 친한 사이임을 알아본 노인은 더 시비 걸 생각이 없어진 모양이었다. 백발 남자가 보리스를 다시 흘끗 보았다.

"오랜만에 회포나 풉시다. 그건 그렇고 진짜 저 아이는 누구요? 정말 숨겨놓은 자식이란 말이오?"

눈앞에 반쯤 채워진 술잔이 있었다. 이실더가 집어 단숨에 들이켰다. 잔이 비자 상대방의 손이 다시 술을 따랐다. 이실더는 찰랑이는 호박빛 술을 가만히 들여다보았다.

"내일 떠나겠소?"

"……."

이렇게 만날 줄 다 알고서 왔는데 왜 심란한지 몰랐다. 사자使者로 올 사람이 누구일지, 그것까지는 몰랐다. 그러나 누가 오든 무슨 전언을 가져올지는 짐작하지 않았던가. 흰색은 이별의 전조라던가. 섬은 흰머리를 한 사자를 보내 그를 다시 부른다. 그가 영원히 떠나고 싶었던 섬은.

밤이 깊어 1층 홀은 고요했다. 깨어 있는 사람이라고는 둘뿐인 듯했다. 어스레한 계단 옆에 램프가 하나 놓여 있었다. 테이블에는 초가 하나 있었다. 빛 또한 그게 전부였다. 두 빛이 동시에 일렁였다.

"망설이시오?"

이실더의 손이 다시 나무 술잔을 잡았다. 올라가는 잔을 다른 잔이 다가와 가볍게 치고 지나갔다. 팔이 멎었으나 술은 여전히 출렁거렸다.

"혼자 너무 마시는 것 같소. 마음에 걸리는 거라도 있소?"

이실더는 그냥 잔을 내려놓았다. 상대가 같이 잔을 놓으며 물었다.

"아까 그 아이요?"

잠시 침묵이 흘렀다. 이실더는 다시 술잔을 들어나보았다. 아무것도 비치지 않았다.

"에니…… 아니, 이곳에서는 무슨 이름이지?"

"단센이오."

"그래, 단센."

이자 역시 이실더처럼 새로운 땅에서는 새로운 이름을 쓰고 있었다. 이윽고 이실더는 진지한 눈으로 그를 보았다.

"내가 꼭 돌아가야 할까?"

"왜 그러시오? 돌아올 때가 되었다는 것은 형님이 더 잘 아시지 않소. 알았기에 이리로 오지 않으셨소?"

"아는 것과 실행하는 건 다르지."

단센이 고개를 저었다.

"그곳에는 형님의 자리가 있소. 해야 할 임무도 있소. 형님만을 기다리며 밤낮 없이 수련하는 아이들도 있잖소. 십 년만에 치러지는 '칠원례七圓禮'에는 형님이 반드시 필요하니 지체할 수도 없……."

"그런 것들이 그렇게 중요할까?"

백발의 단센은 눈을 크게 뜨더니 대꾸했다.

"그게 아니면 뭐가 중요하단 말이오?"

이실더는 시선을 떨어뜨린 채 자신 없는 어조로 중얼거렸다.

"난 내 삶이 중요해."

단센은 고개를 끄덕이고, 도로 저었다. 이해는 하지만 받아들일 수는 없다는 뜻이었다.

"내가 형님의 고통을 모를 리 있겠소? 나뿐 아니라 다른 어르신들도 아셨기에 형님이 그간 대륙에 머물러도 아무 말씀 않으셨던 것 아니오."

이실더는 대꾸하지 않았다. 단셴이 말을 이었다.

"하지만 칠원례 문제가 아니라 해도 평생 이럴 수는 없는 노릇이오. 아직껏 특별히 증세가 있어 보이지는 않는구려. 어른들께선 이제 그만 형님이 정착해서 신성한 직분을 수행하시길 바라……."

"난 한 가지 약을 찾았어."

단셴이 얼굴을 펴면서 물었다.

"오, 그렇소? 무슨 약이오?"

이실더가 한층 낮아진 목소리로 대꾸했다.

"그 아이다."

"……."

침묵이 흘렀다. 먼저 입을 뗀 사람은 단셴이었다.

"형님을 이해할 수가 없소. 섬에는 형님만을 존경하고 따르며 평생토록 형님의 가르침을 받고 수발을 들고 싶어 하는 어린 녀석들이 헤아리기 어려운데, 왜 하필 외인外人의 아이요? 왜 그런 아이한테 연연하오? 혹시 그 아이에게 놀랄 만한 자질이라도 있는 거요? 형님은 천재를 찾고 있었소?"

단셴의 말은 비난조였다. '천재를 찾아 교육하고 싶어서 성실한 아이들을 외면해온 것이냐'는 뜻이 섞여 있었다. 이실더는 풋, 하고 조소를 내뱉었다.

"천재라, 후, 천재라. 생각해봐. 나는 천재였나? 아니, 오히려 반대였지. 코앞의 행운도 잡을 줄 모르는 얼간이였지. 일리오스 님의 제자가 된다는 황금빛 미래를 제 발로 박차고 쭈그렁 궁상 노인네 밑으로 달아난 미친놈이 아니었냔 말이다. 천재? 내게 그런 말은 하지 마. 난 그런 녀석들을 싫어해."

"낮은 마루에 낀 먼지는 오래 기억하오, 형님."

그것은 그들 무리가 말하는 방식이었다. 두 번, 세 번 꼬인 비유로 이루어진 경구로 간단히 말해 입조심하라는 의미였다. 외인의 땅에서 그들 족속의 본명을 말하는 것은 금지되어 있었다. 이미 죽은 자의 본명일지라도.

"그래, 술잔 속 파도도 멎는 법이 없지. 잘못했군."

같은 의미의 말이었다. 이실더는 술기운 탓에 저지른 실수에 혀를 차며 어깨를 움츠렸다. 아니, 실은 술이 아니라 헤어날 수 없는 기분에 사로잡혀 있었다.

"좋소. 그러니 내가 형님이 외인의 문제로 의무를 등한시한다고 생각하기 전에 방금 한 말은 취소하는 것이 좋겠소."

"그 녀석은……."

상대가 맺은 말의 울림이 채 멎기도 전에 시작된 말이었다. 그러나 이어지는 것은 더뎠다.

"……내게 아무것도 얻어 가려 하지 않아."

단셴은 이해하지 못해 고개를 기울였다.

"무슨 소리요?"

이실더의 목소리는 점차 또렷해졌다.

"그래. 섬에 가면 평생 잔심부름꾼 노릇이라도 기꺼이 하겠다는 녀석들이 엮어놓은 보릿단처럼 얼마든지 있다. 예전에 그분 앞에 서려 한 젊은이들이 많았던 것처럼. 그놈들의 인내는 내, 높이 사지. 높이 사겠다고. 하지만 왜? 삶을 그런 식으로 낭비하고 싶나? 인생의 즐거움은 다 어쩌고?"

목소리가 한층 격해졌다.

"열의를 다해 가르치지도, 정성껏 이끌어주지도 않는 사내 옆에서 쇳조각이나 만지작거리며 생애를 마치려는 녀석들이 왜 그렇게 많은 거지? 어떻게 되어먹은 일인지 난 이해할 수가 없어. 녀석들은 비굴해. 빌어먹을 목표를 위해서라면 보석 같은 삶의 하루하루쯤이야 얼마든지 희생해도 좋다고 하는 놈들이지. 그런 녀석이 한둘이 아니라 대부분을 차지하는 그…… 분위기가 싫어."

이실더조차도 감히 '섬이 싫다'는 말은 입 밖에 내지 못했다. 벗어나고자 발버둥쳐온 그의 마음도 오래된 굴레에서 완전히 자유롭지는 못했나.

"그 아이는 달라. 동료로서 신뢰를 줄 뿐이야. 무조건적인 신뢰도 아니지. 자기만의 삶을 가졌단 말이다. 누구를 믿거나, 돕거나, 받아들이는 모든 것이 자신만의 판단이야. 아부하여 얻어 가려는 것도, 속여서 빼앗으려는 것도 없어."

이실더의 얼굴이 답답함으로 일그러졌다.

"내가 그 녀석을 가르치고 싶어 하느냐고? 틀렸어. 내가 한 인간이라면 그 애도 한 인간일 뿐이야. 서로를 존중하고 삶을 말하는 사이지. 아니…… 실은 그것도 아니야. 난 오히려 그 아이가 부러웠다. 어디에도 발 묶이지 않고, 어느 외딴 동굴에 들어가 은둔하더라도 만족할 자유로움이……."

이실더가 고개를 흔들더니 단센을 쏘아보았다.

"그 애는 자유로워지고자 해. 은혜로도 원한으로도 묶을 수 없는 자가 되고자 하지. 지금은 아니더라도 언젠가는 그리 되고야 말 거야. 왜 나는 그럴 수 없을까? 아니, 왜 섬의 아이들은 그러지 못하지?"

단센이 눈썹을 찡그리며 목소리에 힘을 주었다.

"지금 그걸 말씀이라고 하오, 형님? 그 아이들이 왜 그러는지 잘 알지 않소? 우리에겐 오랜 책임이 있소. 모두가 죽을 때 죽지 않았기에 진 빚을, 한두 사람의 행복쯤 끊어내주는 걸로는 감히 셈도 맞추지 못할 거대한 빚을 알지 않소? 그건 아득히 깊은 빈 우물이오. 아직 바닥조차 메우지 못한……."

"그 녀석들이 그 빚을 생각해서 그런다고? 어림없는 소리.

그런 게 아니야. 놈들은 명예와 권위에만 관심이 있을 뿐이야. 얼마만큼의 책임감이 필요한 자리인지도 모르면서 내 자리를 무작정 탐낼 뿐이다."

단센도 바로 부인하지는 않았다. 그도 같은 곳에서 살아온 자였고 눈이 있었다. 이실더의 목소리가 신랄해졌다.

"내게 잘 보이고 싶겠지. 그래서 뼛속의 정수까지 빼앗아 가고 싶겠지. 몇 년, 몇십 년쯤 내 시중을 들며 희생하는 일쯤이야 아무것도 아니겠지. 그래, 정말로 아무것도 아니지! 어차피 그 세월이 그렇게까지 길지 않으리란 건 누구나 아는 사실이 아닌가!"

"형님!"

탁자를 짚었던 팔꿈치가 스르르 무너져 내렸다. 술잔이 툭 건들려 밀려났다. 탁자에서는 몇 년간 찌든 싸구려 술 냄새가 났다. 술잔과 나란히 놓인 머릿속에도 똑같이 갈색 술이 출렁거렸다. 계단 옆에 놓인 램프가 낯선 그림자 하나를 붙들고 그림자 인형극을 하듯 춤을 추었다. 어딘가에서 바람이 새어드는 모양이었다.

"하지만⋯⋯."

이어질 대답은 두 사람 다 잘 알고 있었다.

"외지인을 데려살 수는 없잖소."

수년간 밖으로 나돈 이실더와 달리 단센은 임무 없이 섬을

45
—
그 상처의 약

떠난 일이 한 번도 없었다. 그토록 고지식한 '따르는 자'였다. 앞서 한 단센의 발언은 섬의 '어르신들'이 늘 하는 말 그대로였다. 그러나 단센은 오랫동안 이실더를 친형처럼 여겨왔다. 이실더와 생각이 다를지라도 안타까워하는 마음만은 깊었다. 또한 이실더의 불경한 말에 화를 내기에는 서로를 너무 오래 알았다.

"아이가 퍽 얌전하긴 합디다. 하지만 눈가가 유난히 움푹해서 아이치고는 어두워 보였소. 몇 살이오?"

아들의 나이를 질문받은 아버지처럼 이실더의 얼굴에 일말의 자랑스러움이 스쳤다.

"올해 7월이면 열넷이 되지."

"허어, 그럼 아직 열세 살이란 말이오? 도저히 그렇게는 보이지 않던데. 넉넉잡아 열다섯도 가능하리라 봤소이다. 그 나이에 그만한 검을 지니고 다니니 상당한 근골이겠소."

"실력도 상당해. 벌써 사람을 죽여봤을 정도지."

단센은 눈을 약간 크게 뜨더니 나지막이 말했다.

"그건 좋지 않은 소식이오."

이실더는 피식 웃었다.

"핏자국만은 아무리 말라붙었다 해도 곧 보인다는 그 소리겠지? 하지만 무슨 소용이 있겠나. 그걸 알아볼 사람들 앞까지 갈 일도 없을 터인데."

"한 가지 방법이 있긴 하잖소."

이실더가 고개를 쳐들며 단센을 쏘아보았다. 단센의 얼굴은 진지했다.

"견습 순례자로 입문시키시오."

"안 돼, 그건 절대 안 돼!"

이실더가 자리에서 벌떡 일어섰다. 앉은 채 올려다보는 백발의 동생을 향해 나직하지만 분명하게 말했다.

"내가 벗어나지 못해 이리도 괴로운 그 길을 그 애에게 걷게 한다고? 안 될 말이다. 그 앤 겨우 열세 살이야. 아직 사리 분별도 바르지 않을 나이에 돌이킬 수 없는 선택을 하게는 못해. 그게 어떤 길인지, 설명한들 녀석이 알까? 어른이 되고 나서 뒤늦게 나를 원망하지 않을까? 내 욕심만으로 권하기에는 너무나 중대한 결정이다."

단센은 강하게 고개를 저었다.

"형님 말대로요. 다행히 아이가 아직 열세 살에 불과하잖소. 열다섯만 되었어도 입문은 불가했을 테요. 그 아이와 헤어지고 싶지 않다면 데려가시오. 가서 풍습을 가르치고 검을 가르쳐 평생을 함께하면 되지 않소. 무엇이 나쁜 길이오? 형님이 싫어한다 해서 아이도 싫어하리라 보장할 수 있소?"

단센이 손을 내밀어 이실더의 손을 잡았다.

"이렇게 해서라도 형님이 섬으로 돌아가준다면 나는 기꺼

이 어르신들 앞에서 저 아이의 보증인이 되고 의식의 입회인
도 되겠소. 원한다면 대부代父도 되겠소. 같이 섬으로 돌아갑
시다. 모두, 함께."

단센의 말은 뿌리치기 힘든 유혹이었다. 이실더는 힘겹게
고개를 흔들었다.

"아니야. 그럴 순 없어. 내 발의 사슬을 못 끊겠다고 남의
발까지 얽어매다니, 사슬을 나눠 매자는 건 노예의 우정도 아
니야. 섬에서 태어난 나는 어쩔 수 없지. 하지만 그 녀석에겐
원죄가 없지 않나? 왜 죄 없는 인간에게까지 짐을 지워야 하
나?"

"스스로 원하니까요."

대답은, 맞은편의 단센이 아니라 계단 쪽에서 들렸다. 이
윽고 그림자가 일어섰다. 천천히 테이블 쪽으로 걸어왔다.

"너, 어떻게……."

"엿들어서 죄송합니다."

보리스는 먼저 단센을 향해 절을 했다.

"저를 위해 여러 가지 도움을 주겠다고 말씀해주셔서 정말
고맙습니다. 기꺼이 부탁드리겠습니다."

보리스는 그늘진 계단에 앉아 턱을 괸 채 줄곧 이야기를 듣
고 있었다. 단센의 이해하기 힘든 이야기도, 이실더의 격한
반응도, 정체 모를 굴레의 존재와 선택에 대해서도 모두 들

었다. 그러면서 흔들리는 램프와 계단 밑 긴 그림자, 그림자 너머의 자신, 그림자보다도 훨씬 작은 자신, 버려짐, 헤어짐, 잃어버림, 결코 돌아오지 않는 것들을 생각했다.

이실더와 함께 보낸 반년을 생각했다.

예프넨을 잃은 뒤로…… 아니, 예프넨과 살던 시절에도 떠나지 않던 악몽이 이토록 희미해졌던 것은 처음이었다. 지나간 여름과 가을과 겨울, 그동안 보리스는 한 사람의 보호를 받았고, 그와 친구였다. 지금도 예프넨을 사랑하지만…… 이제 살아 있는, 신뢰할 사람은 이실더 하나뿐이었다. 그가 떠난 뒤 다른 사람을 믿으려 노력하는 모습을 상상하기 힘들었다. 다시 그런 사람을 찾는 것은 불가능했다.

물론 믿을 수 있는 사람 따위, 없어도 될지 모른다. 하지만 마음 깊은 곳에 씨앗처럼 든 욕구, 진심 어린 관계에 대한 갈망을 부인할 수 없었다.

한때 아무도 믿을 수 없다고 생각했을 때 자신은 자랐고, 강해졌으며, 죽지 않았다. 그러나 돌이켜본 자신은 지독히 황폐한 인간이었을 뿐이었다. 친구가 될 수 있었을 소년의 마음조차 끝내 얻지 못한 서투름, 피 묻은 손으로 떨며 울었던 연약함, 그리고 제 나이답게 사는 소년을 보며 느꼈던 부러움까지도 오직 홀로, 타인 없이도 충분한 그런 사람과는 아득히 멀었다. 그런 사람이 아니었다.

함께 있고 싶었다. 이실더의 곁에서 또래 소년답게 자랄 수 있다는 착각을 영원히 믿고 싶었다. 이실더는 가족을 잃고, 믿었던 사람에게 배신당하고, 사람을 죽였던 자신을, 심지어 이실더 자신조차 속였던 아이를 있는 그대로 받아들여준 사람이었다. 상처투성이가 돼버린 유년을 다시 시작할 수는 없을까. 이실더가 있는 곳에서.

"보리스, 넌…… 잘못 생각하고 있어. 어디까지 얘기를 들었는지 모르겠지만 거긴 살기 좋은 곳이 아니야. 쉽게 빠져나올 수도 없어. 한번 들어가면 허락 없이는 나오지 못하고, 대신 수많은 의무가 생기지. 난 네가 그런 굴레를 쓰는 것을 원치 않는다. 결단코, 넌, 넌…… 원한다면 자유로워질 수 있잖아. 네 발로 들어가지 마. 분명 후회할 거다."

단센이 불쑥 말했다.

"형님의 말씀은 사실이다."

단센은 이실더를 섬으로 데려갈 수만 있다면 보리스야 어떻게 되든 별로 관심 없는 사람이었다. 그러나 친형이나 다름없는 사람이 진심을 다해 말하는 모습에 조금 마음이 움직인 듯했다.

보리스는 이실더에게 시선을 돌렸다. 조용한 눈이었다.

"자유로우려면 자신을 지킬 힘이 있어야 한다는 걸 아시잖아요. 혼자 살아갈 힘이 없으니 따라간다고 생각하셔도……

그렇게 생각하셔도 좋아요. 결정을 제가 하듯 후회도 제가 하
게 될 겁니다."

"……."

이실더가 침묵을 지키는 동안 보리스가 나지막이 중얼거
렸다.

"당신은 내가 곁에 있는 것이 싫은가요?"

이실더는 바닥을 내려다보았다. 술이 흐른 자국이 보였다.
반쯤 말라붙은 그것이 흡사 바닷물처럼 깊고, 넓고, 수많은
파도를 품은 것처럼 보였다.


열흘 뒤, 이실더와 보리스, 단센은 엘베섬을 한 바퀴 도는
배 안에 있었다.

티보 만을 동서로 가르는 기준점인 새줄리프 지협이 눈앞
이었다. 대륙의 새줄리프 곶과 엘베섬의 남곶이 마주보는 좁
은 해로였다. 이 지협을 지나려면 상당한 수준의 항해술이 필
요했다. 엘베섬 일대를 돌아다니는 배의 선장들은 이런 지협
항해의 명수들이었다.

낮 4시경, 선령船齡 14년의 알탄 시그머호는 새줄리프 곶을
무사히 지났다. 드디어 서티보 만에서 동티보 만으로 들어선
것이다. 보리스는 선미에 서서 멀어져가는 곶을 마라보고 있
었다. 대륙이 자신에게서 멀어져가는 기분이었다. 그가 발 딛

고 살던 곳으로부터 던져져 날아가는 돌멩이가 된 것 같았다.

아직은 동티보 만을 지나야 했고, 수많은 얼음 섬으로 이루어진 수정 제도를 넘어가야 첫 트인 바다, 북해로 나가게 될 터였다. 그러나 곶의 자취가 사라지고 나니 바다에 점점이 박힌 섬 머리들조차 운명을 거스를 수 없는 공깃돌들로 보였다.

저 섬들보다 더 먼 곳으로 가게 될 자신. 그 섬은 어떤 곳일까.

뱃전 아래 바닷물은 서슬 퍼런 청색이었다. 저기 떨어진다면 물에 들어가는 순간 얼음덩어리가 될 것 같았다. 헤베브로 마을에서 얕은 강에 빠져 허우적거리던 때와는 다르리라. 그런 바다를 나뭇조각에 불과한 배에 의지해 헤쳐가야 했다. 그 바다 너머에 진짜로 안식처가 있을까.

선택은 과연 옳았을까.

"춥다. 안으로 들어가거라."

단센이 다가와 말했다. 아주 조금이긴 해도 이 사람에게서 이실더와 비슷한 느낌이 난다고 보리스는 생각했다. 어쩌면 그 섬에 사는 사람들의 특징일지도 모른다. 외모만 해도 그랬다. 언 땅에서 자란 질긴 나무처럼 단단한 그들은 진정 대륙의 인간과 다른 종류일까?

"괜찮아요."

단센은 더 권하지 않고 먼 바다를 보았다.

"남쪽 태생이라고 들었다. 렘므에서 첫 겨울을 보내면서 감기 한번 걸리지 않았다니 놀랍구나."

"그리 따뜻한 남쪽은 아니었습니다."

남쪽치고 트라바체스의 여름은 서늘하고 겨울은 상당히 추웠다. 물론 렘므의 한겨울만큼은 아니었지만.

"거기가 어떤 곳인지 알지도 못하면서……. 그런데도 가겠다고 한 것은 그만큼 형님을 믿어서냐?"

보리스는 단센의 옆얼굴을 보았다. 고개를 끄덕여야 할지 어떨지 몰랐다. 이실더 때문에 가기로 했을지라도 전적으로 이실더에게 의지해서는 안 된다고 일찌감치 생각하고 있었다. 이실더는 그곳에 사는 사람 중 한 명일 뿐이다. 결국 가기로 선택한 건 자신인데, 책임을 미룰 생각은 없었다.

"그냥…… 최선을 다할 생각이에요."

이실더는 배에 탄 후로 말이 없어졌다. 혹 분위기가 가라앉았다 싶으면 자기가 먼저 장난을 걸던 유쾌한 사람이 판이하게 달라졌다. 무거운 뭔가가 가슴을 짓누르는 모양이었다. 특히 보리스에게 말을 걸지 않았다. 보리스도 굳이 기분이 밝은 체하지 않았다.

"난 말이지, 오랫동안 형님을 좋아하면서도 늘 이상한 분이라고 생각했지. 속을 나 일 날은 오시 않을 섯 같았어. 형님이 섬을 떠나 대륙을 방랑하게 된 건 타당한 이유가 있긴 했지만, 나로선 역시 완전히 이해할 수 없었다. 섬사람이 섬을 떠난다는 것은…… 그리 올바르지 않다고 생각했어. 그런데 널 보니까 말이다."

세 사람이 가고자 하는 섬은 멀리, 고기잡이배들이 드나드는 바다를 지나, 북해의 끝이라고 부르는 몇 개의 섬조차 넘어, 그러고도 수십 일을 가야 나타난다고 했다. 세계의 끝에 경계석처럼 솟아오른 섬이었다. 섬의 존재를 발설하는 것은 금기였다. 섬사람들은 대륙에서 자신들의 정체가 드러나지 않도록, 그리고 섬으로 가는 길이 알려지지 않도록 조심했다. 길은 단 하나뿐이었고, 섬사람들만이 알고 있었다. 보리스도 이제 그 의무를 지켜야 할 것이다.

"너는 형님의 이상함을 닮았구나."

겨울새가 먼 하늘 머리를 스쳐갔다. 검은 머리가 날렸다.

"나로서는 '이상함'이라고 말할 뿐이고 더 설명할 재주는 없다만, 닮았다는 것만은 분명히 느껴진다. 네가 어리지만 여러 가지 일을 겪었다는 얘기를 들었다. 형님도 편안히 살아온 사람은 아니지. 단순히 힘들게 살아왔다고 사람이 비슷해진다는 말은 아니지만……."

바다를 보던 단센이 보리스를 내려다보았다.

"형님이 이처럼 누군가에게 마음 쓰는 것만은 흔한 일이 아니야. 너도 섬에 가보면 알겠지만……."

단센의 백발은 세파와 고뇌를 견디느라 빛이 바랜 듯했다. 울긋불긋한 얼굴과 보랏빛에 가까운 입술 때문에 두드러지는 흰빛에서 섬이 어떤 곳일지 어렴풋이 느껴졌다.

"형님은 사람에게 쉽게 마음을 주는 분이 아니다. 어쩌면 너는 정말로 형님의 좋은 약인지도 모르겠구나."

약이란, 아마 상처가 있을 때 필요한 것이리라.

북쪽 하늘은 멀고 추워 보였다.

# 썰물섬

엘베섬의 동쪽 곶에 이르러 세 사람은 배에서 내렸다. 그리고 작은 외돛배를 한 척 사들였다. 난바다를 수십 일이나 항해할 배치고는 무척 작았지만, 어쨌든 이 배가 그들을 섬으로 데려다줄 것이었다.

알고 보니 근방에서 이런 배를 사고파는 사람은 꽤 많았다. 따라서 배를 산 목적에 별달리 관심을 갖는 사람도 없었다. 배 목수들은 끊임없이 고만고만한 외돛배들을 만들어 내놓았다. 그런 배가 왜 그렇게 많이 팔리는지 처음에는 몰랐다.

이실더와 단센은 무엇인지 모를 재료들을 사서 배를 꼼꼼하게 손보았다. 그러는 데만 꼬박 하루가 걸렸다.

배를 타자 자연스럽게 이실더가 키를 잡고 단센이 돛을 조절했다. 보리스는 무엇을 해야 할지 몰라서 그냥 바닥에 앉아 있었다. 그에게 배란 처음부터 낯선 존재였다. 큰 배를 탔을 때는 그냥 몸을 맡기면 되었지만, 작은 배는 몸을 그대로 불안한 바다에 띄운 양 확연히 다른 공포감을 자아냈다.

코가 얼얼하고 눈물이 글썽거리도록 추운 날이었다. 이런 날씨에 물에 빠지면 바로 죽을 텐데. 그러나 누구한테 매달려 불안감을 토로할 상황이 아니었다. 두 남자는 이 자그마한 배가 안전하게 나아가도록 하는 일에 온 정신을 집중하고 있었다.

첫 목적지는 물방울 열도의 첫 번째 섬이었다. 암초가 많은 바다였지만 작고 날씬한 배는 물굽이를 매끄럽게 빠져나갔다. 가끔 그들이 탄 것과 비슷한 배가 멀찍이 지나갔다. 알고 보니 이렇게 만들어져 팔리는 배들은 이곳 해역만의 특별한 돈벌이인 유물 건지기에 쓰였다. 삼십여 년 전, 어부들이 작은 대리석 석상을 건진 후부터의 일이라 했다.

"석상의 눈에 비둘기알만 한 사파이어가 박혀 있었고, 머리카락과 손톱은 온통 황금이었다고 하던가."

단센은 그저 우스운 일을 이야기하듯 말했지만 당시의 반응은 그렇지 않았던 모양이다. 이것이 고대 마법 왕국의 유물이리는 소문이 돌면서 탐색 열풍이 불어쳤다. 렘므 왕가에서도 수색선을 파견하는 지경이었다. 부산을 떤 것에 비해 성과는 없었다고 했지만. 대신 재주 좋은 민간인들이 찾아낸 보물들이 암시장을 돌아다니면서 꾸준히 새로운 사람들의 관심을 모으고 있었다.

"그런 사람들이 몰려와 배를 찾은 덕택에 돛단배를 계속 만들어 팔아줘서 고맙게도 우리까지 수고를 덜게 되었지."

삽십여 년이 흐른 지금 이 일은 고대 왕국의 환상에 사로잡힌 사람들을 불러모으는 지방 특색 정도로 인식되고 있었다. 하지만 지금은 겨울이었다. 아무리 추위에 강한 렘프인이라 해도 물밑 탐색은 불가능해서 탐색선은 거의 없었다. 가끔 지나치는 배들은 열에 들떠 계절 따위는 생각지도 않고 무작정 달려온 젊은이들이나, 이미 사들인 배로 겨울 동안 수지나 맞추러 돌아다니는 낚시꾼들을 태우고 있었다.

얼마 후 보리스는 몇몇 사람들이 진절머리나게 이야기했던 뱃멀미가 왜 일어나지 않을까 의아해졌다. 평생 처음 타본 배가 알탄 시그머호였는데 그건 큰 배였지만, 이 배는 흔들림이 훨씬 큰 돛단배였다. 너무 긴장해서 오히려 그럴 여유가 없었을까?

"흐름에 몸을 잘 맡기면, 그런 경우도 있다고 듣긴 했다만."

그렇게 말하긴 했지만 단센도 처음부터 뱃멀미가 없는 사람은 처음 본다고 했다. 어쨌든 보리스는 험한 환경일수록 잘 적응하는 고산식물처럼 아무렇지도 않았다. 아노마라드 땅에

가서 갑작스레 쑥쑥 자라고, 처음 겪는 렘므의 추위에도 감기 한번 걸리지 않았던 것처럼.

이틀이 흘러 배는 물방울 열도를 벗어나 망망대해로 나아 갔다. 그동안 딱 한 번 어떤 섬에 들러 음식과 물, 기름과 밧줄, 특히 겨울옷과 모포를 단단히 준비했다. 두 사람이 노련 하다 보니 보리스의 눈에는 만사가 순식간에 진행되는 것처 럼 보였다.

북해로 나가자마자 일별로 정확히 계산해 나눈 음식이 주 어지기 시작했다. 두 섬사람은 번갈아가며 잠을 잤다. 보리스 는 어떤 때는 단센과 함께 깨어 있었고, 어떤 때는 이실더와 함께 깨어 있었다. 밤과 낮이 몇 번인가 지나갔다. 날씨는 혹 독했으나 폭풍은 없었다.

"괜찮으냐?"

이실더가 보리스에게 말을 붙인 것은 오랜만이었다. 안개 가 자욱한 새벽녘에 일어난 이실더는 덮고 있던 모포를 단센 에게 내준 뒤 가죽장갑을 꺼내 끼고 돛줄을 조절했다. 보리스 는 잠에서 덜 깬 채 모포에 휘감겨 있다가 눈동자를 약간 굴 렸다.

"네."

이실더는 이물 쪽에 앉아 손을 비비며 다시 말했다.

"겨울 항해는 섬사람들도 되도록 하지 않거든. 일부러 괜찮은 체할 필요 없어."

보리스는 몸을 천천히 일으켰다. 배가 흔들리는 것이 아직도 좀 무서웠다.

"하지만 불평할 만큼 힘들지도 않은걸요."

굳어진 얼굴을 풀려고 입을 벌리고 괴상한 표정을 연달아 짓던 이실더가 씩 웃었다.

"이럴 때면 네가 귀족 출신이라는 것이 믿어지지가 않는다."

"트라바체스에는 귀족이 없어서 말이죠."

그건 두 사람이 함께 렘므를 여행하던 시절에 자주 주고받던 농담이었다. 아니, 농담이랄 것도 없이 그 말을 꺼내면 당연하게 따라오는 대답이랄까. 두 사람은 동시에 옛날 기분에 잠겼다. 따져보면 그리 오래된 것도 아닌데 왜 이리 먼 것만 같을까. 보리스가 불쑥 말했다.

"실은 당신 쪽이 더 힘들어 보이는데요."

이실더는 얼굴을 다 풀었다. 멀쩡한 표정으로 돌아온 그가 말했다.

"그럼 내 속이 편할 리가 있겠냐? 넌 지금 내가 널 어떤 구렁텅이로 끌어들이고 있는지 알아야 해."

"알아요. 당신이 태어나고 자라온 구렁텅이죠."

이실더는 씁쓸하게 웃고 말았다. 전 같으면 눈을 부라리며 농담을 더 이어갔을 텐데 지금은 그러지 않았다. 대신 이렇게 말했다.

"얼음과 눈으로 된 구렁텅이야. 크레바스라고 하지."

"그게 뭔데요?"

이실더는 두 팔을 벌려 보였다.

"거대한 빙하 협곡에……."

이어 손을 모아 쭉 뻗는 시늉을 했다.

"쩍 갈라진 끔찍한 틈이지. 그리로 떨어지면 끝장이야. 설산에 올라가면 그런 것이 곳곳에 흩어져 있어. 미끄러지거나 헛디디는 놈들을 한입에 삼켜버리려고."

"무시무시하군요."

"그뿐이 아냐. 봄에는 눈사태가 수시로 일어나서 어떨 때는 마을 절반을 묻어버리지. 산에는 맹수들도 많은데 놈들이 얼마나 억세고 사납냐 하면……."

그런 식으로 이실더는 한참 동안 섬에서 만날 수 있는 온갖 위험을 떠들어댔다. 이미 돌이킬 수도 없는 일을, 괜스레 경고하며 뻐기는 어린 골목대장처럼. 보리스는 고개를 끄덕이면서 말했다.

"그래서 돌아가기가 싫었군요?"

이실더는 말을 멈췄다. 머뭇거리다가 시선을 안개 속으로 돌렸다.

"어디서나 제일 어려운 문제는 사람이야. 사람이 괴물이지. 가장 무서운 괴물."

말끝은 안개에 묻힌 듯 희미했다.


단센과 함께 깨어 있을 때면 그가 섬에 대해 많은 이야기를 들려줬다. 그는 보리스가 선입견을 갖지 않도록 노력하는 것 같았지만, 그렇다고 억지로 꾸미려는 생각도 없어 보였다. 단센의 말에 따르면 섬사람들은 오래전에, 언제라고 딱히 말할 수 없는 고대에 재앙을 피해 도망친 사람들의 후손이라고 했다.

"처음에는 이백여 명이나 될까 했다지만 늘고 줄고 하다가 큰 사건을 거쳐서 지금은 천 명 정도 된다. 외부인의 유입이라면 지금의 너 같은 경우인데, 아주 드물지."

그렇다 보니 섬사람들의 조상을 따져 올라가면 피가 닿는 경우가 많다고 했다. 그래도 아직 모두가 친척이 되는 지경까지는 가지 않았다.

"섬사람들은 네 지파로 갈린다. 각 지파는 초기 이주민 중 지휘자였던 분들을 중심으로 만들어졌는데, 지금은 큰 차이가 없어졌고 혼인을 할 때나 유용한 기준이라고 할까."

다른 지파 사람과 결혼하는 것이 일반적인 관례였다. 이실더와 단센은 '은빛매 지파'에 속했다.

일전에 단센이 말한 대로 섬사람들은 재앙으로부터 자신들이 '살아남았다'는 사실을 대단한 빚으로 받아들였다. 심지어 고향을 떠나 돌아가지 못하고 떠돈다는 뜻으로 섬사람들은 저들을 '순례자'라고 불렀다.

"순례자의 의무는 반드시 기억해두어라. 사라진 것들을 조금씩이라도 복원하기, 남아 있는 것들을 온전히 보전하기. 그리고 언젠가 재건될 옛 왕국을 위해 준비하기. 그렇게 세 가지다."

언뜻 듣기엔 다소 막연하다 싶을 정도로 추상적이었지만 순례자들에겐 종교적 사명이나 다름없는 것들이었다. 단센 역시 그 의무들을 가볍게 생각하지 않았다.

"너도 동참해야 한다. 만일 네가 정식으로 입문하게 된다면."

단센의 말대로 보리스는 아직 정식 입문자가 아니었다. 정식 입문례入門禮는 섬에서만 치렀다. 본래 섬에는 외지인을 데려오는 것이 철저히 금지되어 있었다. 멋대로 그런 일을 저지른 자에게는 최악의 형벌이 내려졌다. 하지만 실제로 형벌이 내려졌던 적은 없었다. 그런 일 자체가 불가능한 까닭이었다.

"섬으로 가려면 반드시 거쳐야 하는 기착지가 있는데, 거기서 들키지 않기란 불가능하거든."

외지인을 데려오는 방법은 하나뿐이었다. 둘 이상의 섬사람이 신분을 보증하고, 동시에 외지인 본인이 견습 순례자가 될 의지를 밝히면서 간단한 입문례를 행해야 했다. 그것도 열다섯 살 이하일 때만. 그렇게 해서 섬에 들어온 견습 순례자는 열다섯 살의 첫 정화 의식에서 순례자로서 자신의 소명을 고백하고, 모든 의무를 따르겠다고 서약해야 했다. 그러고서야 정식 순례자가 되었다. 만약 한 가지라도 거부한다면 순례자가 될 수 없음과 동시에 섬에서 영원히 추방되었다. 이후의 삶은 자유지만 다시 섬으로 들어오려 하는 것은 죽음을 의미했다.

"완전한 자유는 아니지. 섬을 떠날 때 섬에 있는 특별한 그릇 속에 머리카락 한줌과 침묵의 서약을 남겨야 하니까."

"그걸 남겨두면 어떻게 되는데요?"

"만일 대륙 사람들 앞에서 섬의 비밀을 발설할 경우, 그릇 속의 머리카락이 저절로 불타게 된다. 그러면 머리카락의 주인은 어마어마한 고통을 느끼지. 심하면 죽을 수도 있을 정도로."

"멀리 있어도요?"

"아무리 멀리 있어도."

일종의 마법일까? 보리스는 놀라서 생각에 잠겼다. 마법은 보통 범위가 있는 걸로 아는데, 마법과는 또 다른 걸까?

"고통의 정도는 오직 그 비밀스러운 그릇의 재량이다. 우리로서는 그자에게 무슨 일이 벌어졌는지 알 방법이 없지."

마지막으로 지리적 설명이 이어졌다. 섬은 군도로, 큰 섬이 네 군데였다. 다 합하면 엘베섬과 수정 제도를 합친 것만큼이나 컸다. 그러나 곳곳에 산맥과 화구가 있어서 농사를 지을 만한 땅은 그리 넓지 않았다.

가장 큰 섬은 '기억', 두 번째는 '침묵'이라고 불렸다. 두 섬 사이에 위치한 작은 섬들은 남쪽의 것이 '상실', 북쪽의 것은 '기원'이라는 이름을 가지고 있었다. 사람들은 대부분 기억섬에서 살았다. 다른 섬들에는 방어 성곽이나 감시 초소만이 세워져 있었다. 섬을 수호하는 임무를 맡은 자들이 교대로 그곳을 지켰다.

순례자들의 일시적인 고향, 네 섬을 합친 그곳을 그들은 '달의 섬'이라고 불렀다.

"바람이 분다."

이야기를 멈춘 단센이 손을 세워 쳐들고 있다가 말했다. 보리스는 무엇을 보아야 하는지도 모르면서 하늘을 살폈다.

"바람은 죽 불고 있었잖아요?"

"그런 바람이 아니라, 나쁜 바람이 분다."

뭘 보고 아는지 짐작도 가지 않았지만, 의심하지는 않았다. 나쁜 바람이라면 폭풍을 말하는 것일까?

"형님을 깨워라."

보리스는 잠든 지 세 시간 정도 된 이실더를 살살 흔들어 깨었다. 이실더는 짐깐 웅얼내나가 벌떡 일어나 두리번거렸다. 그러더니 단센과 똑같은 말을 했다.

"나쁜 바람이 부는군."

일정한 무늬를 그리던 잔물결이 사방에서 겹쳐지기 시작했다. 보리스는 저도 모르게 돛대를 붙들었지만 머리 위에서 이실더가 너털웃음을 터뜨리는 바람에 도로 놓고 말았다.

"이 꼬마 녀석아, 이제야 겁나는 게 생겼냐?"

겁나지 않는다면 인간이 아니었다. 뱃전을 후려치는 물결을 뒤집어쓰며 보리스는 오랜만에 아이다운 두려움에 사로잡혔다. 배 밑에는 인간 몇백 명의 키로도 못 잴 물이 있을 텐데, 그 물이 뒤집혀 일어난다면 조개껍질 같은 배가 흔적이라도 남을까?

그런데 잠시 후 둘러보니 두 섬사람은 분위기가 달랐다. 다가올 폭풍을 가볍게 여기는 태도는 아니었다. 하지만 자신도한 명, 바다도 한 명이라는 것처럼 당당한 눈빛으로 주위를 살피고 있었다. 렘므 뱃사람들은 이렇지 않았다. 뱃사람이란 바다의 자비가 삶을 좌우하는 까닭에 이들처럼 바다를 오만하게 쏘아보는 일이 없었다.

"어떻소, 형님."

"시작해볼까."

시작은 단셴의 몫이었다. 단셴은 두 손을 가슴에 모아 합장하고 잠시 정면을 바라보았다. 그새 배는 높아진 파도를 두번이나 솜씨 있게 타넘으며 전진했다. 세 번째 큰 파도가 다가왔을 때 이실더는 능란하게 배의 방향을 조절해서 위기를 모면했다. 그러나 보리스는 온몸이 와들와들 떨려 어디를 붙잡아도 안심이 되지 않았다. 바닥이 춤을 추기 시작하자 몸을 가누기는커녕 정신조차 주체하기 힘들었다.

그때, 단센의 입이 열렸다.

검은 덩굴 엮어 긴 머리 드리운
얼굴 흰 여인이 아래를 굽어보고
땅과 물의 일이 아주 멀다 말하니
그 거리 가히 신과 인간의 거리라

바다뱀 마냥 흉포한 파도를 보매
새끼양마냥 상냥히 뛰논다 말하고
대지가 뒤틀려 토하는 소리를 들으매
조약돌 부딪쳐 손놀음한다 말한다

거센 바람과 철썩이는 파도, 그리고 우렁찬 단센의 목소리 때문에 보리스는 반쯤 제정신이 아니었다. 단센의 손에서 수인手印이 맺어지는 순간, 강한 울림 같은 것이 공기를 찢고 사방으로 퍼져나갔다. 흡사 거대한 쇠싱을 울린 듯했다. 그러나 귀로는 들을 수 없는 소리였다. 그걸 들은 것은 귀가 아닌

살갗, 그리고 온몸이었다.

"'기원'이라는 거다. 한 세대마다 몇 명은 반드시 갖고 태어나는 힘이지."

이실더는 혼자 배를 지탱하느라 안간힘을 쓰는 와중에 보리스에게 그렇게 말했다. 보리스는 아예 바닥에 엎드려 있었기 때문에 이실더의 말을 잘 알아듣지는 못했다. 그러나 고생은 오래가지 않았다. 얼마 후, 보리스는 거짓말처럼 배의 진동이 멎은 것을 깨닫고 기다시피 몸을 일으켜 바다와 하늘을 보았다. 탄성을 뱉기도 전에 단센의 유쾌한 목소리가 들렸다.

"역시 형님은 '항해자'란 말이지. 형님의 배 다루는 솜씨를 파도인들 당하겠소."

이실더도 웃으면서 대꾸했다.

"어떤 인간은 주어진 이름 때문에 오히려 거기에 맞는 삶을 살게 되곤 한다지."

심각한 위기를 넘긴 직후였기 때문일까, 보리스는 그 말이 자신에게도 들어맞는 말인 양 느껴졌다.


항해가 어느새 보름을 넘겼다. 그사이 작은 무인도에서 잠시 쉴 기회가 있었다. 걸어서 한 시간이면 가로지를 돌섬이었다. 섬 곳곳에는 돌바닥을 파낸 구멍들이 있었다. 그 안에는 어김없이 기름 먹인 가죽으로 단단히 포장된 유용한 물건들이 들어 있었다. 찢어진 돛 대신 사용할 범포帆布, 갈라진 배 바닥을 메울 역청, 돌처럼 단단해진 말린 과일과 육포, 그리고 식수도 있었다.

무인도를 나와 해로를 남동쪽으로 틀어 하루 동안 나아갔다. 다음날 낮 무렵 그들이 찾던 것이 나타났다. 해류였다. 빠른 해류가 배를 휘감더니 순식간에 그들을 다시 북쪽으로 데려다 놓았다. 해류는 놀랄 만큼 빨랐고 바람조차 적당해서 오랜만에 쾌적한 항해를 했다. 흰 새의 날개처럼 펼쳐진 돛이 몇 시간이고 가라앉을 줄을 몰랐다. 보리스는 추위조차 잊고 작은 배의 속도에 경탄했다. 실제로 추위는 점차 약해지고 있었다. 3월도 끝물이었다.

4월로 접어든 첫날이었다. 한밤중이었는데 보리스는 문득 이상한 것을 느끼고 잠에서 깨어났다. 누운 채로 반시간쯤 생각해 보니 배의 움직임이 이상했다. 큰 원을 그리며 빙글빙글 도는 기분이었다.

"깼냐?"

고물에 앉은 이실더가 가만히 어둠을 응시하고 있다가 말했다.

"어떻게 아셨죠?"

"눈뜨는 소리가 들렸어."

"……."

보리스는 몸을 일으키며 농담을 주고받을 준비를 했다. 그때 이실더가 다시 낮게 말했다.

"조심해라."

"뭘요?"

이실더는 어둠 속을 샅샅이 살피고 있었다. 실체가 있는 것을 찾는 듯도, 또는 없는 것을 찾는 듯도 했다.

"여기부터는 섬의 영역이야. 상륙하면 나와 단센 외에 처음으로 섬사람, 즉 '순례자'를 만나게 될 거다."

보리스는 고개를 끄덕이며 다시 물었다.

"그런데 뭘 조심하죠?"

"사람을. 사람이 가장 두려워."

보리스는 하품을 하고 말을 이었다.

"난 당신이 제일 무시무시한걸요."

"나처럼 너그러운 사람이 또 어디 있다고 그래, 이 녀석아."

보리스는 고개를 흔들었다.

"당신은 이 먼 곳까지 절 따라오게 했죠. 뭐, 굳이 고향으로 돌아가겠다거나 그럴 생각은 없었지만 새로운 고향을 가지리란 생각도 한 적 없는 저인데, 낯선 사람들 틈에 제 발로 들어갈 작정을 하게 했죠."

보리스가 한쪽 입가를 올렸다.

"되새겨볼수록 무시무시하네요. 당신과 함께하려고 자유

의 일부를 맞바꾸게 했어요. 탓하는 것이 아니라, 진심으로 그렇게 하고 싶도록 만들었어요, 당신은."

오랫동안 마음에 품고만 있던 말이 어둠을 빌려 쉽게 흘러나왔다. 이실더는 대꾸하지 않았다. 어린 소녀에게 예상치 못한 고백을 받고 당황한 소년처럼. 한참 뒤에 그가 말했다.

"옳은 일인지는 아무도 몰라. 하지만, 시작한 이상 난 끝을 보라고 말할 테다. 낯선 사람들에게 미움을 받고 외면당하면 너는 쓰러질까?"

"아마도 그렇겠죠. 좀 쓰러져 있다가 다시 일어나지 않을까요?"

"비틀대면서 나를 원망하지 않을까?"

"그게 겁나요?"

상황이 거꾸로 된 꼴이었다. 보리스는 본래부터 섬사람인 이실더를 걱정하는 것처럼 말했다.

"겁내지 말아요. 삶은 한순간에 불과한 건데 뭐가 겁나나요."

이실더는 어처구니없는 표정으로 말문이 막혔다가, 멀찍이 있는 녀석의 머리를 쥐어박는 시늉을 했다.

"이 자식이 남의 말을 훔쳐서 가르치려 드네."

보리스는 아랑곳하지 않고 씩 웃었다.

"어른을 따라하는 것이 적당한 나이잖아요. 그럴 수도 있는 거지."

"거기다 자기 합리화까지. 아주 못쓰겠군그래."

"본래도 쓸모가 없었잖아요. 섬에서 말뚝으로나 쓰면 어떨까요."

"말뚝으로 쓸 장작이 있으면 몸이나 데우겠네. 거기가 얼마나 추운지 몰라서 이러지."

"실은 말뚝이 되는 것이 꿈이라서 그래요. 언 바닥에 꽉꽉박아서 까딱도 하지 않게 되면 정말 멋질 텐데."

이실더는 고개를 흔들다가 말했다.

"너, 정말로 섬에 적응하기로 마음먹은 거냐? 어떤 곳인지도 모르면서?"

보리스는 턱을 높이 쳐들었다. 이실더 앞이 아니라면 짓지않을 짓궂은 표정이었다.

"굴레를 지게 될 거랬죠? 아예 말뚝에 단단히 매여 있으려고요. 그러면 나도 모르는 사이에 내가 도망갈 일은 없잖아요."

이실더는 말이 없었다. 평소 같으면 '요 녀석아, 어디서 잘난 체야' 하며 몇 번은 볼을 꼬집었을 텐데 그냥 보리스의 얼굴을 보고만 있었다. 보리스 역시 평소답지 않게 안 하던 장난까지 치며 일부러 너스레를 떤 셈이었다.

"제발 계속되기를."

처음에는 무슨 소리인가 했다. 이어진 이실더의 목소리가 단호해졌다.

"아니, 계속되게 해야겠지. 근거 없는 희망이든, 용기든. 절반은 네 어리석음, 그리고 절반은 내 욕심으로 여기까지 왔으니까 분명 공동 책임이다. 제대로 도와보자. 우리 힘으로 단단한 바위를 부술 수 있을지. 난 끝까지 네 곁을 떠나지 않을 테니, 그러니까……."

이실더가 손을 내밀어 보리스의 오른손을 움켜쥐었다.

"너도 내 곁을 떠나지 마라."

단순히 희망을 불어넣으려고 하는 말이 아니었다. 이실더는 맹세를 하고 있었다. 소년은 분명하게 깨닫지 못했지만, 이실더는 지켜내고야 말겠다고, 자신에게 굳게 맹세하고 있었다. 일이 이렇게 된 것은 결국 자신이 이 아이를 떠나보내고 싶지 않았기 때문이었다. 숨을 틔울 작은 구멍으로 곁에 두고 싶었던 것이다. 그러니 이제 자신이 소년을 보호할 차례였다.

"썰물이 오기를 기다리는 거다."

이실더의 목소리가 높아졌다.

"언젠가는 썰물이 올 테니까."

"썰물이 오면 걸어서 돌아가죠. 넓은 바다도 걱정하지 않이요."

둘은 마주보며 미소를 지었다. 잠시 후 이실더가 속삭이듯 말했다.

"썰물섬이다."


이름 그대로의 섬이었다. 새벽녘에는 뾰족한 바위 절벽만
보였다. 그러다가 간조가 되자 몇백 걸음은 될 해안선이 드러
났다. 섬의 상부는 날카로운 바위뿐이어서 썰물 때만 드러나
는 모래사장 없이는 어떤 배도 댈 수 없었다. 그런 까닭에 순
례자들이 붙인 이름도 썰물섬이었다.

썰물섬의 이러한 특징은 특별한 장단점을 만들어냈다. 일
단 밀물일 때는 웬만큼 접근해도 상륙할 만한 섬임을 알아보
기 힘들었다. 그저 큰 암초로 보일 뿐이었다. 따라서 비밀스
러운 길목 역할을 하기에 이상적이었다. 반면 썰물이 와서 배
를 대더라도 섬에 머무를 수 있는 시간이 짧았다. 해안선이
사라지도록 머뭇거리다가는 해변에 묶어둔 배가 침몰하거나
떠내려가버렸다.

배가 섬으로 미끄러져가는 동안 밤과 아침의 경계가 온 하
늘로 번져갔다. 거무스레한 돌투성이 섬 너머로 구름 조각들
이 바스러져 흘렀다. 머리 위로는 기이한 하늘이 펼쳐졌다.
푸르고 붉고 검은, 갖은 보랏빛 구름이 이랑지고 그 틈을 박
명薄明이 이었다. 흡사 신의 다섯 손가락이었다. 손은 막 커튼
을 걷으려 했다. 커튼 너머는 낮, 안쪽은 밤의 세계. 보리스는

오랫동안 하늘을 바라보았다. 썰물섬, 오래 기억될 만남이었다.

해안에 가까워지고 보니 이미 배 한 척이 대어져 있었다. 썰물이 시작된 후 들어온 배일 것이 분명했다. 가슴이 두근두근 뛰었다.

얕은 물에 이르자 세 사람은 배에서 뛰어내려 걸어서 섬에 상륙했다. 단센이 삐죽한 바위를 골라 배를 매는 동안 이실더는 감회가 새로운 듯 섬을 둘러보았다. 사실 경관은 별것이 없었다. 그도 그럴 것이 밀물이 되면 잠기는 곳인지라 주변은 해초나 조개, 갯지렁이, 소라게 따위로 너저분했다. 하지만 보리스에게는 모든 것이 신기했다. 지금껏 물이 빠진 해변에서 놀아본 적은 한 번도 없었다. 아직은 소년인 그에게 이런 곳은 흥미를 끄는 것투성이였다.

아쉽게도 이실더는 보리스가 해변에서 놀도록 내버려두지 않았다. 그들은 곧장 울퉁불퉁한 바위산으로 올라갔다. 금세 바다에 잠기지 않는 지점까지 올라왔다. 가까워지고서 알았지만 언뜻 평범한 바위산 같은 이곳은 일종의 자연 성채였다. 내부에는 계단도 있었다.

성채를 반쯤 올라가자 튼튼한 쇠문이 달린 입구가 보였다. 문에는 손잡이 대신 타원형의 홈십이 있었다. 이실더가 거기에 손바닥을 얹고 입속으로 무어라 나직이 중얼거리자 덜컹,

하고 문이 열렸다. 둘은 안으로 들어섰다. 마법으로 열리고 잠기는 문이었다.

보리스가 물었다.

"단센 씨는요?"

"해변에서 기다릴 거야."

"같이 안 가요?"

"모든 사람이 들어올 수 있는 곳은 아니야."

가끔은 물속에 잠기기도 하는 듯 습기 어린 통로를 따라가며 보리스는 고개를 갸웃거렸다. 이실더와 단센은 형제처럼 친밀해 보였는데, 어째서 이실더가 가는 곳에 단센은 가지 못하는 것일까? 그러나 그 일은 섬에서 겪을 낯선 생활에 대한 예고에 불과했다.

안쪽도 매끈하게 다듬어진 통로는 아니었다. 거친 바닥과 벽, 천장에는 크고 작은 구멍이 뚫려 있었다. 그리로 빛이 새어 들어왔다. 작은 짐승들도 자유롭게 드나들지 않을까 싶었다. 막 뻗어온 아침 햇빛으로 곳곳이 빛으로 희게 얼룩졌다. 벽에는 낯선 조개껍질이나 죽은 불가사리 따위가 본래 있었던 것처럼 자연스럽게 박혀 있었다.

길은 성채 꼭대기로 통했다. 오를수록 주위가 밝아졌다. 어느 순간, 보리스는 머리 위에 천장이 없는 것을 보고 놀랐다. 서늘한 바람이 머리카락을 스쳤다.

"자, 봐라."

마지막 계단을 밟고 올라서니 정상 한가운데였다. 사방 스무 걸음쯤 되었고, 바닥은 약간 비스듬했다. 그곳에 일곱 개의 길쭉한 돌이 원을 그리며 서 있었다. 주변은 사람이라면 기어오르지 못할 가파른 비탈뿐이었다. 그런 비탈이 해변까지 이어졌다. 머리 위는 하늘과 바다가 맞닿은 텅 빈 공간뿐, 숨이 탁 트이면서 동시에 숨이 막혔다.

너무 작아 잃을까 두려운 것이 있다면, 너무 거대해서 가누기 힘든 것도 있다. 그렇게 넓고 깊은, 압도적인 곡선 외에는 아무것도 느껴지지 않았다. 온 세상을 굽어보고 선 듯하고, 그 세상에는 처음부터 아무것도 없었던 듯하고, 그래서 줄 것도 잃을 것도, 본 것도 못 본 것도 없는 창공이었다. 심연이었다.

"저기 우리가 타고 온 배가 있다. 거기서 다시 배를 띄우면……."

이실더의 손이 북동쪽으로 뻗었다.

"저쪽이다. 섬으로 향하는 배가 가는 길이지."

지금 그쪽에는 아무것도 없었다. 그들도, 그리고 누구인지 모를 방문객도 배를 띄우지 않았으니까. 그러나 만일 배가 뜬다면 그쪽 해안은 비교적 가까워서 뱃전에 선 사람의 얼굴도 알아보지 않을까 싶었다. 사방이 트인 이 자리는 섬으로 접근하는 배를 발견하기에 과연 최적이었다. 보리스의 눈이 텅 빈

물길을 더듬는 동안 등뒤에서 목소리가 들렸다.

"아니, 이게 누군가? 정말로 돌아온 건가?"

이실더가 몸을 돌리고 보리스도 돌아보았다. 때마침 그쪽에서 바람이 몰아쳐 두 사람의 긴 머리칼을 온통 흩어놓았다. 둘은 똑같은 움직임으로 시야를 가린 머리카락을 헤치면서 상대방의 얼굴을 보았다.

"히랏세이!"

이실더가 낯선 남자의 어깨를 끌어안았다. 보리스는 돌기둥 하나를 짚은 채 휘날리는 두 사내의 머리를 바라보고 있었다. 비슷한 갈색이었다.

"삼 년 만인가, 아니 사 년 만이군. 자네, 작년에 루그란 쪽에 왔었다면서? 그때 나는 다루마치 님을 만나러 하이아칸에 가 있었지."

"나는……."

그때 히랏세이라고 불린 남자가 보리스 쪽을 돌아보았다.

"네가 누구더라? 내가 섬 밖에서 지내는 임무를 받은 사람이라 어리석게도 네 얼굴이 생각나지 않는구나. 혹시 어려서 날 본 기억이 나느냐?"

보리스는 당황해서 저도 모르게 대꾸했다.

"아, 아뇨……."

"다행이군. 피장파장이 되었으니 말이야. 순례자의 아이도 못 알아볼 정도로 내 머리가 나빠졌다니 이거 심각하잖아. 네가 어렸을 때하고 유난히 다른 모습으로 자란 게 아니라면 말이다."

무척 친근한 태도였고, 또한 알아보지 못해 열없는 기색이 역력했다. 보리스는 무슨 말을 해야 좋을지 몰라 우물쭈물하며 이실더를 쳐다보았다.

"참, 이름이 뭐냐? 어머니는?"

이야기가 순식간에 진행되어 이실더도 잠시 경황이 없었던 모양이었다. 그러나 정신을 차린 그가 히랏세이의 말을 가로막고 말했다.

"이 애는 순례자의 아이가 아니네."

"뭐라고?"

히랏세이는 단순히 놀란 것이 아니었다. 당혹, 그보다는 분노에 가까운 표정이 나타났다. 심지어 말마저 더듬었다.

"자, 잠깐, 섬의 아이가 아니라고? 그럼 누구지? 아니, 왜 여기에 있는 거지? 자네가 데려왔나?"

보리스는 히랏세이의 얼굴이 순식간에 변하는 것을 보며 불안한 예감으로 반 발짝 물러섰다. 처음에도 누구인지 몰랐고 지금도 똑같이 모르는데, 태도는 천지차이였다. 이유 불문하고 호의적이었다가 이유 불분하고 석대석으로 변했다. 순례자의 아이가 아니라는 한마디만으로.

"설명을 해봐!"

"순례자가 되려는 아이네."

히랏세이의 얼굴이 세 번째로 변했다. 적대감 대신 혼란이 얼굴을 덮었다.

"이, 이런……. 내가, 아니, 나는 지금까지…… 아, 아니네. 그만두지. 하, 이것참."

그런다고 보리스를 바라보는 시선이 달라진 것은 아니었다. 히랏세이는 이실더를 향해 다짐하듯 다그쳐 물었다.

"자네 말이니 내 한마디로 믿겠네만, 분명한 사실이겠지? 입회인은 누군가?"

이실더가 맥없는 미소를 지어 보였다.

"백발의 기원자, 단센이다."

"흐음, 흐으으음……. 만일 사실이 아닐 경우 일어날 일은……."

그러자 이실더가 단호히 말을 잘랐다.

"나도 외인을 무작정 데려올 정도로 무경위無逕渭한 인간은 아니네. 바다에서 우연히 구조했다 할지라도, 살려 데려올 수 없다는 것쯤은 누구나 알지 않나?"

보리스는 눈을 크게 뜬 채 둘 사이에 오가는 대화를 듣고 있었다. 더이상 불안하지는 않았다. 대신 낯선 곳에 왔다는 것만은 분명하게 느껴졌다. 그동안 트라바체스에서 아노마라드로, 또 렘므로 갔지만 그들은 한 대륙 안에 있었고, 서로의 존재를 납득한 나라들이었다.

하지만 섬은 그렇지 않았다. 보리스는 외부인을 철저히 적대하는 곳에 받아들여 달라고 청하러 가고 있었다. 익히 알고 있었지만 이 순간 분명히 실감했다.

섬은 그를 환영하지 않을 것이다.

# 자신을 모르는 자

흙이 젖어 있었다. 보리스가 처음 섬을 밟으며 느낀 사실이었다. 갓 녹은 땅처럼 축축했다.

이실더와 단센이 배를 대는 동안 보리스는 수평선에서 순례자의 네 섬이 고요히 떠올랐던 때를 회상하고 있었다. 섬들은 난데없이 불쑥 나타나지 않았다. 황금빛 긴 띠로 시작해 지평선을 한 바퀴 감고서야 떠오르는 태양처럼, 가장 높은 봉우리로부터 야트막한 해안선에 이르기까지 모든 것이 서서히 드러났다. 길쭉한 윤곽이 커지고 마침내 시야를 가득 채우도록 보리스는 눈을 떼지 않았다.

기억섬에서 배를 대는 곳은 남쪽 선착장 한 군데로 정해져 있었다. 선착장에 큰 배는 없었다. 보리스 일행이 타고 온 것과 비슷한 자그마한 돛배들뿐이었다.

검은 머플러를 두른 세 남자가 선착장에 서 있다가 다가왔다. 그들은 조용히 이실더와 단셴의 귀환을 축하한 뒤 보리스에 대한 설명을 요구했다. 이실더가 몇 마디 말하자 그들은 놀라움과 경계심을 담은 눈길로 소년을 바라보았다. 환영하는 기색이라고는 조금도 없었다. 잘 왔다는 말은 빈말로도 하지 않았다.

"'지팡이의 사제'께 보고해두겠소."

"아주 드문 일이니까."

이실더가 어깨를 으쓱하며 미소 지었다.

"살아생전 못 볼 일도 아니지 않소."

그러나 상대는 냉랭히 대꾸했다.

"당신이니까 저지르는 일이오, 나우플리온."

보리스는 생소한 이름을 듣고서 곁에 선 이실더를 쳐다보았다. '나우플리온'으로 불린 이실더는 '황당하냐?' 하는 얼굴로 씩 웃었다.

"들었지?"

"그것도 당신 이름이에요?"

보리스가 그렇게 말하는 순간, 앞장서 가려던 검은 머플러의 남자들이 동시에 흠칫하며 놀아보았다. 무엇을 실수했는지 모르는 보리스는 당황해서 눈썹만 약간 올렸다. 그들이 잘

자신을 모르는 자

못을 지적하지는 않았다. 지적할 가치도 없다는 태도로 몸을 돌렸을 뿐이었다. 단센이 육지로 오르며 나직이 말했다.

"형님은 이곳에서 고귀한 지위를 가지고 있단다. 말을 조금쯤 조심하는 것이 좋을지도 몰라."

단센은 먼저 '지팡이의 사제'를 만나겠다고 말하며 검은 머플러의 남자를 빠른 걸음으로 뒤따라갔다. 보리스와 '나우플리온'은 다른 사람들과 함께 천천히 선착장을 벗어났다. 보리스는 이곳의 풍경이 썰물섬과 비슷하구나 싶었다. 자연은 최소한으로 다듬어졌고, 나머지는 손질 없이 야생 그대로였다.

나무들 사이로 드문드문 풀이 솟은 흙길이 나타났다. 길은 큰 숲으로 이어졌다. 숲은 무척 깊은 것 같았다. 발을 들여놓기 전까지는. 숲에 들어왔다고 느끼는 순간 갑자기 나무가 드물어지며 눈앞에 넓은 고원이 펼쳐졌다. 이후로도 한동안 보리스는 이 비밀을 몰랐지만, 고작 몇 걸음 만에 통과한 그 길은 사실 굉장히 먼 거리였다. 그때 보리스가 뒤를 돌아보았더라면 수천 그루의 나무들이 빼곡히 들어찬 숲과, 하얀 돛배들이 장난감인 양 떠 있는 바다를 볼 수 있었을 것이다.

고원 너머로 하얀 눈을 쓴 산봉우리 세 개가 불쑥 가까워져 있었다. 대륙의 산맥처럼 험준해 보였다. 상상 이상으로 큰 섬이구나 싶었다.

일행은 곧 고원 남쪽을 감싼 석벽과 마주했다. 예닐곱 사람의 키는 너끈히 넘을 높이였다. 그러나 방어용 성채 같지는 않았다. 높기만 할 뿐, 위에서 유리하게 방어할 구조가 전혀 갖춰져 있지 않았다. 돌출된 탑이나 톱니형 흉벽胸壁 따위는 고사하고 사람이 올라갈 만한 공간조차 없었다.

길과 석벽이 맞닿는 곳에 수레 두 대가 나란히 지나갈 크기의 아치형 입구가 있었다. 그런데 입구를 닫는 문이 없었다. 사람들은 입구에서 걸음을 멈췄다. 검은 머플러의 남자 중 한 명이 그들을 기다리고 있다가 손에 무언가를 쥐고 큰 십자를 그리더니 앞으로 내뻗었다. 그러자 그때까지 보이지 않던 엷은 막이 거품처럼 너울거리며 좌우로 갈라졌다. 그들은 안으로 들어섰다.

마법일까, 들어서면서 보리스는 생각했다. 그것도 일상화된 마법. 그러나 통과하자마자 보리스는 놀라 우뚝 멈춰 서고 말았다.

"저, 여기는……."

눈앞은 작은 돌무더기가 끝없이 흩어진 폐허였다. 이런 곳이 사람 사는 마을이라고? 돌무더기 사이로 두 아름은 될 육중한 기둥들이 머리를 잃은 채 망연자실하게 서 있었다. 기둥은 두 줄로 십자열을 이루며 멀어져갔다. 바닥에는 한때 매끈하게 깔려 있었을 내리석 포석鋪石이 이음매가 깨지고 곳곳이 움푹 꺼진 채 방치되어 있었다. 돌 틈마다 악마의 손아귀 같은 정체 모를 검은 덩굴이 수북했다. 살아 있는 것은 그 덩굴뿐이었다.

그러나 놀란 이유는 그 때문이 아니었다. 보리스는 분명히 들었다. 발소리를. 많은 사람들이 포석을 밟으며 돌아다니고 있었다. 그러나 사람은 한 명도 보이지 않았다. 밤도 아닌 환한 대낮에, 보이지 않는 자들이 발걸음도 가볍게 뛰어다니고 있었다.

타닥, 타다닥, 타닥…….

타다다닥, 타닥, 탁, 탁, 탁.

"……."

보리스는 저도 모르게 이실더, 아니 나우플리온의 팔을 꽉 붙들었다. 목이 막히고, 눈동자마저 부들부들 떨렸다. 잡힌 팔에서 불안한 기색을 느낀 나우플리온이 보리스의 손을 끌어당겨 잡았다.

"왜 그래? 뭘 보는 거야?"

보리스는 한동안 대꾸는커녕 눈조차 깜빡이지 못했다. 한참 뒤에야 간신히 말이 나왔다.

"저, 저…… 소리가 안 들리세요? 저 부서진 도, 돌 위를…… 뛰, 뛰어다니는 발소리……."

나우플리온은 보리스의 어깨를 꽉 끌어안았다가 다시 물었다.

"뭐가 보이지? 자세하게 말해봐."

"돌무더기하고, 기둥…… 검은 덩굴……."

"……!"

검은 머플러의 남자도 그 말을 듣고 놀란 기색이었다. 한 명이 다가오더니 품에서 뭔가 꺼내 보리스의 손에 쥐여주려고 했다. 그러나 나우플리온이 손을 내저으며 막았다.

"잠깐만."

나우플리온은 보리스를 뒤로 돌아서게 하더니 한 손으로 소년의 눈을 가렸다. 그리고 다른 팔로 몸을 끌어안았다.

"괜찮으니까 천천히 말해봐. 방금 본 것들을. 네 눈에 보인 대로. 우리가 아무것도 못 봤다고 생각하고 설명해봐라."

눈앞이 캄캄해지자 그토록 놀라게 했던 발소리도 사라져버렸다. 동시에 머리가 차가워지며 마음이 착 가라앉았다. 즉시 보리스는 의심스러워졌다. 방금 본 것이 진짜였을까? 환각이나 착각이 아니고?

그러나 지금 말하지 않는다면 꿈에서 깰 때처럼 기억이 흐려져버릴 것 같았다. 보리스는 입을 열었다.

"지붕도 없는 기둥들이 두 줄로, 아주 먼 곳까지 이어져 있었어요. 마치 회랑처럼. 또 다른 기둥들이 그 기둥들과 십자 모양으로 교차되어 좌우로 이어졌어요. 기둥 사이사이에는 큰 망치로 부순 것 같은 돌무더기가 흩어져 있는데, 본래 집이나 지붕이었던 것 같아요. 바닥에는 네모진 포석이 깔려 있는데 거의 다 깨졌어요. 포석 틈에서 검은 식물이 자라고 있고요. 거기엔 아무도 없는데…… 발소리가 들리죠. 지금은 안 들리는데 아까는 들렸어요. 아이들이 뛰어노는 것처럼 가벼운…… 그런 발소리였어요. 아주 많이, 수십 명이 한꺼번에 술래잡기라도 하고 있는 것처럼……."

나우플리온은 보리스의 눈을 가렸던 손을 천천히 내렸다. 보리스는 나우플리온을 올려다보았다. 그는 바닥에 한 무릎을 꿇고 앉아 있었는데 도저히 믿지 못하겠다는 표정이었다. 기쁜 것인지, 당황한 것인지, 우려하는 것인지 알 수가 없었다.

"이리 주시오."

이윽고 보리스의 어깨 너머로 손을 내민 나우플리온이 뭔가를 받아들더니 보리스의 손에 건네주었다. 그건 은으로 만든 작은 메달이었다. 앞뒤로 매끈할 뿐 아무 표식도 없었다. 끈을 꿰는 구멍이 있었지만 끈은 없었다. 나우플리온이 불안한 한숨을 내쉬며 보리스를 다시 돌려세웠다.

"아……."

두 번째 충격이었다. 방금 전에 보았던 광경은 온데간데없었다. 대신 앙상한 가지를 드러낸 겨울나무, 그리고 연기가 오르는 야트막한 돌집들이 보일 따름이었다. 무심하게 오가고 있는 살아 있는 사람들도 있었다. 바닥에는 포석은커녕 흙

뿐이었고, 기둥 따위는 눈 씻고 봐도 없었다. 검은 덩굴은 말할 것도 없었다.

"······."

보리스가 말문이 막혀 있는 동안 등뒤에서 나우플리온이 어깨에 손을 얹었다.

"방금 전에 봤던 것, 잘 기억해둬라."

보리스는 자신이 겪은 일에 멍해진 나머지, 검은 머플러의 남자들이 사뭇 달라진 시선으로 바라보는 것조차 눈치채지 못했다.


조용한 마을을 걸으며 언젠가 이름 모를 호수에서 루네트로 비춰보았던 풍경을 떠올려보았다. 조금쯤 겹쳐지는 듯도 했다. 그러나 지금은 겨울에 가까운 계절이라 마을 뒤로 뻗은 산비탈은 눈 녹은 회색을 띠고 있었다.

마을 중심부에 이르자 눈에 띄는 사각 건물이 우뚝 솟아 있었다. 그걸 본 보리스는 미심쩍어 눈을 몇 번 깜빡거렸다. 건물 주위를 둘러싼 기둥들은, 방금 전에 본 상상인지 환각인지 모를 풍경 속의 기둥들과 대단히 비슷했다. 다만 규모가 절반이었다. 기둥 안쪽의 벽에는 화려한 부조가 빼곡하게 들어차 있었다. 보는 눈이 어지러울 정도로. 섬에서 처음으로 마주한 장식다운 장식이었다. 그러나 그 장식은 섬에 감도는 고요한 분위기와 그다지 어울리지 않았다.

일행은 그 건물로 들어갔다. 입구를 통과하자 널찍한 홀이 나타났다. 탁자도 의자도 없는 텅 빈 공간이었다. 바닥에는 일곱 개의 원이 그려져 있었다. 푸른 삼각형과 붉은 타원 따위의 기하학적 무늬가 들어찬 일곱 원들은 전체적으로 큰 원을 이루고 있었다. 그중 두 개의 원에 두 사람이 각자 방석을 깔고 앉아 있다가 고개를 들었다.

"순례자에게 마땅히 돌아가야 할 안식이여!"

한 명이 그렇게 외치며 자리에서 일어섰다. 또 한 사람은 천천히 몸을 일으키며 말했다.

"하루살이에게도 돌아가 죽어야 할 잎이 있다. 귀환을 축하하네, 검의 사제여."

'검의 사제'로 불린 사람은 다름 아닌 나우플리온이었다. 나우플리온은 성큼성큼 걸어가 환영하는 두 사람과 각각 세 번의 포옹을 나누었다. 보리스는 다른 사람들과 더불어 입구 근처에서 기다리고 있었다.

먼저 일어선 사람은 마흔 남짓한 깡마른 남자였다. 머리카락이 전혀 없는 반들반들한 머리통과 두터운 입술이 눈에 띄었다. 목에는 번쩍이는 금색 메달을 걸고 있었는데 손바닥보다 크고 묵직해 보였다. 두 번째 사람은 여자였다. 먼젓번 남자보다 훨씬 나이가 들어 보였다. 일어선 자리에는 큰 지팡이가 놓여 있었다. 수정처럼 투명한 돌이 초승달 모양으로 깎여 지팡이 머리를 장식하고 있었다. 이 또한 주먹 셋을 합친 것만큼이나 컸다.

"돌아와서 두 분을 뵙게 되니 기쁘군요."

"진심이냐? 물론 아니겠지?"

지팡이를 가진 여자가 나이에 비해 활달하게 말하며 웃었다. 농담 반 진담 반의 말에 나우플리온은 말없이 고개를 숙여 보이기만 했다. 메달을 가진 남자가 불만스럽게 말을 받았다.

"그런 말은 마오. 다시 떠나리란 생각은 하고 싶지도 않으니까. 잘 왔소, 검의 사제여."

"메달의 사제께서도 건강하신 듯 보이는군요."

이윽고 나우플리온이 몸을 돌리자 세 사람의 눈이 동시에 보리스에게 닿았다. 먼저 입을 연 사람은 지팡이를 가진 여자였다.

"저 아이냐? 애야, 이리로 오너라."

보리스는 혼자서 그들 앞으로 갔다. 허리를 굽히면서 말했다.

"보리스 진네만입니다."

"허!"

메달을 가진 남자가 불만스럽게 첫 마디를 터뜨렸다. 지팡이의 여자가 밀했나.

"아이야, 새 이름을 지어야겠구나. 그 이름은 너무 대륙 냄

자신을 모르는 자

새가 난다."

대륙 냄새가 무엇인지 보리스는 몰랐지만 이들이 매우 싫어한다는 것만은 분명히 느껴졌다.

"견습 입문례를 치르고 왔다고 에니오스에게 들었다. 곧 정식 입문례를 치러야겠지."

여자는 고개를 끄덕거리더니 한결 상냥해진 목소리로 말을 이었다.

"내 이름은 데스포이나라고 한단다. 다들 데시라고 부르지. 너도 그렇게 부르렴."

그러면서 데스포이나는 메달을 가진 남자를 쳐다보았다. 남자가 마지못한 기색으로 입을 열었다.

"나는 테스모폴로스다. 일곱 원의 수호자 중 하나인 '메달의 사제'로서, 이후 네 행동을 소상히 지켜볼 것이다."

데스포이나가 싱긋 웃으며 덧붙였다.

"테스모 사제라고 부르면 된단다. 그렇게 긴 이름을 늘 부르려 하다가는 삶까지 숨이 가빠지니까 말이야."

보리스는 저도 모르게 웃을 뻔했다가 곧 멈췄다. 테스모폴로스가 불쾌한 듯 고개를 돌렸기 때문이다.

데스포이나는 지팡이의 사제, 테스모폴로스는 메달의 사제, 그리고 보리스가 오랫동안 이실더로 알아온 남자는 검의 사제 나우플리온이었다. 분위기를 보니 그들은 섬의 중요한 일들을 결정하는 높은 사람들이었다. 보리스는 새삼스레 긴 머리를 높이 묶은 나우플리온을 쳐다보았다. 겉으로는 아무것도 달라지지 않았는데 어쩐지 거리감이 느껴졌다.

데스포이나가 무언가 결심한 듯 보리스를 다시 보았다.

"그래. 네 이름은 내가 지어주도록 하마, 아이야. 이름을 지어 받을 때까지는 누구에게도 자신을 소개하지 말도록 해라. 이제까지의 이름은 너와 관계가 없어졌다. 잊지 마라. 너는 이제 '자신을 모르는 자'이다."

그날 밤 보리스의 꿈에 불타는 저택이 나타났다. 실로 오랜만이었다.

항쟁의 밤에 진네만 저택은 크리갈의 독액에 부식되었을지언정 불에 타지는 않았다. 그러나 보리스의 꿈에서는 자주 저런 모습으로 나타나곤 했다. 검붉은 불꽃에 휩싸인 저택은 문설주며 창틀, 벽이 다 새카맣게 타서 곧 무너지기 직전이었다.

주위에는 아무도 없었다. 보리스는 홀로 우뚝 서서 원초적인 공포에 사로잡혔다. 저택이 사라져서 슬픈 것인지, 혼자가 되어 두려운 것인지, 또는 소중하지만 무엇인지 생각나지 않는 것을 잃어서 안타까운 것인지, 분명하지 않았다. 다만 가슴을 케운 감정만은 녹은 초콜릿처럼 진하고 섰었다.

갑자기 마음속, 또는 마음 밖에서 목소리가 들렸다. 귀청을, 또는 가슴을 둔중하게 때렸다.

네가 달아나도 뒤따라 갈 것이다.
어디까지고, 언제까지나.

저택에서 그림자가 거대한 손 모양으로 뻗어나왔다. 불길은 순식간에 아득해지고, 그림자가 사방을 뒤덮어버렸다. 붉은 점으로 변해버린 저택을 바라보며 보리스는 도망치지도 못한 채 서 있었다. 자신을 따라오겠다는 것이 책임감인지, 죄책감인지, 애정인지, 증오인지도 모르면서. 또한 그것을 기다리면서.

"이리 와! 잡아보라니까? 얼른!"
새가 지저귀는 소리 같기도 했다. 눈가를 적시는 햇살을 느끼며 '자신을 모르는 소년'은 침대에서 눈을 떴다.
"달란 말이야! 돌려줘!"
"나 잡으면 주지! 나 잡으면 천재!"
처음에는 전날 환각 속 폐허에서 들었던 발소리의 아이들이 이제 말도 하기 시작했는가 싶었다. 그러나 정신이 돌아오자 창밖에서 들리는 목소리임을 알았다. 활기 넘치는 목소리와 애처로운 목소리가 섞여 있었다.

"싫어⋯⋯. 돌려달란 말이야. 난 못 해⋯⋯."

"그러니까 네가 바보 땅다람쥐지. 에헤헤헷!"

침대에서 몸을 일으키자 이불이 흘러내렸다. 침대 바로 옆에 창문이 있었다. 약간 열린 덧문으로 환한 빛이 흘러들었다. 그는 밖을 살피기에 앞서 먼저 주위를 두리번거렸다. 여기가 어디더라?

거칠게 다듬은 들보가 머리 위에 그대로 드러나 있었다. 허리를 굽히고 드나들어야 할 법한 나무 문짝, 짚 깔개가 깔린 바닥과 구석에 놓인 흙 단지가 보였다. 서서히 떠올랐다. 이곳은 지팡이의 사제 데스포이나의 집이었다. 어제 오후에 데스포이나의 인도로 이 방에 들어와 지금껏 나가지 않았다. 식사도 여기서 하고 잠도 여기서 잤다. 데스포이나는 이름이 생기기 전에는 사람을 만나지 않는 편이 좋겠다고 했다.

덧문 너머로 세 소년이 다른 하나를 피해 이리저리 뛰어다니는 모습이 보였다. 실은 피한다기보다 뒤따라오는 아이를 놀리고 있다는 쪽이 맞았다. 달아나는 소년들은 손때 묻은 가죽 주머니를 쥐고 뛰다가, 잡힐 듯하면 친구에게 던져버리며 뒤쫓는 소년을 골탕 먹이고 있었다. 뒤쫓는 아이는 다른 아이들보다 키도 작고 형편없이 말라서 뛴다고 뛰는데도 도망치는 아이들의 뒷짐도 선느리시 못했다. 겁먹은 눈망울이 쉴 새 없이 깜빡거렸다.

"바ㅡ아ㅡ보! 바보 땅다람쥐!"

"울보 땅다람쥐야! 여기다, 여기!"

다시 주머니가 허공을 가르는 소리가 들려왔다. 창가 바로 옆에서 목소리가 들렸다.

"옳지! 이번에는 이쪽이다! 와서 잡아봐라!"

땅다람쥐라고 불리는 소년은 가까이 온 상대를 급히 잡으려 하다가 바닥에 굴러다니던 장작개비를 밟아 넘어지고 말았다. 한바탕 굴렀지만 의외로 벌떡 일어난 소년은 놀리던 소년 한 명의 다리를 꽉 껴안았다.

"돌려줘!"

"쳇!"

다리를 잡힌 소년은 주머니를 다른 친구에게 던졌지만 그것도 모자라 다른 발로 꼬마를 사정없이 걷어찼다. 꼬마는 몸을 고슴도치처럼 동그랗게 움츠리고 끙끙거렸다. 그런데도 발길질은 멈추지 않았다. 친구들끼리 하는 장난치고는 지나치다는 느낌이 들었다. 사정을 봐주는 기색이 전혀 없었다.

발길질을 다 견딘 꼬마 '땅다람쥐'가 발딱 일어나 앉더니 눈물이 글썽해진 눈으로 소년들을 번갈아 보며 사정했다.

"이만하면 충분히 놀리지 않았어? 이제 그만 돌려줘. 부탁이야."

왜 때리느냐고 따지지도, 화를 내지도 않았다. 친구는 아닐지 몰라도 원한 관계는 아닐 것 아닌가? 하지만 소년들은 믿을 수 없을 정도로 꼬마에게 모질었다.

"천만에, 난 아직 안 질렸어."

저쪽에서 주머니를 받아든 소년이 히죽히죽 웃으며 친구에게 눈짓을 했다. 친구가 고개를 끄덕이자 그는 주머니를 열더니 안에 든 것을 쏟아버렸다.

툭, 투두둑, 툭.

멀어서 무엇인지 보이지 않았지만 돌멩이 비슷한 것들이 십여 개 떨어져 사방으로 굴러갔다. 마침 가까이 굴러온 것을 보니 아침 햇빛을 말갛게 반사하는 반투명한 돌들이었다.

'땅다람쥐'는 화들짝 놀라 아픈 것도 잊고 허겁지겁 달려갔다. 울먹거리며 쏟아진 것들을 주워 모으는데 한 소년이 갑자기 달려들어 떨어진 돌을 냅다 걷어찼다. 돌이 수풀 속으로 날아가 박히자 소년은 휘파람을 불며 손뼉을 치고는 친구들을 돌아보았다.

"어때, 멋진 발차기지?"

더한 도발은 필요 없었다. 곧 다른 소년들도 달려들어 땅다람쥐의 작은 손이 그러모으려는 돌들을 사방 구석으로 차 보냈다. 비틀거리면서 그것을 막아보려 하는 무력한 땅다람쥐는 동네 아이들에게 피롭힘냥하는 떠놀이 개와 다를 것이 없었다.

자신을 모르는 자

'자신을 모르는 소년'은 저도 모르게 울컥해 침대에서 뛰어내려 망토를 집었다. 곧장 밖으로 나가려다가 갑자기 멈췄다.

끼어들어도 될까?

데스포이나는 분명 이름이 정해지기 전에 사람들과 마주하는 것을 피하라고 했다. 그러나 창 너머에서 반쯤 울음에 가까운 땅다람쥐의 목소리가 들려오자, 소년은 방금 전의 생각을 깨끗이 지워버리고 밖으로 나섰다. 쏟아지는 햇살 때문에 잠시 눈을 가렸지만 곧 모든 것이 보였다.

"너무해……. 정말 너무해……. 너희는 남이 아끼는 걸 멋대로 부숴버리는 것이 재밌어? 남이 좋아하는 물건을 이렇게까지 짓밟아버릴 수 있는 거야?"

한 소년이 대꾸했다.

"지킬 힘이 없는 네가 잘못이야. 너같이 약해빠진 애는 아무것도 못 갖는 게 당연하지."

다른 소년이 말했다.

"넌 '달여왕'의 가르침도 몰라? 힘이 없거든 가지지도 말라고 했어."

"처음부터 아무것도 감추지 않으면 빼앗기지도 않잖아? 앞으로 좋은 것이 생기면 얌전히 갖다 바치란 말이야. 그러면 괴롭게 울 일도 없지."

마지막 소년의 말이 맺어지는 것과 동시에 '자신을 모르는 소년'이 말했다.

"그러면 너희보다 센 사람이 나타나면 너희 것도 빼앗기는 것이 당연하겠지?"

세 소년이 동시에 문간에 선 소년을 보았다. 낯선 얼굴이었는지라 두 명은 의아해서 고개를 갸웃거렸고, 다른 하나는 화를 냈다.

"혼나기 싫으면 저리 꺼져!"

"잠깐, 쟤는 뭐야? 너 쟤 알아?"

"몰라. 내가 그런 걸 어떻게 알아?"

"모르는 아이가 어떻게 우리 섬에 있지?"

그때 마지막 소년이 뭔가를 알았다는 표정을 지었다.

"아아, 너. 어제 섬에 들어왔다던 녀석이구나? 너 외지인이지? 약골에 얼간이들밖에 없는 대륙에서 왔지?"

'자신을 모르는 소년'은 그 말에 반론하지 않았다. 다만 자느라 풀어놓았던 머리를 주머니에서 꺼낸 끈으로 돌려 묶으며 천천히 대꾸했다.

"내가 어디서 왔는가는 중요하지 않아. 하지만 방금 내가 한 말은 분명 너희의 의견이었지?"

세 소년은 얼굴을 마주보았고, 다시 마지막 소년이 말했다.

"침견이나 좋아하는 날라비틀어진 자식이냐? 네 말이 맞지! 하지만 우리보다 힘이 세려면 세 명을 동시에 이겨야 된다? 서로 돕는다는 것도 우리 힘이니까!"

그 말에 다른 두 소년도 힘을 얻은 얼굴로 눈동자를 반짝거렸다. 새로운 장난에 구미가 당기는 모양이었다. 다른 한 명이 소리쳤다.

"당연한 일이지! 덤비고 싶으면 덤벼봐! 우리 셋이 동시에 상대해줄 테니까!"

그들이 대륙에서 왔다는 또래 소년 이야기를 전해 들은 것은 오늘 아침이었다. 마침 여기 있을 줄은 몰랐지만, 맨 처음 기를 꺾어준 것이 자기들이라고 알려지는 것도 상당히 괜찮을 듯했다. 물론 그들도 바보는 아니었다. 나타난 소년이 마르긴 했어도 다부진 몸매에, 눈빛도 날카롭다는 것을 못 알아보지는 않았다. 하지만 자기들은 셋인데 겁낼 필요가 있겠는가?

'자신을 모르는 소년'은 소년들이 한 말에 전혀 동요하지 않았다. 망토를 약간 젖히며 무감정하게 대꾸했다.

"너희 말이 물론 맞아."

힘의 논리에 정정당당함 따위가 끼어들 틈은 없다. 몇 년간 뼈저리게 반복해서 느껴온 사실이었다. 어른이라고, 강대한 귀족이라고, 노련한 전사라고 힘없는 아이의 사정을 봐주는 일 따위 없다. 물론 소년들의 주장을 엄밀히 따르자면 자신은 실리 없는 싸움에 끼어드는 바보짓을 하려 하는지도 모른다.

그러나 '자신을 모르는 소년'은 방금 전 땅다람쥐의 절망적인 목소리에서 이 년 전 자신의 그림자를 보았다.

힘이 없어 괴롭힘을 당하는 것은 흔해빠진 일이다. 그러나 그런 자신을 온 힘을 다해 지켜주려 했던 사람이 있었듯, 지금 저 꼬마에게 그런 사람이 있어 안 될 것은 무엇인가?

깨닫지는 못했지만, 그가 자신보다 약한 누군가를 진심으로 도와주고 싶다고 생각한 것은 처음이었다. '땅다람쥐'가 불안한 목소리로 말했다.

"나, 난……. 나 같은 걸 위해서 위험을 무릅쓸 필요는 없는데……."

'자신을 모르는 소년'은 돌아보지도 않은 채 말했다.

"너하고는 상관없어. 넌 네 물건이나 찾아봐."

자신이 형을 향해 품었던, 그런 다루기 힘들고 벅찬 애정은 받고 싶지 않다고 생각했다…….

한 발짝 다가서자마자 덤벼오는 첫 번째 소년의 목덜미를 움켜잡아 다른 소년을 향해 밀쳐버렸다. 몇 년간 무거운 검을 잡아온 손아귀 힘은 또래 소년들과 비할 바가 아니었다. 중심을 못 잡고 밀려 쓰러졌던 소년들은 곧 벌떡 일어나 반격해왔다. 세 번째 소년이 달려들기를 기다렸다가 허벅지 안쪽을 걷어차고, 비틀대는 녀석의 배를 다시 힘껏 차버렸다. 이어 세워 편 손날과 팔꿈치만 이용해서 다른 두 소년을 가볍게 쓰러뜨렸다.

싸움이라 부르기도 싱거울 정도였다. 세 소년은 전혀 상대가 되지 않았다. 몰려다니며 저들끼리 몸싸움이나 해보았을까, 싸움의 기본조차 모르는 아이들이었다. 그러나 '자신을 모르는 소년'은 나우플리온과 함께 다니는 동안 다양한 체술을 익혔다. 노련한 어른들에 비하기는 어려워도, 실전 경험으로 만들어진 반사 신경은 또래들과 비교가 되지 않았다.

끝난 듯했던 상황은 뜻밖의 반전을 만났다. 다시 달려들려 하던 소년들은 상대의 망토가 펄럭이는 순간 허리에 단단히 매어진 것을 보고 말았다.

"검이 있다!"

"검을 갖고 있어!"

갑자기 팽팽한 긴장감이 감돌았다. 소년들은 더이상 덤벼들지 않았지만 방금 전의 치기 어린 눈빛과는 전혀 달라진, 적대적인 시선으로 노려보며 모여 섰다. 한 명이 외쳤다.

"섬에서 검을 가지려면 검의 사제님의 허락이 있어야 돼!"

억지를 쓰는 목소리가 아니었다. 그들은 진지하게 분개해 있었다.

"허락 없이 검을 갖고 다니면 큰 벌을 받게 되거든? 몰랐냐? 넌 이제 죽었어!"

"얼른 어른들한테 알리자! 사제님들한테 가자고!"

핑계가 마침 좋았다. 잠깐 싸워본 것만으로도 대륙 소년에게 저들이 상대가 안 된다는 걸 충분히 알았기 때문의 최초의 자신감은 애당초 사라졌다. 그렇다고 친구들보다 먼저 물러났다가는 비겁자 취급을 당할까 봐 어물거리고 있었는데, 시기적절하게 이 문제가 터져주었다. 소년들은 싸움 따위 뒷전이 되어 슬금슬금 뒷걸음질치다가 줄행랑을 놓아버렸다. 남은 것은 입장이 묘해진 소년, 흩어진 돌멩이들, 중천으로 오르는 해, 그리고 주저앉아 멍하니 소년을 올려다보고 있는 땅다람쥐뿐이었다.

이윽고 땅다람쥐는 주춤거리며 자리에서 일어났다. 그가 겁먹은 표정을 감추려 노력하면서 말했다.

"저어, 저……. 난 오이지스라고 해. 그건 '아픔'이라는 뜻이고."

'자신을 모르는 소년'은 두 가지 의미에서 당황했다. 첫째로, 자신에게는 아직 소개할 이름이 없었다. 둘째로, 어린 소년의 이름이 가진 불길한 뜻이 놀라웠다. 대륙의 부모 가운데 그 누가 자식에게 '아픔'이라는 이름을 지어주려 하겠는가? 자식이 행복하게 살기를 바란다면 왜 나쁜 의미의 이름을 짓지? 그게 정말로 본명이라고?

생각에 빠진 나머지 '자신을 모르는 소년'은 상대가 어떤 심정으로 이름의 뜻을 밝혔는지 깨닫지 못했다. 섬에서 자기 이름에 깃든 '진짜 의미'를 초면부터 밝힌다는 것은 대단한 신뢰를 보이는 행동이었다.

"그런…… 네 이름은 누가 지었어?"

본래 그렇게 친근하게 물을 생각은 아니었다. 그러나 이름을 말하며 오이지스가 지은 체념한, 동시에 창피해하는 표정을 보자 저도 모르게 그런 목소리가 나오고 말았다. 오이지스는 약간 표정이 밝아지면서 말했다.

"돌아가신 루미나리스 사제님께서 지어주셨어. 물론 우리 어머닌 그 이름을 듣고 별로 좋아하시진 않았어."

"여기선 이름을 다 사제님들이 짓는 거야?"

"새로 태어난 아이의 미래에 어울리는 이름을 알아낼 수 있는 건 사제님이나 수도사님뿐이잖아? 참, 넌 대륙에서 왔으니 잘 모르겠구나……."

오이지스는 말끝을 흐렸다. 그 역시 좀 전의 세 소년들처럼 '대륙의 사람들은 어리석고 악하다'는 편견에서 자유롭지는 못했다. 그러나 오이지스의 생각을 알아차리지 못한 '자신을 모르는 소년'은 또 다른 궁금증이 생겨 질문했다.

"이곳의 이름에는 전부 그렇게 뜻이 있어? 그 사제님의 이름은 무슨 뜻이야?"

오이지스는 약간 망설였다. 실은 많이 망설여야 하는 일이었지만 그는 금방 입을 열었다.

"엄마는 남의 이름에 든 뜻을 함부로 말하는 건 예의가 아니라고 하셨지만, 돌아가신 분이니까 아마 괜찮을 거야. 음, 루미나리스는 '무화과나무'라는 뜻이래. 하지만 나도 무화과가 뭔지는 몰라."

그러고서 대화가 끊겼다. 두 소년은 마주선 채 잠시 할말을 찾지 못했다. 한참 만에 오이지스가 말했다.

"넌 정말 강하더라. 난 너 같은 사람을 보면 참…… 신기해."

"신기하다고?"

오이지스의 어조에는 두려움과 동시에 동경이 묻어났다. 당연히 자기 따위와 멀리 있어야 할 존재인데 기적이 일어나 이렇게 가까이에서 이야기하고 있다고 생각하는 것 같았다.

"난 죽었다 깨어나도 못할 것 같거든, 너처럼은 말이야. 절대로."

'자신을 모르는 소년'은 침묵을 지켰다. 실은 어떤 말을 해야 좋을지 몰랐다. 자신은 전혀 특별하지 않은데, 오이지스는 지금 그렇다고 생각하는 것이 분명했다. 갑자기 부담스러워졌다. 자신이 형을 바라볼 때, 형도 어쩌면 이런 기분이었을까?

좋은 변명이 떠오르지 않았다. 그러면서 동시에, 보잘것없는 자신이지만 할 수만 있다면 그런 기대를 충족시키고 싶어졌다. 이 또한 처음 경험하는 일이었다.

오이지스는 자신이 상대의 기분을 상하게 한 것은 아닌지 걱정스러워하며 눈을 깜빡거렸다. 다시 쪼그려 앉아 구슬 하나를 만지작거리다가 조심스럽게 물었다.

"네 이름은 뭐야?"

소년은 고개를 저었다.

"'자신을 모르는 자'일 뿐이야. 이 섬에선 아직 이름이 없는, 무형의 존재지."

# Will You Remember?

렘므에서는 이실더라는 이름으로 불렸으나 섬으로 돌아와 본명을 찾은 남자가 산비탈을 걷고 있었다. 복장은 여행하던 시절과 다를 것 없었지만 허리에 낯선 검을 한 자루 차고 있었다. 섬을 떠난 동안 다른 사제에게 맡겨져 있다가 이제 다시 그의 손에 돌아온 물건이었다.

우레의 룬.

섬에서 한 사람을 제하면 가장 지위가 높은 여섯 사제 가운데 검의 사제가 지니는 성물聖物이다. '우레의 룬'이라는 이름은 칼날에 새겨진 룬 문자 자체를 가리키기도 했다. 천둥과 번개를 다스리는 우레의 룬의 권능이 검에 깃들어 그 힘으로 이 섬과 신성한 제사의 의식을 수호했다.

나우플리온이 검의 사제가 되어 우레의 룬을 물려받은 것은 스물다섯 살 때였다. 물론 그때까지 검의 사제였던 사람이 더이상 직분을 수행할 수 없었기 때문이었다. 사제직은 자신이 그 일을 제대로 해낼 수 없다고 생각하면 스스로 내놓는 것이 관례였다. 검의 사제는 섬에서 가장 뛰어난 검사여야 했으므로 직분을 받는 시기는 물론, 사제직을 내놓는 시기도 빠른 편이었다. 보통은 쉰 살이 되기 전에, 몸이 쇠약하다면 그보다 일찍 젊고 새로운 사람을 찾아내어 사제직을 넘겨주고 원로원의 일원으로 물러났다. 새로운 사람이란 전임 사제의 제자인 경우가 많았다.

그러나 나우플리온의 경우는 예외였다. 그는 전임 사제의 제자가 아니었다. 전임 사제도 스스로 물러난 것이 아니었다. 전임 사제는 원로가 되지도 못했다.

그 일이 벌어진 지 십 년도 되지 않았다……. 본래 나우플리온은 검의 사제가 될 생각이 없었다. 그럴 가능성도 없었다. 그러나 그때는 달리 그 직분을 맡을 사람이 아무도 없었다. 그날의 비극이 모든 것을 바꾸어놓았다. 섬의 모습부터, 그의 삶에 이르기까지.

나우플리온은 나직이 휘파람을 불었다. 어느새 일곱 개의 돌이 서 있는 곳까지 왔다. 십 년에 한 번 돌아오는 축원 제례인 '칠원례'가 치러지는 곳이다. 그 외에도 달여왕에게 바치는 중요한 제사들을 행하는 장소였다. 이제 '자신을 모르는 자'가 된 보리스에게 한때 루네트가 보여주었던 풍경이기도 했다.

  골짝의 들장미 철없는 아이인 양
  가슴속 깊은 곳 진실을 말한다.


  돌아오라고, 그를 그리워하라고
  말하리라고, 네게 돌아가리라고


  나우플리온은 휘파람 곡조 속의 노랫말을 머릿속으로 떠올리면서 자조적인 미소를 지었다. 파르스름한 봄기운이 번져가는 언덕 곳곳에 누런 옛 풀들이 보였다. 강아지풀 하나를 뽑아 입에 물고 벌렁 드러누워 하늘을 보았다. 복잡한 심경과 반대로 맑게 갠 하늘이었다. 잠시 후 그는 불던 휘파람의 박자를 바꾸었다.

  실심한 어린 처녀 언덕 위에 홀로 있어
  누구의 위로도 거절하고 오직 홀로만 있어
  죽은 나비 넋 날래며 풀꽃다발 엮으며
  죽도록 혼인치 않으리라 굳게 다짐했다네.

나우플리온은 머리를 긁적였다. 편치 않은 표정이었다. 입가를 실룩이는 것에 따라 강아지풀이 흔들거렸다.

"어머, 나우플리온 님 아니세요?"

머리맡에서 들려온 소녀의 목소리에 나우플리온은 그만 더 우울해져버렸다. 사람을 만나고 싶지 않았던 것이다.

"혼자 여기서 뭘 하세요? 돌아오셨다고 얘기만 들었는데 이런 곳에서 뵙게 될 줄은 몰랐어요."

"……그래."

나우플리온은 몸을 일으켜 앉았다. 묶은 머리채에 누런 풀이 잔뜩 붙어 있었다. 자그마한 손이 다가와 기다란 풀을 하나 떼어내더니 손가락에 몇 바퀴 감았다. 노란 치맛자락이 눈앞에서 나풀거렸다.

"제가 별로 반갑지 않으신가 봐요?"

눈치 빠르긴, 하고 생각하며 나우플리온은 하던 생각을 털어냈다. 열두어 살쯤 된 소녀가 무릎까지 오는 치마를 입은 채로 폴짝 뛰어 나우플리온 앞에 주저앉았다. 밝은 적갈색 고수머리를 절반 올려 묶은 평범한 머리 모양이나 개구쟁이 짓을 하느라 생긴 턱의 하얀 흉터조차 소녀의 타고난 미모를 빛바래게 하지 못했다. 매끈한 이마 아래 시원스레 뻗은 콧날 주위로 귀여성 있는 주근깨가 흩어졌다. 살짝 그을린 뺨은 발

갖게 상기되어 있었다. 소녀는 어려서부터 나우플리온과 친했다. 나우플리온은 대뜸 짓궂게 불렀다.

"주근깨백합꽃!"

예전처럼 소녀는 발끈했다.

"아직까지도 그걸 기억하다니, 너무하잖아요! 멀리 갔다 돌아온 보람도 하나도 없고!"

"이래서 기억력 좋은 사람은 힘들단 말이야. 알았어. 정식 이름으로 부를 나이가 되었다 이거지?"

"그런 나이가 된 지 벌써 삼 년째예요. 이제 저도 열세 살이나 됐는데 엄연히 한 사람 몫이죠. 주근깨백합꽃이 아니라 리리오페라고요. '리리'라고 부르는 정도는 용서하겠어요. 왜냐면 아빠도 그렇게 부르시니까!"

리리오페라는 이름은 '백합의 목소리'라는 멋진 의미였지만 백합을 비롯한 나리꽃들은 누구나 알다시피 꽃잎 가운데 까만 주근깨가 박혀 있었다. 꼬마 시절부터 유난히 뚜렷했던 이 주근깨 때문에 그녀도 심각하게 고민했던 시절이 있었다. 그러나 이제는 대충 포기해서 농담도 잘 받아넘기게 되었다.

리리오페는 손가락을 쳐들며 자못 진지하게 말했지만 나우플리온은 푸훗, 하고 웃음을 터뜨렸을 뿐이었다. 소녀는 그린 듯 예쁜 눈썹을 찡그리더니 나우플리온의 손등을 탁 쳤다.

"뭐가 우스워요? 이제 이 년만 더 있으면 결혼해도 되는 나이라는 거 몰라요? 열 살에 약혼하는 사람도 있는데!"

나우플리온은 웃음을 그쳤지만 어쩐지 씁쓸한 얼굴이었다. 소녀가 무심코 한 말이 아픈 추억을 건드렸던 것이다.

그러나 리리오페가 기억하지 못할 시절의 일이었다. 당연히 그런 것을 의식하며 한 말일 리가 없었다. 나우플리온은 자신의 기분을 들키고 싶지 않아 일부러 농담조로 말을 받았다.

"그래, 다 컸다니 속는 셈치고 한번 믿어보자. 그럼 결혼할 사람은 정했고?"

"뭐예요? 나우플리온 님도 결혼할 사람 같은 건 없잖아요. 그럼 나우플리온 님도 어른이 아니겠네요?"

나우플리온은 고개를 끄덕이며 심각한 얼굴로 말했다.

"그럼. 난 아직 소년이고 싶어. 어른 같은 건 영영 되고 싶지 않다고."

"징그러워라!"

잠시 후 둘의 얼굴에 모두 웃음이 번졌다. 리리오페가 생글거리며 말했다.

"하긴 그래요. 결혼하기 전엔 진짜 어른이 아니라고 아버지께서도 말씀하셨거든요. 그러니까 나우플리온 님도 진짜 어른은 아닐지도 몰라요! 후후훗…… . 하지만 전요, 정말로 사랑에 빠지기 전엔 몇 살이 되든 결혼 같은 거 하지 않을 거예요. 아무리 아버지가 권한다 해도 진짜로 사랑하는 사람이 아니면 안 해요."

"그 말을 들으니 권하는 사람은 있는 모양이군? 이런, 섭섭해라. 다섯 살쯤 먹었을 때는 나 아니면 안 된다고 고집부리며 우겼잖아?"

"그렇게 오랫동안 섬을 떠나 있었으니 버림받는 건 당연하잖아요!"

나우플리온이 리리오페를 마지막으로 봤던 때 소녀는 아홉 살이었다. 일찌감치 나우플리온을 잘 따랐던 리리오페는 그가 떠난다는 말도 없이 훌쩍 섬을 등지자 며칠 동안 울며 소동을 부려서 고귀한 지위를 가진 아버지를 난처하게 만들었다. 그러나 세월이 흘러 열세 살이 되고 나니 소녀도 옛일은 많이 잊었다.

"그나저나 말예요, 같이 오신 분이 있다면서요?"

리리오페는 끝내 누구와 혼담이 오가는지 말하지 않았다. 나우플리온은 보리스의 긴장한 얼굴을 생각하며 피식 웃었다. 갑자기 재미있는 생각이 떠올랐다.

"네 또래 남자애야. 대륙에서는 지체 높은 귀족이었는데, 나와 함께 있고 싶어서 순례자가 되기로 마음을 정했지. 아주 멋있는 녀석이거든."

짐작대로 리리오페는 만색을 했다.

"대륙의 귀족이라고요? 어떻게 생겼어요? 어디 가면 볼 수 있나요?"

"데스포이나 사제님께서 데려가셨으니 난 어디 있는지 모르겠다. 이곳에 온 이상 이름을 받을 때까진 그분의 소관이니 말이야. 궁금하면 아버지께 여쭤보렴. 그분이라면 아시겠지."

리리오페는 짓궂게 입술을 내밀었다.

"됐어요. 아버지한테 물었다가 괜히 오해만 받으라고요. 아, 아니지. 어쩌면 그게 좋을지도 모르겠다."

"무슨 소리야?"

그러나 리리오페는 발딱 일어나 배시시 웃더니 고개를 꾸벅 숙여 보이고 멀어져갔다. 가벼운 발소리와 흥얼거리는 노랫가락이 함께 멀어졌다.


시집가기 싫거들랑

산으로나 들어가버려라.

아기 낳기 싫거들랑

호수에나 빠져버려라.

아비 말 안 듣는 딸

걷어 먹일 일 없으니

보기 싫은 꼴일랑

냉큼 치워버리려무나.

제가 보기 싫으시면

아니 보시면 그만이지요.

키워주기 싫으시면

내쫓으시면 그만이지요.

한번 싫은 그 사람

다시 좋아질 일은 없으니

차라리 외지 사내 따라가

살아버리렵니다.


그날 오후, '자신을 모르는 소년'은 땅다람쥐 오이지스와
함께 마을 곳곳을 돌아다녔다. 그러다가 공회당, 즉 마을 중
심의 네모진 건물 앞까지 왔다. 한나절 동안 오이지스에게서
섬에 대한 이야기를 이것저것 들었다. 무엇보다 검을 소지하
는 문제에 대해서.

섬에서는 열다섯 살이 되기 전에는 검을 비롯한 무기를 갖
는 것을 엄격하게 금지했다. 열다섯 살은 첫 번째 정화 의식
을 받는 나이이기도 했고, 여덟 살부터 섬의 모든 아이들이
다녀야 하는 '스콜리'를 졸업하는 나이이기도 했다. 스콜리를
졸업한 아이들은 자신의 직분을 정해야 하는데 그중에 섬을
수호하는 선사가 되는 '섬의 길'이라는 것이 있었다. 그 길을
택한 아이들만이 검을 소지할 자격을 얻고, 나머지는 특별한

이유가 있어 검의 사제가 직접 허가해주지 않는 한 무기를 가질 수 없었다.

따라서 검을 갖고 있다가 다른 아이들에게 들킨 것은 큰 문제로 번질 소지가 있었다. 그러나 '자신을 모르는 소년'은 마음 쓰지 않기로 했다. 고민할 필요가 없어서였다. 어떤 이유로든 윈터러를 버릴 순 없다. 지금 들키지 않았다 해도 언젠가는 문제가 되었을 것이다.

그 외에도 오이지스는 섬의 관습이나 통치 방식, 사제들의 역할 등에 대해 여러 가지 이야기를 해주었다. 그런 것을 알려주며 기뻐하는 것 같아 '자신을 모르는 소년'도 굳이 멈추게 하지 않고 내버려두었다. 오이지스의 이야기 중에는 쓸모 있는 것도 있었지만, 별로 관심이 없는데 자꾸 되풀이되는 것도 있었다. 섬의 지배자에 대한 이야기가 특히 그랬다.

섬에는 여섯 사제 위에 가장 높은 사람, 즉 왕이라 부를 만한 사람이 있는데 그를 절대로 왕이라 불러서는 안 되었다. 오이지스의 설명에 의하면 섬사람들은 까마득한 옛날에 멀리 있는 큰 나라에서 이주해 온 사람들로서 그 나라는 재앙을 만나 멸망했다고 했다. 그 나라가 멸망할 때 사람들은 여러 척의 배에 나누어 타고 탈출했다. 섬의 '순례자'들은 그중 단 한 척에 탔던 사람들의 후손이었다. 다른 배들은 오는 도중 침몰하거나 어디론가 흩어져버렸는데, 그런 배들 중 한 척에 바로 왕이 타고 있었다. 아니, 정확히는 왕이 될 자격을 가진 자였는지도 몰랐다. 어쨌든 살아 있거나 죽었거나 간에 왕은 그였다. 이곳의 지배자는 대리인에 불과했다.

"그래서 말이야, 아까도 말했지만, 우린 그분을 '섭정 각하'라고 불러야 해. 제사를 지낼 때가 되면 그분은 사람들이 보는 앞에서 이곳에 안 계신 왕께 그동안 일어난 일을 고하고 폐하의 뜻을 따르겠다고 말씀하시거든. 하지만 왕은 멀리 계시기 때문에 대답을 할 수가 없잖아? 그러니까 대답이 없어도 들은 걸로 치고 그냥 진행하는 수밖에 없어. 혹시 왕께서 돌아가셨다면 혼령 모습으로 오셔서 굽어보실지도 모르지만. 어쨌든 우리는 왕의 백성이기 때문에……."

오이지스는 옛날이야기에 관심이 많은 아이였지만, 역사를 좋아하던 란지에와 달리 말을 조리 있게 하거나 재미있게 할 줄을 몰랐다. 그래서 이야기는 자꾸만 빙글빙글 돌며 제자리로 돌아왔다. '자신을 모르는 소년'은 세 번째로 되풀이된 이 이야기를 인내심 깊게 듣고 그냥 미소만 지었다. 오이지스는 순진하고 미숙했지만 그건 잘못이 아니었다. 모든 아이들이 자신 같은 일들을 겪으며 미리 어른이 될 필요는 없었다. 어른이 될 시간이라면 앞으로도 얼마든지 있다. 그런 생각을 하나가 '자신을 모르는 소년'은 문득 말했다.

"하지만 까마득한 옛날의 일이라면서. 그때의 왕이 살아 있을 리는 없겠지.”

그러자 오이지스의 얼굴이 빨개졌다.

“아냐, 그렇지 않아. 왕께서는 마법사거든! 엄청나게 훌륭한 마법사야. 그러니까 굉장히 오래 사실지도 모른다고. 으음, 만약에 그분이 어딘가 다른 땅에 도착하셨다면 돌아가실 때가 되어서 왕위를 다른 사람에게 물려주셨을 거야. 그러면 다음 왕이 있을 거고, 또 다음 왕이 그 뒤를 이어서⋯⋯.”

“야, 땅다람쥐! 뭘 그렇게 횡설수설 중얼대는 거냐?”

두 소년은 공회당 앞 계단에 걸터앉아 하나는 이야기에, 하나는 생각에 정신을 파느라 다른 사람이 다가오는 것도 몰랐다. 정신을 차리고 보니 열 명도 넘는 소년들이 둘러싸고 서 있었다. 오이지스는 벌써부터 겁을 먹고 말을 더듬었다.

“무, 무슨⋯⋯ 일이⋯⋯야?”

“너한텐 볼일 없으니 떨 거 없어, 얼간아.”

둘러싼 소년들 너머에 조금 떨어져 혼자 서 있는 소년이 있었다. 다른 소년들에게 가려져 모습이 잘 보이지 않았지만 큰 키에 붉은 머리라는 것만은 보였다. 윤곽이 뚜렷한 얼굴도. 그 소년은 팔짱을 끼고 서서 그들 쪽을 유심히 지켜보고 있었다.

“일어나. 일어나라고. 사제님들한테 가잔 말이야. 당장.”

한 녀석이 발로 계단을 툭툭 차며 명령조로 말했다. 오이지스는 즉시 일어나 어깨를 움츠렸다. 그러나 '자신을 모르는 소년'은 앉은 채로 고개만 들어 그를 올려다보았다.

"용건을 말해."

"흥, 모르겠냐? 네가 이제 무슨 꼴을 당하게 될지는 달여왕과 사제님들만이 알겠지. 모르긴 해도 아마 간단히 끝나지는 않을걸? 시간 끌지 말고 얼른얼른 일어나!"

말이 많고 유난히 짜증스럽게 구는 소년은 홀쭉하게 마른 몸에 발목까지 오는 T자형 튜닉을 입고 있었다. 튜닉이 너무 헐렁해서 허수아비에 보자기를 덮어씌운 것처럼 보였지만, '자신을 모르는 소년'은 잠시 그 소년을 쳐다보다가 천천히 일어났다. 그러나 그들을 무시한 채 공회당 쪽으로 걸어갔다. 튜닉을 입은 소년이 당황해서 외쳤다.

"야, 어디가!"

중간에 끼인 꼴이 된 오이지스가 어쩔 줄 모르고 양쪽을 번갈아 봤다. 하지만 '자신을 모르는 소년'은 뒤도 돌아보지 않고 공회당으로 들어가버렸다. 남은 소년들 중 하나가 우물거리다가 말했다.

"그, 그럼 우리도 들어갈까? 어차피 사제님들을 뵈려면 안으로 들어가야 되잖아?"

왠지 뒤따라가는 꼴이 되니 다들 썩 좋은 기분이 아니었다. 시작부터 불쾌한 상대로구나 싶었다. 뒤따라 들어가기 전에 튜닉을 입은 소년은 갑자기 오이지스의 어깨를 붙들었다.

"왜, 왜 그래, 에키온……."

대답 없이 에키온이 눈짓을 하자 갑자기 소년들이 달려들어 오이지스를 거칠게 걷어찼다. 등뒤에서 한 소년이 고꾸라지지 않도록 어깨를 잡고 있었다. 구타는 한차례로 그쳤다. 아침의 일에 대한 앙갚음인가 보다 생각하고 있는 오이지스에게 에키온이 얇은 입술로 희한하게 웃어 보이며 말했다.

"지금부터 내 말 똑바로 듣고 그대로 하는 거다. 알겠지?"

"무슨 말을……."

에키온은 오이지스의 뺨을 세게 꼬집어 당겼다. 아얏, 하고 비명이 터지자 손을 놓으며 말했다.

"말대로 하지 않으면 반 죽여버린다."


"왜 그래야만 하죠?"

악기 같은 목소리가 천장을 울렸다. 답하는 사람은 머뭇거렸다.

"그래야만 한다는 것이 아니라…… 그래줬으면 좋겠다는 거지. 강요는 아니지만 너도 네 입장을 알 게 아니냐. 그리고 또, 젊은 사람이 혼자 산속에 틀어박혀 지내는 것도 보기 좋은 일은 아니고……."

"섬 안 어디에 살든 그건 제 자유예요. 누구에게 폐를 끼친 일도 없고, 곤란을 겪은 일도 없어요. 왜 제가 제 생활을 버려 가며 그런 일을 맡아야 하는지 모르겠어요. 사제님의 말씀도 납득이 안 되고요."

"재주가 있다면 사람들을 위해 사용하는 것이 옳지 않으냐? 그런 은둔은 사람들에게도, 그리고 너 자신에게도 좋지 않아. 이미 많은 세월이 흘렀어."

"전 별다른 재주가 없어요. 누군가를 가르칠 만한 연륜도 없고요. 제게 섬을 위해 봉사할 때가 되었다고 말씀하시지만 저보다 훨씬 나이 많은 분들에게는 왜 그러지 않으시나요?"

"넌 다른 애들처럼 단순한 소녀가 아니지 않으냐. 네 능력들은……."

"아뇨. 전 단순한 소녀에 불과해요."

"이솔렛……."

누군가가 들어오는 바람에 대화는 중단되었다. 두 사람은 기척이 들려온 쪽으로 고개를 돌렸다. 입구로 들어온 것은 한 소년이었다. 많은 소년들이 그 뒤를 따르고 있었다. 소년은 걸음을 멈췄다.

금빛…….

좌우에 높이 뚫린 창으로 햇빛이 들어와 바닥에 빛나는 사 끽잉을 만블녔나. 소녀는 그 안에 한 발을 딛고 서 있었다. 낯선 얼굴이 아니었다. 금빛 눈썹 아래 흰 얼굴, 연한 분홍빛이 감도는 투명한 눈, 긴 목, 매끄러운 곡선을 그리며 드러난 귀……. 호수 속 영상에서 보았던 여자였다. 이름도 기억하고 있었다. 단 한 번 들었는데도.

지금은 긴치마가 아니라 종아리까지 오는 바지 차림이라 한결 다른 인상이었다. 그뿐이 아니었다. 어깨 너머로 교차된 것은 두 자루의 짧은 검이었다. 매끈하게 닳은 손잡이로 보아 장식용이 아니었다. 의혹이 담긴 섬세한 눈초리가 자신을 주시하고 있었다. 곧 이렇게 말할 것만 같았다. '왜 그렇게 나를 쳐다보지?'

그렇게 말한다면…….

"무슨 일이냐?"

낯선 사제가 입을 열었다. 소년은 저도 모르게 이자는 무슨 특별한 물건을 가지고 있는지 살폈다. 금세 한 가지가 보였다. 허리에 넓은 띠를 둘렀는데 거기에 화려한 상자가 매달려 있었다. 열면 주먹 하나가 들어갈 법한 크기로, 붉고 노란 원석 조각들로 장식되어 있었다.

"아, 마침 계셨군요, 궤의 사제님!"

말라깽이 에키온이 좀 전과 사뭇 다른 유창한 말투로 입을 열었다. 그는 소년을 앞질러 나서서 입술을 오물거리다가 과장된 동작으로 '자신을 모르는 소년'을 가리켰다.

"저 아이가 섬의 법을 어겼습니다. 그것도 아주 중대한 법도를요."

그러더니 빙그르르 몸을 돌리며 곁눈으로 이솔렛을 보았다. 반응을 살피는 기색이었다.

"마땅히 엄하게 벌주어야 합니다. 아마도 사제님의 소관이 겠지요?"

"네가 일깨우지 않으면 내가 임무를 잊기라도 할 것이라 생각하느냐?"

뜻밖의 질타에 에키온은 움찔했지만 곧 허리를 굽히고 비위를 맞추었다.

"제가 그렇게 생각할 리 있겠습니까? 사제님을 화나게 했다면 부디 용서해주십시오."

그때 입구 쪽에서 새로운 기척이 있었다. 어른 몇 명이 들어와 소년들 뒤에 섰다. 그들 속에는 나우플리온과 이야기를 나누던 노란 치마의 소녀, 리리오페도 섞여 있었다.

리리오페는 처음에는 있어도 되나 기웃거리며 주위를 살폈다. 그러다가 슬쩍 어른들로부터 떨어져 높직한 창문 쪽으로 가더니 뭔가 살펴보는 시늉을 했다. 물론 거기에는 아무것도 없었다. 그녀는 단지 한 사람을 자세히 보기 위해 자리를 옮겼을 뿐이었다. 있어도 괜찮겠구나 싶자 창턱에 기대어 서더니 분위기를 관찰했다. 소녀의 움직임을 특별히 주목하는 사람은 없었다.

아니, 한 명 있었다. 처음부터 멀찍이 떨어져 상황을 주시하기만 하던 붉은 머리의 소년이었다. 그는 조금 전까지만 해도 '자신을 모르는 소년'에게만 시선을 주고 있었다. 그런 그의 눈이 리리오페의 움직임을 따라갔다. 곧게 선 채로 꼼짝도 하지 않고 눈동자만 움직였다.

궤의 사제는 여전히 불쾌한 기색이었다.

"용건이나 말해봐."

에키온이 고개를 들며 눈을 빛냈다.

"저 아이는 검을 지니고 섬 안을 돌아다녔습니다. 아무도 허락하지 않았는데 말이죠! 게다가 그걸로 저희를 겁주기까지 했고요! 저희는……."

에키온의 뒤에는 오전에 몇 대 얻어맞았던 소년들이 있었다. 그들이 저마다 나서서 '자신을 모르는 소년'을 비난했다.

"검을 꺼내서 저희를 위협했어요! 말을 듣지 않으면 죽이겠다고 했죠! 우리가 도망치지 못했다면 진짜로 우리를 찔렀을지도 모르는 일이에요!"

"그리고 결국 이렇게 때리기까지 하고요! 전 온몸에 멍이 들었어요! 얘기를 듣고 저희 아버지께서도 몹시 화가 나신데다가……."

"저 아이는 섬의 법도를 완전히 무시했으니 중벌을 받아야 마땅해요! 법도를 지키다가 얻어맞다니 억울해서 미치겠어요!"

에키온은 만족한 미소를 머금으며 궤의 사제를 바라보았다.

"일전에 몰래 검을 가지고 돌아다니는 것은 암살자나 다름 없는 행동이라고 하셨죠? 저 검으로 누굴 해치려 했는지는 아무도 모르는 일이지요! 저 아이는 대륙에서 왔다고 들었습니다. 악당이 들끓는다는 그런 곳에서 왔으니 좋은 마음을 갖고 있을 리 없잖아요? 외지인을 믿어선 안 된다고 늘 말씀하셨죠? 저는 절대로 믿지 않아요! 더 큰일을 저지르기 전에 섬 밖으로 내쫓거나, 큰 벌을 주어 다시는 이런 짓을 못 하게 해야 합니다!"

그만한 나이치고 에키온의 언변은 청산유수였다. 궤의 사제는 이맛살을 찌푸리며 '자신을 모르는 소년'을 건너다보았다. 소년은 자신을 변명하지 않은 채 조용히 서 있었다. 궤의 사제는 갑자기 땅다람쥐 오이지스를 보았다.

"저들의 말이 사실이냐?"

"네? 저, 저는……."

말문이 막힌 오이지스가 당황한 눈으로 에키온을 보고, 다시 '자신을 모르는 소년'을 보았다. 그러자 방금 전까지 죄를 고발하던 소년 중 하나가 오이지스를 돌아보며 발끝을 딱딱 거렸다. 잘못했다간 재미없을 거라는 무언의 위협이었다.

오이지스는 한참을 망설이다가 입을 뗐다.

"그러, 그러니까…… 때린 것은…… 사, 사…… 실이지만…… 그건……."

그러자 에키온이 나직이 말했다.

"지금 말이나 더듬고 있을 때야? 네가 겁이 많은 것은 알지만 친구들이 억울한 꼴을 당하는데 이런 식으로 모르는 체한다면 우리가 어떻게 앞으로 친구로 지내겠냐?"

이어 다른 소년이 한쪽 발을 살짝 올렸다가 세게 내려디뎠다. 또 하나는 주먹을 꽉 쥐더니 다른 손을 펴 비벼댔다. 오이지스는 떨면서도 고민하고 있었다. 그러나 결국 이렇게 말하고 말았다.

"에키온이 한…… 말이 다 맞아요……. 그가 우리를 때렸고…… 겁을 줬어요."

보란듯 돌아선 에키온이 목소리를 높였다.

"들으셨죠? 아시다시피 저는 거짓말을 하지 않아요! 저희 어머니께서 거짓말을 하시지 않는 것처럼요!"

'자신을 모르는 소년'은 오가는 말을 모두 듣고 있었으나 새삼 돌아보지는 않았다. 두려움과 죄책감에 사로잡힌 오이지스가 말을 맺기도 전부터 연신 소년을 쳐다보았지만, 시선 한번 주지 않았다. 표정도 그대로였다. 다만 입술 끝이 약간 실룩거렸다. 마치 웃는 것처럼.

그가 비웃은 것은 자신의 어리석음이었다. 자책도 지겨울 정도다. 도대체 몇 번째인가. 순간적인 감정에 이끌리는 것만큼 곤경을 자초하는 일은 없는데. 왜 똑같은 실수를 저지를까. 마음을 놓을 때마다 벌어졌던 최악의 상황들이 그만큼이나 교훈을 주었는데, 이런 작은 일에서조차 실수하다니. 이렇게 될 걸 누구보다도 잘 알았어야 하지 않나?

"네 말이 사실이라면……."

궤의 사제는 '자신을 모르는 소년'을 다시 보더니 눈을 떼지 않은 채 잘라 말했다.

"정말로 암살자에 준하는 벌을 내려야겠지."

오이지스가 놀라 헉, 하고 숨을 들이켰다가 손으로 입을 막았다. 벽에 그려진 그림을 보는 체하던 리리오페도 고개를 홱 돌렸다. 역시 놀란 기색이 역력했다.

사제가 말을 이었다. 목소리에 분노가 들어 있었다.

"이런 고발을 들으면 누구라도 검을 내놓고 자신을 위해 변론함이 당연할진대, 아직까지도 가졌던 검을 바치지도 않고 용서를 빌지도 않는 것을 보니 전혀 반성하지 않는 게 틀림없구나!"

"……."

그때까지도 멀찍이서 지켜보고만 있던 붉은 머리 소년이 문득 다가올 듯 움직이다가 다시 멈추었다. 그러나 '자신을 모르는 소년'은 빈틈 나쁜 생각에 잠겨 그늘의 말을 귀담아 듣고 있지 않았다. 이 순간 중요한 일은 소년들의 유치한 고발 따위가 아니었다. 그런 따위야 어찌되든 좋았다. 자신이 앞으로도 어리석은 일을 되풀이해 저지를 것에 비하면, 모함이나 거짓말은 별것 아니었다. 진위를 밝히고 싶다는 생각조차 들지 않았다.

"자신을 모르는 자야, 아직도 네 죄를 모르느냐?"

궤의 사제는 소년에게 아직 이름이 없다는 것을 알고 있었다. 그의 목소리는 좀 전에 이솔렛과 대화하던 때와는 사뭇 달랐다. 궤의 사제는 섬의 율법을 수호했다. 그러므로 이 순간 그의 말은 돌이키지 못할 판결이 될 수도 있었다. 그렇기에 에키온을 비롯한 소년들은 사제가 단숨에 결정을 내리도록 하려고 그토록 열심이었던 것이다.

'자신을 모르는 소년'이 입을 열었다.

"제 죄를 알겠습니다."

에키온과 소년들은 뜻밖의 대답에 어리둥절해졌다. 궤의 사제가 눈썹을 올렸다가 내렸다.

"그렇다면 자신의 행동을 변론할 수 있느냐?"

"없습니다."

"없어?"

사제의 목소리가 저도 모르게 튀어 올랐다. 곧 무거운 벌을 받게 될 상황에서 자신을 변론하지 않겠다는 자는 궤의 사제가 된 이래 처음이었다. 혹 이 아이가 벌의 내용을 몰라서 저러는가 싶었다. 사제는 목소리를 가다듬고 엄숙하게 말했다.

"넌 네가 무슨 벌을 받게 될지 알고서 그렇게 말하는 것이냐?"

"아니요. 모릅니다."

"암살자의 죄는 집게손가락을 제외한 손가락 세 개를 자르게 되어 있다."

보통 아이라면, 아니 어른이라도 새파랗게 질릴 이야기였다. 그러나 대륙에서 온 낯선 소년은 표정조차 변치 않고 이렇게 말했을 뿐이었다.

"그것이 제가 섬에 온 후로 처음 받게 되는 선물입니까?"

사제는 말문이 막혔다. 소년의 말뜻을 알아들은 까닭이었다. 갓 섬에 들어온 소년이 그런 법을 알고 있었을 리가 없다. 때로는 무지도 죄가 되지만 알고 저지른 죄와 무게가 같을 수는 없었다. 궤의 사제는 고지식한 사람이었지만 마음의 정의에도 충실한 사람이었다. 곁에서 이솔렛이 약한 기침 소리를 내는 것이 들려왔다.

"그렇다면 자신을 변론하면 될 일이 아니냐? 이 아이들의 고발을 모두 받아들이는 것이냐? 아니면 그들의 말에 틀린 점이 있느냐? 어느 쪽이든 네 행동이 문제임을 알게 됐으니 사죄하고 고치는 것이 지당하지 않단 말이냐?"

"……."

소년은 잠시 침묵했다. 그 틈을 타 에키온이 소리쳤다.

"아직까지도 검을 내놓지 않다니! 저건 분명 나쁜 의도를 감추고 있어서가 틀림없어!"

"어서 검을 내려놓아라."

이번에는 궤의 사제가 엄하게 말했다. 다들 소년이 검을 내려놓고 용서를 빌 것을 기대했다. 적들도, 그리고 우호적인 자들도.

소년은 정중하게, 그러나 의지가 깃들인 목소리로 답했다.

"그럴 수 없습니다. 아니, 그러지 않겠습니다."

"뭐라고?"

"이 검은 제 생명과도 다름없는 물건입니다. 손가락이 아니라 목을 벤다 해도."

소년의 눈동자가 회색에서 푸른색으로 변했다. 평범한 소년이 갖기 힘든 깊고 어두운 눈이었다. 마지막 말을 할 때는 심지어 약간의 오만함마저 띠고 있었다.

"내놓을 물건이 아닙니다."

"무례하다!"

그렇게 외친 것은 사제도, 말 많은 에키온도 아니었다. 지금껏 한마디도 않고 사태를 관망하고 있던 붉은 머리 소년이었다.

"헥토르!"

사제가 이름을 부르자 그 소년, 헥토르는 고개를 숙여 보이더니 앞으로 걸어나왔다. 그는 정말로 키가 컸다. '자신을 모르는 소년'보다도 더 컸다. 사나운 눈동자가 낯선 소년을 향했다. 붉은 머리털 아래 진한 눈썹과 선 굵은 이목구비 때문에 어디서도 눈에 띌 얼굴이었다.

"네 법은 대륙에서 끝났다. 이제 섬의 사람이 되었으니 섬의 법도를 지키는 거다. 건방지게 함부로 지껄이지 마라. 그건 곧 우리를 모욕하는 것과 다름없으니까."

'자신을 모르는 소년'은 헥토르를 바라보았지만 곧 시선을 돌려버렸다. 상대하고 싶지 않다는 그 태도는 상대방을 격분시키고도 남았다. 그러나 화를 낸 사람은 헥토르가 아닌 에키온이었다.

"너, 감히! 우리 형에게 그따위 태도라니 용서할 수 없어!"

"조용히 해라!"

사제는 갑자기 끼어든 헥토르에게는 별말을 하지 않으면서 에키온에게는 대뜸 호통을 쳤다. 그리고 '자신을 모르는 소년'에게도 외쳤다.

"당장 검을 내놓아라! 아니면 네가 알았든 몰랐든 실컷 벌을 받게 될 것이다!"

녹소리늘이 높아지면서 사태는 일촉즉발로 변했다. 화가 난 궤의 사제가 한마디 외치기만 하면 '자신을 모르는 소년'

은 돌이킬 수 없는 판결을 받게 될 참이었다. 그가 내린 판결은 섬의 최고 지배자인 섭정조차도 특별한 이유 없이 바꾸지 못했다. 창가에 서 있던 리리오페도 금세 뛰어 내려올 자세가 되어 안절부절못했다. 사제들이나 섭정이 갖는 권한의 범위와 한계를 누구보다도 잘 아는 사람이 바로 그녀였다.

그때 싸늘한 목소리가 뜨겁게 달궈진 공기를 갈랐다.

"이해가 가지 않아요."

희게 드러난 종아리 아래, 아맛빛 양가죽을 얇게 무두질해 만든 신발이 두 걸음 앞으로 다가왔다. 여유 있게 지은 발목 언저리에 단단히 조일 수 있는 끈이 꿰어져 있긴 했지만 지금은 넉넉하게 풀린 상태였다.

"섬에서 검을 지닐 자를 선별하여 허가하는 사람은 누구죠?"

이솔렛의 질문은 궤의 사제를 향했으나 시선은 다른 곳에 닿아 있었다. '자신을 모르는 소년'은 고개를 숙인 채 움직이지 않았다. 청동빛 머리에 희미한 빛이 떠돌았다.

"그건 당연히……."

대답은 누구나 알고 있었다. 여섯 사제 중 검의 사제의 소관인 것이다. 그렇다면?

"네. 그리고 제가 보기에 검의 사제는 저 소년의 검을 이미 허락하지 않았나 싶은데요."

"뭐라고?"

궤의 사제가 놀라 주위를 휘둘러봤다. 에키온이 놀라 머뭇대며 말했다.

"저 애는 겨우 어제 왔는데 그런 것을 허락받을 리가……."

사제 앞에서도 앞뒤 안 가리고 설치다 혼나던 에키온이지만 이솔렛 앞에서만은 말을 조심했다. 그뿐 아니었다. 궤의 사제도 그녀에게는 섣부른 말을 삼갔다. 오히려 끝까지 말해보라는 것처럼 이솔렛을 보고 있었다.

"저 소년을 데려온 사람이 바로 검의 사제, 본인이 아닌가요? 그가 소년에게서 검을 빼앗지 않았다면 그것이 곧 허락이 아니고 무엇이죠?"

에키온을 비롯한 소년들은 '자신을 모르는 소년'을 데려온 사람이 나우플리온이라는 사실까지는 몰랐던 모양이었다. 소년들은 '그게 정말이야?'라고 하듯 서로를 쳐다봤지만 누구도 정확히 알지 못했다. 무슨 까닭인지 검의 사제의 귀환은 아직 섬에 공식적으로 발표되지 않고 있었다.

그때 헥토르가 입을 열었다.

"아니, 그렇다고 말할 수만은 없죠. 검의 사제께서는 오랫동안 섬을 떠나 계셨으니 섬의 법도를 잠시 잊으셨을 수도 있을 것입니다. 또한 단순히 묵인하는 것과 정식 허가를 내리는 것은 다릅니다. 저 아이가 섬에 들어온 것을 보면 아직 열다섯 살을 넘지 않은 거겠지요. 당연히 정화 의식도 받지 않았을 것입니다."

헥토르는 사람들을 휘둘러보더니 특히 이솔렛을 보며 목소리에 힘을 주었다.

"비록 검의 소지 여부는 검의 사제께서 관할하는 일이긴 하나 다른 사제님들과, 심지어 섭정 각하와 상의하지도 않고서 저런 아이에게 그리 쉽게 내려줄 결정입니까?"

'섭정 각하'라는 말을 할 때 헥토르의 눈은 창가에 선 리리오페에게 가닿았다. 아주 잠시였다. 이솔렛이 대답하기도 전에 엉뚱한 곳에서 답이 울렸다.

"내가 섬의 법도를 잊었다고? 누가 그렇게 말하던가? 네 생각이냐?"

타닥.

'자신을 모르는 소년'과 헥토르, 그리고 궤의 사제가 선 사이로 사람의 그림자가 뛰어내려 섰다. 공회당 위에는 들보들을 지탱하는 큰대들보를 중심으로 넓은 다락이 만들어져 있었다. 제사를 지낼 때 쓰는 중요한 물품들을 보관하는 곳이었다. 방금 뛰어내린 사람이 지금껏 있던 자리가 그곳이었다. 그것은 지금껏 오간 이야기를 다 듣고 있었다는 의미였다.

머리채를 젖히며 몸을 일으킨 나우플리온은 어깨를 으쓱거리더니 가장 먼저 이솔렛을 보았다.

"내 제자를 그렇게까지 변호해주다니 고마운데."

"……."

이솔렛은 흘끗 쳐다봤을 뿐 아무 대꾸도 하지 않았다. 그러나 그녀를 제외한 모두가 경악한 표정으로 입을 딱 벌렸다. '제자'라는 말 때문이었다.

"제……자라고요?"

가장 민감한 반응을 보인 사람은 헥토르였다. 당황한 나머지 당당한 태도를 잊고 말까지 더듬었다. 얼굴은 흙빛이 되었다. 오이지스가 아까 사제의 질문을 받은 후 처음으로 소리 내어 중얼거렸다.

"제자, 제자가 된다……. 제자가 된다……."

에키온은 아예 말문이 막혔다. 다른 소년들도 마찬가지였다. 궤의 사제가 간신히 충격을 누르며 물었다.

"그게 정말이오, 검의 사제여? 그대가 정말로 첫 번째 제자를 거두게 되었단 말이오? 그게 저 아이이고?"

"말씀하신 대롭니다. 이리로 와라, 보리스."

나우플리온은 대륙에서 부르던 이름대로 소년을 불렀지만 아무도 뭐라 지적하지 않았다. '자신을 모르는 소년'은 다가가 그의 곁에 섰다. 나우플리온이 어깨에 손을 얹었다.

"제 첫 제자가 맞습니다. 내륙에 있을 때 입문례와 더불어 의식도 치렀습니다. 저라 해서 죽을 때까지 후계자 한 명 없이 지낼 이유는 없으니까요."

"그, 그렇다면…… 축하할 일이겠지."

나우플리온은 검의 소지에 대해 언급하지 않았지만 이미 그건 문제조차 되지 않았다. 검의 사제의 첫 제자가 된다는 것은 단순한 일이 아니었다. 대대로 검의 사제 자리는 전임자의 첫 번째 또는 두 번째 제자가 이어받아왔다. 그러나 나우플리온은 지금까지 단 한 명의 제자도 거두지 않았다. 그것은 나우플리온 역시 윗대 검의 사제의 제자가 아니었다는 것과 관계가 있을지도 몰랐다. 진실은 본인만이 알 일이었다.

지금까지 뒤에서 지켜보고만 있던 어른들조차 술렁이며 이 일에 놀라워했다. 그러나 소년들, 특히 헥토르의 얼굴에 나타난 열패감과는 비할 수 없었다. 이솔렛만이 당연한 이야기를 들었다는 듯 별 표정이 없었다.

그리고 '자신을 모르는 소년'은 나우플리온이 진심으로 자신을 지켜주고자 마음먹었음을 실감했다. 썰물섬에 도착하기 직전, 배 위에서 했던 말 그대로.

사람들의 반응만 봐도 이 문제가 얼마나 중대한지 짐작이 갔다. 이미 의식을 치렀다느니 하는 말은 즉석에서 꾸며댄 이야기에 불과했다. 대륙에서 함께 지낼 때 나우플리온은 자신을 '선생님'이라 부르는 것조차 거부했으니까. 왜 그랬는지 이제야 알 듯했다. 그랬던 나우플리온은 이제 소년을 위해 속임수를 쓰는 것도 타인의 질시도 두려워하지 않았다. '자신을 모르는 소년'은 아직 몰랐지만 이 일을 위해 나우플리온은 오랫동안 지켜온 신념조차 꺾어버렸다. 자신의 존재가 '검의 사제'라는 직분의 계승에 어떤 영향도 끼치지 않도록 끝내 한 명의 제자도 두지 않겠다는, 스스로에게 한 맹세가 그것이었다.

소년 또한 섬으로 오기 전부터 결심하고 있었다. 월넛이었고 이실더였으며 이제 나우플리온이 된 사람, 음모 속에서 우연히 만났지만 결국 섬까지 따라오고 만 그와 나눈 신뢰를 잊지 않겠다고. 나우플리온의 결정을 따를 것이었다. 아니, 오히려 원했다. 제자가 되고 싶다고. 그의 모든 것을 잇고 싶다고.

"이 일은 확실히 중대하군. 자네는…… 참, 이름도 없지 않던가? 그렇군, 이름을 받는 의식도 앞당기는 것이 좋겠어. 내일 아침, 그래, 내일 아침은 어떤가? 지팡이의 사제에게는 내가 말하도록 하지. 분명히 좋다고 할 테니까 말이야. 이런, 이런, 내가 정신이 없군. 해야 될 것이 있는데."

줄곧 엄숙했던 궤의 사제는 혼자 머리를 긁적이거나 하며 어쩔 줄 몰라 하다가 겨우 정신을 차린 것처럼 한숨을 내쉬었다. '자신을 모르는 소년'에게 다가간 그는 두 손을 교차시켜 어깨에 얹었다. 입속으로 축복에 쓰이는 룬을 몇 개 외우자 사제의 이께 쪽에서 빛이 생겨나 팔을 타고 내려가더니 소년의 어깨에 닿으면서 사라졌다. 옆에서 나우플리온이 말했다.

"궤의 사제님께 고맙다고 말씀드려라. 방금 네게 걸려 있던 모든 금제禁制를 풀어주신 거다."

금제를 풀어준다는 것이 무슨 의미인지 몰랐지만 '자신을 모르는 소년'은 고개를 숙이며 "고맙습니다" 하고 말했다. 다른 소년들은 그런 모습을 불쾌한 눈빛으로 바라보고 있었다. 특히 헥토르의 일그러진 얼굴은 질투심을 억지로 숨기지도 못했다.

하지만 그런 그들과 완연히 다른 표정인 사람이 있었다. 리리오페였다. 그녀는 아무도 자신을 주목하지 않는다고 생각했는지 얼굴 가득 흥미로운 빛을 띠고 그들, 특히 '자신을 모르는 소년'을 보며 미소를 짓고 있었다. 마음속에서 무언가 재미있는 계획이 만들어지고 있는 모양이었다.

이솔렛은 여전히 아무 말도 하지 않았다. 아니, 의식적으로 나우플리온과 대화하는 것을 피했다. 인사를 마치고 난 소년은 다시 이솔렛을 보았다. 도와줘서 고맙다고 해야 할까 생각하면서.

결국 하지는 못했다. 그러나 시선은 쉽사리 떨어지지 않았다. 기억할 수 있을 것만 같았다. 아주 오랫동안. 당신도 기억할지 묻고 싶었다. 지금의 나를, 이 순간을.

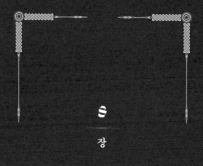

8
장

SEVER NIGHTS

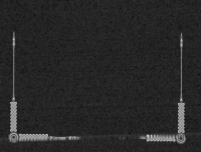

# 월계수 자라던 나라

"월넛과 이실더에 이어 이번에는 나우플리온이란 말이죠. 그것참, 한 인간의 이름을 세 개째 외워야 하다니 이만저만 불공평한 게 아닌데요."

"적당히 줄여서 불러. 나우플이라든가, 리온이라든가. 나우라든가."

"전부 다 어감이 웃기잖아요."

"너도 남의 일 말하듯 그럴 게 아니야. 이제부터 너도 새 이름이 생길 참인데, 줄이기도 곤란한 기나긴 이름이 난데없이 붙여지지 않으리라고 누가 장담하겠냐."

"예를 들면?"

"테스모폴로스라든가."

소년은 쿡, 하고 웃음을 터뜨리지 않을 수 없었다. 그 이름의 주인공이 마침 그들 앞을 지나가고 있었기 때문이었다. 나우플리온도 방금 그를 발견하고 그렇게 말한 것이 분명했다. 이어 나우플리온은 반가워죽겠다는 태도로 손을 흔들며 말을 걸었다.

"메달의 사제님! 좋은 아침입니다!"

테스모폴로스 쪽에서도 어물어물 손을 흔들며 답을 했다. 그가 다시 제 갈 길을 가자 나우플리온은 짓궂게 웃으며 말했다.

"저 정도면 그래도 양호한 거야. 브리토마르티스라든가, 테르크시에페이아라든가 하는 이름이 걸리면 남은 생애 동안 제대로 이름이 불릴 기대 따위는 조용히 접고 사는 편이 좋지."

"그런 이름을 누가 기억하겠어요. 자기 자신이나 안 잊어버리면 다행일 텐데."

"날 봐. 방금 정확히 발음하는 거 못 들었어?"

"오호라, 그 두 아가씨는 도대체 누구죠?"

그날은 '자신을 모르는 소년'의 세례식과 정식 입문례를 동시에 치르는 날이었다. 두 사람은 공회당 뒤편의 널찍한 뜰에 이르러 멈춰 섰다. 소년은 뜰을 보는 순간 약간 충격을 받았다. 뜰 바닥은 흙이었고, 중앙에 난 좁은 길에 납작한 포석이 깔려 있었다. 그 모습이 처음 마을에 도착했을 때 보았던 환각 속 폐허와 어딘가, 아니 상당히 비슷했다. 다만 환각 속에는 없었던 사발처럼 생긴 커다란 청동 그릇들이 길 양옆에 드문드문 놓여 있었다. 그릇 안에는 물이 반쯤 담겨 있었다. 물은 깨끗했고 가끔 나뭇잎 따위가 떠다닐 뿐이었다. 자세히 보니 그릇 중심에 구멍이 뚫려 어딘가로 통하고 있었다.

흐린 날씨였으나 희미한 햇살이 가끔 구름을 뚫고 뜰 곳곳에 떨어졌다. 이미 많은 사람이 나와 담소를 나누며 거닐었다. 지금껏 본 중 가장 많은 섬사람들이었다.

"오, 왔군. 어서 이리 오게나."

포석 깔린 길의 끝, 그러니까 공회당 뒷벽과 맞닿은 곳에 돌로 된 제단이 마련되어 있었다. 지팡이의 사제 데스포이나가 제단 밑에 서서 그들에게 손짓했다. 데시는 첫날과 달리 치렁치렁한 갈색 장옷을 걸치고 머리에는 은빛 관을 쓰고 있었다. 관은 모양이 희한했다. 곧게 솟아오른 나뭇가지들을 형상화한 모양이어서 가장 높은 부분은 무려 세 뼘이나 되었다. 손에는 전날 본 일이 있던 수정 장식 지팡이가 있었다.

'자신을 모르는 소년'은 나우플리온과 떨어져 데스포이나 앞에 섰다. 데스포이나는 제단을 향해 큰절을 한 번 올리고, 일어나 돌아서더니 자신 앞에 놓인 물그릇에 손을 넣었다.

의식이 시작되어도 사람들은 잡담을 그쳤을 뿐, 열을 지어 늘어선다거나 동작을 멈춘다거나 하는 일은 없었다. 그들은 새로 이름을 받게 될 소년이 많은 사람을 사귀어 그 이름이 널리 불리도록 나와준 손님일 뿐, 의식에 참여하는 것은 아니었다. 마치 생일잔치의 하객과도 같아서 초를 불어 끄면 박수를 칠 의무 정도밖에는 없었다.

잠시 후, 데스포이나가 물그릇에서 손을 빼더니 소년의 머리에 물을 가볍게 뿌렸다. 많은 사람들이 그 모습을 보고 있었다. 나우플리온도, 단센이라 불리던 에니오스도, 리리오페도, 헥토르도, 에키온도, 오이지스도 군중 속 어딘가에 선 채이 의식을 주시하고 있었다. 사제들도 모두 나와 있었다.

"옛 고향, 대륙으로부터 건너와 사흘간 자신을 알지 못했던 소년아, 이제 '달의 순례자'의 일원이 되고자 하는 소년아."

세례식을 지팡이의 사제가 집전하는 것은 이례적인 일이었다. 지팡이의 사제는 여섯 사제들 중에서도 가장 권위가 커서 자잘한 의식을 직접 집전하는 일은 드물었다. 섬사람들의 이름은 보통 사제들이 짓지만 세례식은 여섯 사제보다 한 단계 낮은 자들, 즉 열일곱 명의 수도사들이나 또는 스콜리의 선생들이 집전하곤 했다. 단순히 나이 많은 어른이 하는 경우도 흔했다. 물론 그런 세례식은 갓난아기 때 치르므로 지금처럼 나이든 아이를 위한 세례식 자체가 드문 일이긴 했다. 몇몇 사람들은 오늘 세례식이 순례자로서 입문례를 겸하고 있기 때문일 거라고 수군거렸다. 섬의 아이들은 날 때부터 순례자였으므로 이런 입문례를 거칠 필요가 없었다.

"내, 달여왕의 지팡이를 빌려 묵은 이름을 지우고 새 이름을 짓고자 하니, 이는 삶을 이루는 질서 가운데 한 점을 바꾸어 지난 생애 모두를 망각 속으로 흘려버리고자 함이다. 밤하늘의 여인은 기원하는 자에게 별을 내리나니, 이후로 너의 삶은 그 별을 따를지니라."

데스포이나는 두 손으로 물을 떠 허공으로 높이 들어올렸다. 거기에 희미한 빛이 서리며 소년의 머리를 비췄다. 빛이 이윽고 붉은 광채로 변하자 군중들 사이에서 "아" 하는 탄성들이 들려왔다.

헥토르의 표정이 어두웠다. 세례식에서 보이는 붉은 광채는 '검의 길'을 뜻했다. 기억할 수는 없지만 헥토르 자신의 세례식에도 같은 빛이 보였다고 했다. 처음부터 알아보았다시피 저 녀석은 그의 경쟁자였다. 뒤에서 사람들이 수군대는 목소리가 헥토르의 귀를 불쾌하게 찔렀다.

"역시 검의 사제가 고른 아이답네."

"틀림없겠지. 허리에 찬 검도 예사롭지 않잖아."

"다음 검의 사제도 슬슬 정해지는 건가?"

심지어 붉은 광채는 바로 사라지지 않고 의식이 다음 단계로 넘어가도록 점점 더 강해졌다. 처음에는 감탄하던 사람들이 점점 놀라 수군대는 것도 잊어버렸을 즈음, 두 뼘에 이르도록 커졌던 광채는 데스포이나의 손짓으로 사라져버렸다. 이어 데스포이나는 소란을 무마시키려는 듯 목소리를 높였다.

"자신을 알게 될 소년아, 너는 오늘부터 '다프넨'이라는 이름으로 불릴 것이다."

섬사람들은 자기들의 이름을 짓는 옛 언어를 잘 몰랐기 때문에 의미를 바로 알아듣지는 못했다. 그것은 이제 다프넨으로 불리게 된 소년도 마찬가지였다. 그는 다만 그 이름이 '예프넨'과 비슷하다는 것에서 약간의 만족을 찾았다.

의식을 돕는 여자가 다가와 섰다. 그녀의 손에는 커다란 은가위가 들려 있었다. 데스포이나가 말했다.

"이제 새 이름과 함께 새로 태어난 소년아. 네 속의 옛것들은 마음 밖으로 영원히 흘려버리려무나."

여자가 소년의 머리카락을 모아 쥐고 가위를 갖다 댔다. 사각, 사각, 검푸른 머리카락이 잘려 바닥에 떨어졌다. 흰 포석 위에 검은 새의 깃처럼 곱게 흩어졌다. 등을 덮도록 자랐던 머리였다. 그러나 별 미련은 들지 않았다. 이제부터는 자신을 지켜줄 단 한 사람을 위해 살아가기로 마음먹었고, 잘린 머리카락은 그런 결심을 상징하는 것처럼 보였다. 홀가분해졌다. 어두운 과거와 연결된 끈이 하나 끊어진 기분이었다.

데스포이나는 마지막으로 지팡이를 두 손으로 잡고 내밀며 말했다.

"너는 이제 작은 순례자, 즉 배워 살아갈 자이다. 네가 훌륭히 배우고 살아간다면 열다섯 살에 정화 의식을 통해 진실한 순례자로 거듭나게 될 것이다. 달여왕의 의지와 옛 역사, 그리고 너의 별이 가리키는 길을 탐구하거라. 이곳에는 분명 너 한 사람만을 위해 준비된 약속이 있다. 그것을 찾아낼 사람은 너이다."

지팡이에 붙은 수정 초승달이 부드러운 빛을 냈다. 그것으로 의식은 끝났다. 지켜보던 사람들은 소란스럽지 않을 정도의 박수를 보냈다.

사람들이 흩어졌다. 다프넨은 그 자리에 잠시 더 서 있었다. 그는 어젯밤 데스포이나가 방에 찾아왔던 일을 생각하고 있었다. 데스포이나는 커다란 은쟁반을 가져와 그에게 두 손을 얹고 눈을 감고 있으라 했다. 영문을 몰라 당혹스러웠으나 사정을 물어볼 나우플리온도 곁에 없었다.

무슨 일이 일어나는지도 모르면서, 데스포이나가 되었다고 할 때까지 눈을 감고 있었다. 이윽고 눈을 뜨자 쟁반에는 이상한 그림이 나타나 있었다. 무엇인지 얼른 알아보지는 못했다. 기름이나 물이 번진 무늬 같았는데 한참 보고서야 반쯤 무너진 우물, 그리고 흩어진 돌들이라는 것을 알았다. 그가 신기해하는 동안 데스포이나가 쟁반을 치우며 말했다.

"그림은 신경쓸 것 없다. 아직 네가 이해할 만한 것이 아니니까. 하지만 나는 네가 눈을 감고 있는 동안 쟁반의 빛이 변하는 것을 보았다. 너는 아직 진심으로 이곳에 소속되고자 하지는 않는구나."

정말로 그랬던가? 뚜렷하게 생각해보지 않았던 부분이었다.

"네가 이리로 온 것은 특별한 일, 또는 특별한 사람 때문이겠지. 하지만 속임수나 악에 물든 마음은 없다는 것을 알겠다. 열다섯 살이 되어 미래를 결정할 때까지, 네가 이곳에서 무엇을 얻게 될지 잘 찾아보려무나. 너의 혼돈이, 과연 치유를 찾을 수 있을지."

데스포이나는 그의 혼돈을 알고 있었다.

"그만 가자."

나우플리온이 다가와 어깨를 가볍게 쳤다. 생각에서 깨어난 다프넨은 어디선가 본 듯한 소녀가 눈앞에서 싱긋 웃는 것을 보았다. 어디서 봤더라?

"안녕? 난 리리오페야. 리리라고 불러도 좋아. 머리 자른 모습도 보기 좋은데? 나한테 첫 번째로 네 이름을 '직접' 말해줄래?"

다프넨은 얼떨결에 대답했다.

"아…… 난 다프넨이야. 반가워."

옆에서 나우플리온이 어처구니없는 표정을 짓고 있었다. 그는 무슨 말을 하려 하다가 생각을 바꾼 듯 그만두었다. 리리오페가 쌕 웃더니 이어 말했다.

"반갑다고? 정말이야?"

이번에도 얼결에 진심을 말해버렸다.

"글쎄."

말을 뱉자마자 실수였음을 깨달았다. 하지만 리리오페는 '당연히 화내야 할 일을 봐줬으니 넌 내게 빚을 졌지롱' 하는 표정으로 콧소리를 내며 말했다.

"흐음, 너무 솔직한 건 곤란해. 하지만 잘생겼으니까 봐줄게."

이번에야말로 할말을 잃어버린 다프넨은 입만 약간 벌린 채 리리오페를 바라보았다. 리리오페는 갑자기 소리 내어 웃더니 한 발짝 뛰어 물러났다.

"놀랐지? 하지만 사실을 말한 거니까 내가 잘못한 건 아니지? 그리고 만에 하나 기분이 나쁘더라도 봐줘. 왜냐면 난 예쁘잖니? 그것도 아주 많이!"

"……."

이런 식으로 말하는 사람은 아직껏 본 적이 없었다. 자신의 외모나 귀여움을 단단히 확신하고 자랑스러워했던 로즈니스조차도 저렇게 당당히 말하지는 않았다. 그러나 불쾌하지는 않았다. 리리오페는 혀를 쏙 내밀었다가 입술 끝을 올리며 짓궂은 미소를 지었는데, 그건 로즈니스의 자부심 넘치는 표정과는 거리가 멀었다. 그보다는 일부러 남이 깜짝 놀랄 말을 해놓고 즐기는 개구쟁이의 치기에 가까웠다. 뭐라고 말했든 내용은 중요한 게 아니었다.

"그럼 예쁜 아가씨는 갈 테니까, 혹시라도 또 보고 싶어지면 하루 전에 신청해. 안녕!"

리리오페는 손가락을 눈가에 댔다가 경쾌하게 떼더니 사람들 사이로 달려갔다. 남은 두 남자는 한참 말문이 막혀 있다가 잠시 후 똑같이 머리를 쓸어 올렸다. 나우플리온이 중얼거렸다.

"거참, 쟤가 언제부터 로즈니스보다 한술 더 뜨게 되었지."

나우플리온도 다프넨과 똑같은 생각을 하고 있었던 모양이다. 다프넨은 이제 확실히 스승이 된 남자를 올려다보며 물었다.

"잘 아시나요, 저 애?"

"그래."

"어떤 애죠?"

"관심 있냐?"

"네에?"

나우플리온은 갑자기 얼굴 가득 장난기를 띠었다.

"응, 실은 말이지, 내가 여길 떠나기 전에는 나하고가 아니면 절대 결혼 안 한다고 그러던 애거든. 하지만 이제 너한테 관심이 있는 것 같으니 원한다면 내가 양보할까 한다. 오, 이 관대함, 너그러움. 역시 훌륭한 스승의 풍모야."

"차라리 잃어버렸다가 되찾은 친딸이라고 하시면 믿겠네요."

"쟤가 어딜 봐서 날 닮았냐?"

"당신은 로즈니스하고도 죽이 잘 맞았잖아요? 분명 쟤하고도 잘 어울리실 것 같은데."

"넌 안 맞았냐? 너도 로즈하고 잘 놀았잖아?"

"그거야……."

'그때 나는 좋고 싫고를 가릴 입장이 아니지 않았느냐'라고 말하려던 참이었다. 나우플리온이 말을 가로챘다.

"그래, 그거야. 지금 네가 하려는 말이 바로 내가 하려던 말이다. 나도 그랬어."

"로즈가 불쌍해요."

"바보야, 더 불쌍한 건 우리야. 잘 생각해보라고."

생각해보니 그런 것 같기도 했다. 그러고도 둘은 한참이나 전에 하던 대로 농담을 주고받았다. 그런 자신들을 주시하는 눈도 깨닫지 못한 채로. 아니, 사실 다프넨은 몰랐지만 나우플리온은 일찌감치 눈치를 채고 있었다.

"죄송합니다만."

눈앞에 나타난 붉은 머리의 소년을 보면서 다프넨은 '자신을 모르는 소년'이었던 당시 한 번 들었던 그의 이름을 기억해내려 했다. 그러나 어찌된 셈인지 비교적 간단했던 그 이름이 도무지 떠오르지 않았다. 다행히 이 소년은 다프넨이 아닌 나우플리온에게 용건이 있는 것 같았다.

"검의 사제님, 한 가지 여쭤보고 싶은 것이 있는데 괜찮겠습니까?"

"뭔데?"

"저 아이가 말입니다."

그 순간 다프넨은 그의 이름을 기억해내려던 노력을 중단했다. 방금 한 말을 듣는 순간 상대가 자신을 어떻게 생각하고 있는지 알아챘던 것이다. 다프넨이라는 이름은 방금 데스포이나 사제에 의해 모든 사람 앞에서 선포되었다. 그리고 사람들은 앞으로 새 이름을 불러주기 위해 세례식에 참석하는 것이었다. 그런 이름을 굳이 부르지 않을 이유란 한 가지밖에 없었다. 일부러 존재를 무시하려는 것.

"정말로 사제님의 첫 번째 제자입니까?"

"그렇다만. 뭐 잘못됐냐?"

여느 때처럼 대수롭잖게 대꾸한 나우플리온에게 붉은 머리 소년, 헥토르는 대담하게 말했다.

"잘못되었지요."

둘은 잠시 서로의 눈을 노려보고 있었다. 이윽고 들려온 나우플리온의 목소리를 들으며 다프넨은 눈을 조금 크게 떴다.

그가 그런 목소리를 낼 수 있다는 사실조차 몰랐던 까닭이었다.

"무엇이 잘못되었는지 이 자리에서 분명하게 말해라. 당장 나를 납득시켜라. 서투른 핑계는 용서하지 않겠다."

딱딱한 목소리 속에 경멸이 뼈처럼 박혀 있었다. 나우플리온 같은 사람이 아직 소년인 상대를 그렇게 불쾌해한다는 것부터가 다프넨이 전에 보지 못한 일이었다. 그러나 헥토르는 당황하지 않았다.

"첫째로, 저 아이는 아직 달여왕의 가르침조차 알지 못합니다. 다시 말해 제대로 된 순례자로 보기 어렵다는 의미입니다. 그 점은 아까 지팡이의 사제님께서도 세례식 도중에 지적하셨지요. 지금 저 아이는 우리가 그토록 배척해야 마땅하다고 배워온 외지인과 거의 같다고 할 수 있습니다."

헥토르는 '외지인'이라는 단어에 힘을 주었다. 그리고 말을 이었다.

"둘째로, 일방적으로 이 상황을 받아들여야 하는 저희는 저 아이에 대해 사제님과 개인적 친분이 있다는 것 외에는 다른 어떤 것도 알지 못하죠. 그런 아이를 우리 섬의 일원으로 받아들이는 것만도 시간이 걸릴 터인데 어떻게, 갑작스럽게 그런 중대한 위치에 오르게 할 수 있습니까? 어떤 과거를 거쳤는지, 어떤 성품을 지녔는지, 심지어 이전에 어떤 죄를 지었는지도 모르는 일 아닙니까?"

'죄'라는 말에 듣고 있던 나우플리온의 입술이 안으로 말려들어갔다. 그러나 헥토르는 끝까지 말했다.

"왜 하필 그런 아이에게 첫 제자라는 자리를 주십니까? 그건 좋은 혈통을 가진 섬 태생의 아이들, 의심할 필요가 없는 투명한 과거를 가진 순례자의 아이들을 무시하는 처사가 아닙니까?"

다프넨은 헥토르의 말을 들었지만 아무런 감정도 일지 않았다. 헥토르의 말은 사실이었다. 과거는 어둡고, 성격도 좋다고 하긴 어렵고, 심지어 사람을 죽인 일도 있는 자신이었다. 섬사람들이 불안하게 여기는 것도 실은 그럴 법했다. 누구인들 아니겠는가? 헥토르는 남들이 속으로 삭일 말을 단도직입적으로 한 것에 불과했다. 그러나 왜? 왜 그 사실이 그렇게까지 불쾌하고 불안한가?

그때까지 다프넨은 나우플리온의 첫 제자가 된다는 것이 얼마나 중대한 일인지 실감하지 못했다. 부러움을 살 만한 자리란 건 이해하겠지만 그렇게까지 미워하고 질투할 이유가 될까?

그때 나우플리온이 입을 열었다. 언짢음을 숨기지도 않았다.

"그래서, 내가 혈통 좋은 너를 제자로 삼기라도 했어야 한다는 거냐? 분명히 말하지만 사제 고유의 권한을 놓고 옳고 그름을 논할 권리가 네겐 없다. 애써 길게 말했으니 나도 모처럼 수고롭게 설명을 해주지. 자, 지금 너와 이야기하고 있는 나는 대륙에서 여러 해를 살다가 왔다. 아무래도 대륙의 관습에 물들었기가 쉽겠지? 그건 불안하지 않단 말이냐? 지금 네가 한 말은 나조차 의심한다는 이야기가 아니고 무엇이냐?"

어쩌면 누군가는 정말로 그런 생각을 했을지 모르지만, 나우플리온은 오히려 제 입으로 못박아 말했다. 그런들 네가 어쩌겠느냐는 것처럼.

"그리고 내 제자라는 위치가 무슨 책임이나 권리를 갖는 자리냐? 단지 내가 거두어 가르칠 마음이 들었다는 것뿐이다. 그것에 대해 제삼자가 왈가왈부할 필요가 있느냐? 난 네가 누구를 만나고 누구에게 배우든 관심조차 없는데 왜 너는 내게 그런 걸 논하려 하지? 비켜라. 네 이야기를 듣고 있자니 숙취에 시달려 머리가 몽롱해지는 느낌이다. 다신 나를 귀찮게 하지 마라."

나우플리온은 다프넨의 손을 끌어 잡더니 그 자리를 떠났다. 헥토르는 그대로 좀더 서 있었다. 잠시 후 그는 어느새 주위를 둘러싼 소년들과 함께 반대쪽으로 걸음을 옮겼다. 그들 속에는 동생인 에기온이 있어서 자신의 계획을 열렬히 늘어놓고 있었다.

"이봐, 보리스."

나우플리온과 다프넨은 산비탈에 푸르게 깔린 클로버 위에 앉아 무심히 잎사귀들을 헤집고 있었다. 문득 그 이름으로 불리니 가슴 한쪽이 핀으로 찔리는 기분이 들었다.

"그리운 어감이군요."

"네 이름 말이야, 굳이 바꿀 필요 없어."

"네?"

나우플리온은 큼직한 손으로 클로버를 한 움큼 뽑더니 사방에 흩뿌렸다. 그러더니 말했다.

"네 이름의 뜻, 알고 있냐? 섬사람의 이름엔 다 뜻이 있거든."

"그런 얘기는 들었어요. 다프넨이라는 이름의 뜻은 뭔가요?"

"다프넨은 월계수라는 뜻이지."

"월계수라고요?"

그런 나무 이름을 들어본 일은 있었다. 보았던 적도 있는지는 잘 생각나지 않았다. 보았더라도 아마 그 나무가 월계수인지 몰랐을 것이다.

"월계수는 섬에서 자라지 않아. 대륙에 가야 있지. 섬에서 태어나 밖에 나가보지 못한 사람들은 월계수가 어떻게 생겼는지도 모를 거다. 이름을 지어주신 데시 사제님도 모르지 않을까? 그분도 섬을 나간 일이 없으니까. 우스운 일이지만, 어쨌든 월계수는 아름다운 나무야. 대륙에서 그 나무의 푸른 잎사귀는 승리자의 관을 장식하는 데 쓰이곤 한다지."

"그런데 어째서 본 적도 없는 나무의 이름을 섬에서 사람 이름으로 쓰는 거죠? 전에 '무화과나무'라는 뜻의 이름을 가진 사제님도 있었다고 들었는데 그걸 말해준 아이는 무화과가 뭔지 모르더군요."

"우리가 본래 살았던 나라는 월계수도 무화과나무도 무성하던 곳이어서 그럴 거야. 하지만 알 게 뭐냐. 이제는 아무것도 없는데. 책 속의 글자로나 봐야 하는데. 우린 고향에서 멀어진 유랑자들이야. 이제는 뿌리조차 희미하지."

"그 나라는 어딘가요?"

"난 몰라. 하지만 누군가는 알지도 모르지. 섭정 각하나 저 나무 탑의 현자 같은 분이라면 말이야. 하지만 보통 사람들은, 심지어 나 같은 사람조차 모르겠다고밖에 할말이 없어. 어쩌면 그게 어디든 아무 의미도 없을 거야. 우리가 과거의 왕국과 공유하는 부분은 이제 극히 적어졌으니까."

"그렇다면 당신의 이름, 나우플리온은 무슨 뜻인가요?"

"항해사."

항해자. 그 이름은 나우플리온과 잘 어울렸다. '항해'를 배를 타는 것에 국한해도 그렇고, 멀리까지 다닌다는 의미로 보아도 그랬다. 한곳에 정착하지 않는다는 뜻으로 해석하면 더더욱 그랬다. 섬으로 오던 도중 폭풍우를 만났던 때 에니오스가 나우플리온에게 '역시 형님은 항해자요'라고 말하던 것이 생각났다.

"돌아가신 옛 사제님이 지어주신 이름이야. 후훗, 내가 살아온 세월을 돌아보면 이름과의 관계가 놀랍지. 너, 이런 이름들이 떠오르는 대로 막 짓는 게 아니란 건 알고 있냐?"

"그럼 어떻게 짓는데요?"

클로버들이 연신 뜯겨 바람에 날려갔다. 꺾어진 풀대에서 나는 싸한 냄새가 코끝을 간질였다. 나우플리온이 손을 내밀어 다프넨의 짧아진 머리털을 흐트러뜨렸다. 옛날 예프넨이 그랬던 것처럼. 지금 다프넨의 머리는 진네만 저택을 떠날 때보다 훨씬 더 짧아져서 귀 끝을 간신히 넘길 정도였다. 의식 중에 가위로 대강 잘라서 끄트머리도 들쭉날쭉했다.

"미래를 내다보고. 이름을 받을 아이의 미래를 보고 나서 어울리는 이름을 붙이는 거야. 내 이름의 뜻을 처음 깨닫던 나이에 나는 이미 멀리 떠도는 삶을 예감했어. 그렇다면 네 이름은 뭘까? 월계수가 네게 의미하는 건 뭘 것 같으냐?"

"전혀 모르겠어요. 월계수라는 나무에 대해선 아무 느낌도 없는걸요."

나우플리온은 웃었다.

"이 이야기를 해도 좋을지 모르겠다만…… 본래 네 이름은 다프넨이 될 것이 아니었어. 지팡이의 사제께서 처음에 지은 이름은 달랐지. 그런데 무슨 생각이셨는지 내게 와서 그 이름을 말하고 의논을 청하시더군. 그래서 내가 말렸어. 그런 이름은 붙이지 않는 편이 낫겠다고 말이야."

"무슨 이름이었는데요?"

"아타나토스."

"에엣, 훨씬 길군요."

"인마, 길어서 말린 게 아냐. 아타나토스가 다프넨으로 변할 줄은 나도 모르고 있었단 말이다."

"그게 도대체 무슨 뜻인데 그래요?"

나우플리온은 약간 망설이다가 말했다.

"불멸, 불사. 죽지 않는 자라는 의미다."

죽지 않는다고?

다프넨이 당황하자 나우플리온은 고개를 숙여 저으면서 나직이 말했다.

"잊어버려. 그런 이름 따위, 네게는 어울리지 않아. 월계수라는 두 번째 이름 역시 무슨 의미로 택했는지 모르지만, 네세 가상 잘 어울리는 건 역시 네 부모님께서 지어주신 이름이야. 네게는 전사, 보리스라는 이름이 딱 맞는 것 같다. 삶 속에 던져져 부딪치고 싸워나가야만 하는 전사 말이다."

자신이 이름이 될 뻔했다는 낯선 개념을 생각하느라 말을 잊고 있던 다프넨이 한참 만에 물었다.

"저를 계속 보리스라고 부르실 건가요?"

"적어도 둘이 있을 때는 그럴까?"

그들은 어딘지 모를, 월계수가 푸르게 자라는 나라에서 떠나왔다고 했다. 이제 모두 떠나버린 대지에는 아직도 월계수가 녹색 잎을 달고 서 있을까. 아니면 그것조차 사라져 황무지로 변해버렸을까.

"옛 왕국에 자랐다는 월계수는 종종 성의 입구에 심어두기도 했다더군. 방문객을 환영한다는 의미도 있어서. 네 이름이 다프넨이 된 건 만일 네가 그곳에 간다면 환영받으리라는 뜻이지 않을까?"

나우플리온은 뭔가 더 알고 있지만 숨기는 듯한 태도로 말을 멈췄다.

# 적대자들

사흘 뒤 다프넨은 스콜리로 오라는 부름을 받았다.

마을에서 북쪽으로 뻗은 완만한 비탈을 오르다 보면 널찍한 탁상지가 나타나는데 거기에 섬 아이들의 학교인 스콜리가 있었다. 스콜리에서는 순례자의 의무들과 달여왕의 가르침, 역사 약간, 그리고 막대호신술 정도를 가르쳤다. 막대호신술은 긴 막대만 써서 무기를 든 적까지 제압하는 기술로 섬 사람이라면 누구나 어느 정도 익히는 전통 무예였다.

이제 다프넨도 '달여왕'이 하늘에 뜬 달 자체를 가리키는 말이라는 것을 들어 알고 있었다. 그러나 그냥 달과 달여왕이라고 불릴 때의 달은 성격이 전혀 달랐다. 달여왕은 오만하지만 매혹적인 여인이었다. 변덕스러우면서 동시에 지혜로웠다. 그녀의 성격은 둘로 나누어졌다. 하나는 강한 자를 좋아하고 게으르거나 유약한 자를 못 견디는 초승달의 성격이고, 나머지 하나는 예지와 마법을 주관하며 오랜 지혜를 나누어주는 보름달의 성격이었다. 여왕의 모순되는 성격을 잘 이해하고, 여왕이 만족할 만한 삶을 사는 것이 달의 순례자가 추구하는 길이었다.

결코 쉬운 길은 아니었다. 달여왕의 두 가지 성격은 상반되기에 때로는 이쪽에 걸리고 때로는 저쪽에 맞지 않았다. 단순히 중용의 길을 걸으라는 의미도 아니었다. 달여왕은 우유부단한 자를 증오했다. 그녀의 감정 표현은 은근하지만 때로는 매우 직설적이었다. 그녀는 드물게 직접 손을 써서 마음에 들지 않는 자를 벌했다. 그러나 어떤 악은 오래오래 번성하는 경우도 있었다. 섬에 정착한 사람들의 조상은 옛 왕국에서도 달을 섬기던 자들이었다. 연원이 오랜 만큼 이 신앙은 단순하지 않았다.

"초월자의 모순된 성격을 이해하고자 함이 하찮은 인간으로서 어찌 간단하겠는가. 우리는 끝없이 그녀에게 가까워지려 노력할 뿐이지. 오직 그렇게 할 수 있을 뿐이야."

다프넨은 스콜리 입구에서 만난 노인에게 그런 말을 들었다. 노인은 한때 스콜리의 선생이었지만 지금은 은퇴하여 정원을 다듬고 있었다. 다프넨은 노인에게 인사하고 야트막한 단층 건물로 들어갔다. 좁은 복도를 끝까지 따라가니 문이 있었다. 문을 두드리고 안으로 들어갔다.

"그래, 네가 다프넨이구나."

스콜리의 교장은 사제 바로 아래의 지위인 수도사였다. 그런데 방안에 낯익은 소녀가 앉아 있어 놀랐다. 리리오페였다. 그러나 오늘 리리오페는 발목까지 오는 긴치마 차림에 얌전한 미소를 띠었을 따름이다. 양 갈래로 묶은 머리에서만 아이다운 장난기가 살짝 느껴졌다. 정말 여러 가지 얼굴을 가진 소녀였다.

인사가 끝나자 교장이 말했다.

"리리오페는 스콜리에 익숙하니 네가 쉽게 적응하도록 안내역을 맡겠다고 자청했단다. 친하게 지내고 고맙게 생각하도록 해라."

다프넨은 리리오페를 바라보며 '고마워' 하고 말했고, 리리오페는 웃으며 고개를 살짝 까딱여 보였다. 여기까지는 좋은 진행이었다.

"그럼 나가보아라. 오늘은 쉬는 날이니 천천히 둘러보면 될 게다. 수업은 내일부터란다. 네가 갈 교실이나 준비할 것들은 리리오페가 이야기해줄 거다."

둘은 교장실을 나와 복도를 몇 걸음 되짚어 걸어갔다. 그때부터 당혹스러운 일이 생기기 시작했다.

"굳이 오빠라고 안 해도 되지? 난 네 나이가 나보다 위라고 도저히 못 믿겠어. 귀엽기만 한 얼굴이잖아. 후홋."

"……."

귀엽다는 말은 예프넨 형한테나 들어보았을까? 형을 잃은 후로 그런 생각을 떠올려본 일도 없었는지라 황당하다 못해 무례하게까지 느껴졌다. 그러나 그런 말을 한 주제에 너무도 해맑게 웃고 있어서 화를 내기도 애매했다.

"……그런 말은 싫어해."

싫어했던가? 방금 생각해낸 말에 지나지 않았지만 그럭저럭 적당한 대답이 된 것 같았다. 그러나 리리오페는 절대 만만한 상대가 아니었다.

"아, 미안. 귀엽다는 얘긴 안 하도록 노력해볼게. 어쨌든 오빠라고 부르지 않는 건 허락한 거지? 고마워, 관대한 오빠. 이건 마지막으로 불러준 거야!"

다프넨이 대답도 하기 전에 곧장 앞질러 뛰어간 리리오페가 왼쪽 첫 번째 문을 경쾌하게 열어젖혔다. 먼저 안으로 들어갔다가 상반신만 쑥 내밀며 따라오라고 손짓했다. 물론 따라가야만 하는 상황이었다.

"자아, 여기는 우리 학교에서 제일 크고 좋은 교실이야. 뭐, 그래봤자 교실은 두 개밖에 없지만 말이야."

교실 가운데 둥근 테이블이 있고 의자가 빙 둘러 놓여 있었다. 리리오페는 잰걸음으로 춤추듯 빙글빙글 돌며 테이블 주위를 반 바퀴 돌아갔다. 폭이 넓은 치마가 접시꽃처럼 펄럭였다. 어느 의자 앞에 멈춰 선 리리오페가 손가락으로 탁 짚으며 말했다.

"아무데나 앉아도 되지만 여기가 명당이지! 햇빛도 잘 들고 선생님 얼굴을 정면으로 보지 않아도 되거든. 그러니까 여기 앉아. 알았지? 그리고 난 네 옆자리, 여기 앉을 거야. 약속한 거다?"

제멋대로 척척 정해버리더니 말을 이었다.

"이 교실에선 이드몬 선생님께서 읽고 쓰는 것을 가르치시고, 또 필로멜라 선생님은 간단한 마법 주문을 가르쳐주셔. 제네시 선생님은 순례자의 길과 옛날 역사를 얘기해주시고 또 자기 의견을 말할 기회도 주시지. 하여튼 나이 많은 학생들의 수업은 거의 다 여기서 해."

두 번째 교실은 바로 맞은편에 있었다. 앞서의 것보다 작았지만 생긴 것은 비슷했다. 바닥은 부드럽게 바랜 나무였다. 나란히 뚫린 작은 창들로 햇살이 들어와 낡은 갈색 테이블을 갓 구운 빵처럼 보이게 했다. 그런데 안쪽에 기대하지 않았던 인물이 앉아 있었다.

리리오페가 처음으로 곱지 못한 목소리를 냈다.

"어머, 땅다람쥐잖아? 여기서 혼자 뭐하니?"

엎드려 있던 오이지스는 화들짝 놀라 일어났다가 다프넨과 눈을 마주치고는 더욱 당황했다. 어쩔 줄 몰라 움츠리는 품이 마치 그렇게 하면 자기가 안 보이리라고 생각하는 것 같았다. 그러나 결국 의자 등받이 뒤에 숨으려 한 것에 불과했다.

"뭐, 있는 거야 자유니깐."

리리오페가 쌀쌀맞게 말하더니 다프넨을 왼쪽 벽으로 이끌었다. 크지 않은 책꽂이에 낡아빠진 책이 마흔 권 정도 꽂혀 있었다. 도서실이라 할 만한 곳은 거기가 전부였다.

"여기 책은 마음대로 봐도 돼. 별로 보는 사람도 없지만 말이야. 너도 책에는 그다지 관심 없지? 검의 사제님의 제자잖아! 후우, 난 책이 많이 있는 걸 보면 머리가 아파져. 여기도 너무 많은 것 같고 말이야. 왠지 졸업하기 전에 다 읽어야 한다고 다그치는 것 같거든. 넌 이렇게 많은 책이 한곳에 있는 걸 본 일이 있어?"

다프넨은 자주 읽어서가 아니라 던지고 놀다가 망가진 같은 책들의 소박한 규모를 올려다보았다. 바다처럼 넓은 벨노어 백작의 서재를 보았고, 한때 거기서 책을 읽으며 겨울을 보냈던 그였다. 하다못해 진네만 저택에도 이보다는 많은 책이 있었다. 표지가 너덜거리고 순서도 없이 들쭉날쭉 꽂힌 책들은 예전에 그런 곳에서 읽었던 책들에 비해 얇기도 했고 제목도 쉬워 보였다.

벨노어 성의 서재를 생각하자 자연스럽게 란지에의 모습이 떠올랐다. 햇빛 좋은 창가에 걸터앉아 두터운 책장을 넘기던 소년, 나직한 목소리와 침착한 눈빛이 어제 본 듯 생생했다. 하지만 다시는 못 볼지도 모른다. 여전히 바다 건너 아름다운 남쪽 땅에서 살아가고 있겠지.

"뭘 생각해?"

"별로."

리리오페가 궁금해하는 눈빛을 보냈다. 다프넨은 책을 하나 꺼내서 넘겨보았다. 어린이들을 위한 전설 모음 같은 것이었다. 동갑내기 독서 선생이 곁에 없으니 책들도 부질없어 보였다. 그는 책을 다시 꽂고 돌아섰다.

오이지스가 그를 빤히 보고 있었다.

"나, 나는……."

버릇처럼 말을 더듬던 오이지스가 잠시 숨을 멈췄다. 다프넨은 무감정한 눈으로 그를 바라보았다. 실제로 무감정했다. 아이들의 협박에 굴해 불리한 증언을 했지만 크게 신경쓰이지도 않았다. 누군가를 새로 사랑할 필요를 느끼지 않듯, 누군가를 딱히 미워할 기분도 나지 않았다.

갑자기 리리오페가 끼어들었다.

"넌 무슨 자격으로 애한테 빌을 서는 거니? 용기가 없으면 최소한 양심이라도 있어야 할 거 아니야? 정말 겁쟁이에다 형편없는 애라니까! 내가 왜 이렇게 말하는지 너도 잘 알지?"

용기가 없으면 양심도 지킬 수 없다는 것을 다프넨보다 잘 알 사람도 드물었다. 하지만 일말의 불쾌감이 남아서인지 연민은 들지 않았다. 오이지스는 모진 말을 듣고도 힘겹게 말을 이었다.

"나…… 다 알고 있어. 하지만…… 아니, 변명은 안 할 거야. 난 이거밖에 안 돼. 정말로, 리리오페 말대로 겁쟁이고 형편없어……. 미안하고…… 차라리 날 실컷 때려줬으면…… 마음이 편하겠어……."

리리오페가 코웃음을 쳤다.

"네 마음 편해지라고 얘가 굳이 널 때리기까지 해야 한단 말이야? 무슨 그따위 소리가 있니? 생각하는 것마다 엉터리 없어서. 너 같은 애는 상대할 가치도 없다는 거 모르니? 매일같이 맞기만 하다 보니 머리까지 어떻게 된 거 아냐?"

오이지스는 리리오페가 하는 말을 모조리 곧이듣는 모양이었다. 반박할 생각은커녕 고개를 푹 숙이고 있었다. 자기 비하에 익숙한 나머지 화를 낼 줄도 모르게 된 아이의 모습이었다.

"너란 애는 도대체……."

"그만해."

다프넨이 말하자 리리오페도 말을 그쳤다. 새침하게 입가를 실룩이더니 팔짱을 꼈다. 다프넨은 오이지스에게 말했다.

"별로 신경쓰고 있지 않으니까."

말을 끊었다가 좀더 구체적으로 말했다.

"데시 사제님께서는 머리카락과 함께 지난 일들을 털어버리라 하셨어. 내 짧아진 머리가 보이지? 그 일에 더 마음 쓰게 하지 마. 끝났으니까."

다프넨은 돌아서서 교실을 나왔고 리리오페가 뒤따라왔다. 다프넨은 걸으면서 생각에 잠겼다. 방금 자신이 오이지스를 용서한 것인가, 아니면 사죄조차 차단해버린 것인가.

리리오페의 목소리도 조금 가라앉아 있었다.

"내일 아침 9시에 작은 교실로 와. 소매의 사제이신 페트라님한테 가면 스콜리 입학생을 위한 준비물들을 주실 거야. 그분은 공회당 동쪽에 전나무 묘목이 많이 있는 집에 사셔. 내일은 선생님들이 네 실력을 확인해보실 건데, 읽고 쓸 줄 알면 별로 문제없는 시험이니까 걱정할 건 없고. 그나저나 너, 나우플리온 사제님하고 같이 사는 거지?"

둘은 곧 헤어졌다. 리리오페는 도로 스콜리로 들어갔는데 뭔가 생각하는 기색이었다.


"아, 네가 대륙에서 온 '다프넨'이군? 그게 바로 너였다 이거군?"

몇 번째일까. 섬에 온 뒤 하루도 빠짐없이 만나온 적대적인 사람이 또 하나 늘어난 모양이었다. 이번 상대는 스콜리의 막대호신술 선생인 질이었다. 본래 이름은 질레보라고 했다.

나우플리온과 나이가 비슷해 보이는 남자였다. 움켜쥔 막대를 양쪽으로 번갈아 움직여 어깨 근육을 풀면서 소년을 위아래로 훑어보았다. 주위에는 여러 아이들이 비슷한 막대를 들고 선생이 시킨 대로 연습에 열중하고 있었다.

스콜리의 뒤뜰이었다. 오후였다.

"그러니까 네가 그 훌륭하신 분의 제자란 말이지? 그것도 섬에 들어와 이름도 받기 전에 제자가 되셨다지? 그거 아주 파격적이로구만."

그제야 선생이 하고 싶은 말이 뭔지 짐작이 갔다. 질레보 선생은 팔의 움직임을 멈췄다.

"시험해볼 필요나 있겠어? 보나마나 끝내주겠지, 안 그런가? 그렇게 훌륭하신 사제님의 제자인데, 뛰어나지 않다면 오히려 이상하겠지. 아참, 그러고 보니 나보다 실력이 나을지도 모르겠군."

그날 다프넨은 여러 선생들로부터 기초적인 학습 능력을 시험받았다. 이드몬 선생이라는 사람은 그의 읽기와 쓰기, 그리고 작문 실력도 또래들에 비해 뛰어나다고 말했고, 필로멜라 선생은 아이가 마법은 전혀 모르지만 좋은 목소리를 갖고 있다고 평가했다. 제네시 선생은 보기보다 책과 친숙한 것에 놀랐다고 전해주었다. 요즘 섬에서는 책을 읽는 아이를 보기가 힘들었던 것이다.

네 번째로 온 곳이 여기였다. 다프넨은 말없이 선생을 올려다볼 뿐 대꾸하지 않았다. 그러나 한마디라도 나우플리온을 비난한다면 바로 반박할 참이었다.

"보기나 하자고. 어디까지나 보기만 하는 거니까 그분께 감히 제자를 시험했다고 화내시진 말라고 말씀드려라."

다프넨은 윈터러를 풀어 바닥에 놓고 막대를 잡았다. 세 발짝 떨어져 섰다. 질레보는 막대를 내민 채 상대를 놀리기라도 하듯 휘휘 저었다. 그러다가 빠른 동작으로 어깨를 찔렀다. 받아내지 못하고 얼결에 피한 것까지는 좋았는데 반사적으로 손에 든 막대가 튀어나가고 말았다. 막대는 선생의 팔꿈치를 스치고 지나갔다. 질레보 선생의 표정이 변했다.

물론 막대는 날이 없기 때문에 그렇게 베듯 휘둘러서는 소용이 없었다. 형과 목검을 휘두르던 때를 떠올려보았지만, 그때도 검 대용으로 썼을 뿐 막대의 특징을 살려 사용하는 법을 익힌 것은 아니었다. 다프넨은 다시 물러섰다.

선생은 팔을 빼더니 빠르게 세 번, 다프넨의 얼굴 양쪽을 찔렀다. 모두 피할 수 있었지만 그건 눈속임이었다. 상대가 혼란해진 틈을 타서 막대는 다프넨의 다리를 내리쳤다. 이번에는 얻어맞고 말았다. 긴 막대는 순식간에 거두어졌다.

"저런, 그래서야 어디 내 코를 납작하게 하겠어?"

선생의 코를 납작하게 할 생각은 처음부터 없었다. 그럴 실력이 있다고 믿지도 않았다. 그러나 계속 듣고 있자니 은근히 화가 치밀어 올랐다.

"자, 공격도 해보라고!"

다프넨은 막대의 중간쯤을 두 손으로 잡았다. 이렇게 긴 무기를 사용하는 방식은 전혀 몰랐지만 검이라면 꽤 능숙하게 써본 자신이었다. 좌우 같은 길이가 된 막대의 양끝을 두 팔을 움직이는 것처럼 휘둘렀다. 그런 식으로 하다가 갑자기 한쪽을 빠르게 찔렀다.

그러나 질레보 선생은 이 막대를 쓰는 법만 평생 연마한 사람이었다. 초보자의 응용 공격쯤은 이미 간파하고 있었다. 막대는 봉쇄당하고, 이어 격파당했다. 공격에 실패하자 자연 허점이 드러났다. 질레보 선생은 경쾌한 동작으로 소년의 허리를 내리치고 팔을 찔렀다. 그리고 발을 쳐서 넘어뜨리려 했다.

그때 다프넨은 그냥 넘어져주는 편이 좋다는 것을 깨닫고 일부러 바닥에 넘어졌다. 그러나 시점을 정확히 조절하지 못해 막대가 닿자 넘어진 꼴이 되고 말았다. 선생이 눈치채지 못할 리 없었다.

"네가 뭔데 감히 져주는 체하려는 거냐! 그러지 않으면 내가 너한테 지기라도 할 것 같으냐?"

방금 전 비꼬던 때와는 전혀 달라진 말투였다. 다프넨은 일어나며 침착하게 말했다.

"저는 선생님을 이길 재간이 없습니다."

"허! 갈수록 건방지군. 봐주는 체하지 마라. 너 같은 어린애한테 그런 취급이나 받을 정도로 허술한 내가 아니다. 네가 나우플리온 사제님의 제자라고 해서 선생인 나보다 잘났을 줄 아느냐?"

그런 말은 입 밖에 낸 일조차 없었다. 그제야 다프넨은 질레보 선생이 나우플리온에게 열등감이라도 갖고 있는 게 아닌가 생각했다. 말끝마다 나우플리온의 이름을 들먹이면서 상대를 화나게 하려다 점점 더 흥분하는 사람은 오히려 그쪽이었다.

"사제님께서는 훌륭하십니다. 하지만 저는 어리고 실력이 없습니다."

"웃기지 마! 기고만장해서 나조차도 눈 아래 두지 않았느냐! 제대로 겨루어볼 테냐? 내 앞에서 걸어서 나가지도 못하게 될 것이다."

그 말을 듣자 다프넨도 약간 오기가 올랐다.

"저도 익숙하시 않은 막대를 늘고 선생님에게 이길 자신은 없습니다."

"뭐라고? 그럼 네가 검을 들면 날 이길 수 있단 말이냐? 어디 해봐라! 검을 잡고 내게 덤벼봐! 나우플리온 사제한테 배운 잘난 실력으로 나를 눌러보란 말이다! 어디, 나도 검을 잡아줄까?"

그제야 말을 실수했다고 느꼈지만 돌이킬 방도가 떠오르지 않았다. 질레보 선생은 옆의 소년에게 창고로 가서 검을 가져오라고 일렀다. 주위의 아이들도 어느새 연습을 멈추고 두 사람의 다툼을 구경하고 있었다. 그러나 다프넨의 처지를 걱정하거나 하다못해 한마디라도 선생을 만류하는 아이는 없었다. 단지 구경거리가 생겼다는 눈빛들에 불과했다.

이윽고 검을 잡은 질레보 선생이 기세등등하게 외쳤다.

"어서 검을 뽑아라!"

"선생님과 싸우지 않겠습니다."

"누구 마음대로? 그러면 나우플리온 사제의 실력이 나보다 못하다는 걸 인정할 테냐?"

죽어도 그럴 수는 없었다. 다프넨은 완강하게 고개를 저었다.

"선생님께서 제게 왜 이러시는지 모르겠습니다. 나우플리온 사제님과 실력을 겨루고 싶다면 그분과 만나시면 될 일이 아닌가요? 제가 선생님과 겨뤄 어떻게 이기겠습니까? 그리고 제가 어리석어 좋은 가르침을 다 이해하지 못하니 실력이 모자란 것뿐입니다. 제 형편없는 실력을 놓고 나우플리온 사제님의 이름을 자꾸 꺼내지 말아주십시오."

그때 질레보 선생 옆으로 한 소년이 다가왔다.

"선생님, 어린 녀석을 직접 상대하실 필요가 없습니다. 선생님의 가르침이 훌륭하다는 것은 선생님께 배운 제가 증명하지요."

선생과 다프넨이 동시에 고개를 돌려보니 헥토르였다. 질레보 선생은 조금 놀란 모습을 보이더니 곧 입술을 비틀며 말했다.

"네가 내 명예를 위해 싸우겠다니 의외이긴 하다만, 그 말은 확실히 옳은 것 같군. 너희 둘이 겨루면 누구의 가르침이 더 훌륭한지 밝혀지겠지."

보아하니 질레보 선생과 헥토르도 그다지 좋은 사이가 아닌 모양이었다. 그러나 다프넨과 비할 바는 아니었다. 그리고 둘 다 똑같이 다프넨을 미워했다.

헥토르가 앞으로 나서며 말했다.

"자, 나하고 겨뤄볼까? 검이 좋다면 검으로 해보자고. 어서 네 검을 뽑아."

질레보 선생의 손에서 검을 넘겨받은 헥토르는 눈을 빛내어 사세를 바로 했다. 그러나 다프넨에게는 또 다른 문제가 있었다.

"이 검은 뽑을 수 없어. 내게도 연습용 검을 준다면 싸우지."

헥토르의 눈썹이 치켜 올라갔다.

"네 좋은 검을 쓰면 내가 다칠까 봐서 그러나? 걱정할 것 없어. 난 네 손에 상처 하나 입지 않을 거니까."

나우플리온의 충고가 있은 후로 한 번도 뽑지 않았던 윈터러였다. 렘므에서 지낼 때는 윈터러 대신 다른 검을 썼지만 섬으로 오면서 팔아버렸다. 검을 두 개나 갖고 있는 것이 공격적으로 보일까 봐 그랬다. 또 섬에 들어와 검을 휘두를 일이 이렇게 빨리 생기리란 생각도 하지 못했다.

다프넨은 고개를 저었다.

"안 돼. 이건 함부로 뽑아선 안 되는 검이야. 다른 검을 주지 않으면 너와 싸우지 않겠어."

질레보 선생이 짜증스럽게 소리를 질렀다.

"꼬마 녀석이 여러 가지로 복잡하게 구는군! 저 녀석에게 연습용 검을 가져다줘라!"

헥토르가 비아냥거렸다.

"흥, 검의 상태가 엉망인가 보지? 매일 가는 걸 게을리해서 이가 다 빠진 고철덩이인가?"

그런 시시한 도발에 일일이 응할 생각은 없었다. 드디어 둘의 손에 연습용 검이 쥐어졌다. 구경하던 아이들은 한쪽에 놓인 윈터러를 흘끔거리며 몹시 궁금해하는 기색이었다. 둘은 말없이 격돌했다.

헥토르의 검이 빨랐던 건 그가 다프넨보다 키가 클 뿐만 아니라 팔까지 길었기 때문이다. 둘의 검은 길이는 물론 모양까지 비슷했다. 다프넨은 평소 쓰던 것보다 검이 가벼워서 오히려 불편함을 느꼈다. 움직이려 한 지점과 실제로 검이 나아간 지점이 미묘하게 달랐다.

다프넨의 검이 아랫날을 쳤지만, 개의치 않고 내찌른 헥토르의 검이 다프넨의 이마를 살짝 그었다. 처음부터 머리를 다치다니, 있을 수 없는 일이었지만 오랜 실전 경험 때문에 다프넨은 당황하지 않았다. 물러나 곧장 재공격에 들어갔다. 두 발짝 앞에서 방향을 틀며 왼쪽 허리를 찔러갔다.

"어림없어!"

헥토르가 희한한 동작으로 팔을 틀며 접근한 검을 쳐내버렸다. 다프넨은 흠칫 놀랐다. 저런 자세로 이 정도의 위력을 내다니, 흔히 볼 수 있는 힘이 아니었다. 당황한 틈을 타서 헥토르가 내민 검이 상박上膊에 명중했다. 다행히도 왼팔이었다. 피가 옷을 적시며 번져나가는 것이 구경하는 아이들의 눈에도 다 보였다.

평범한 소년이라면 이 정도 상처에도 놀라 움츠러드는 것이 보통이었다. 그러나 다프넨은 달랐다. 위기를 느낀 순간 오히려 놓친 반 박자를 되찾아 기세 좋게 달려들며 내리그었다. 촤악, 핏줄기가 튀며 헥토르의 오른쪽 어깨가 찢어져 너덜거렸다. 한 번씩 주고받은 셈이지만 아직 서로의 실력을 알았다고 할 정도는 아니었다.

그때였다.

"어머나, 어떻게 된 거야? 둘이 실력이 비슷한가 보네?"

목소리가 크지 않았는데도 헥토르는 반사적으로 몸을 움찔했다. 리리오페의 목소리였다.

"헥토르 오빠는 다프넨보다 두 살이나 많잖아? 설마 동생 하나 쉽게 못 이기는 거야?"

"……."

말투에 자극하려는 의도가 다분했다. 누구나 알아볼 정도였다. 리리오페는 손가락을 코에 갖다 대더니 짓궂게 말을 이었다.

"그럼 앞으로 이 년 있으면 다프넨이 오빠보다 나을지도 모르겠네?"

그 순간, 헥토르의 검이 무모하다 싶을 정도로 깊숙이 찔러 들어왔다. 상대를 단숨에 제압하려는, 방어를 무시하다시피 한 공격이었다.

"!"

다프넨은 한 발짝 물러남과 동시에 춤추듯 어깨를 틀어 피하며 헥토르의 검을 밀어 쳤다. 그러면서 무릎을 걷어차버렸다. 상대를 밀쳐내자마자 베기로 들어갔다. 기회를 잡은 순간, 무자비하다 싶을 정도로 몰아쳐 상대를 누르는 것이야말로 모든 실전의 기본이었다. 대련보다 실전에 익숙한 다프넨은 바로 그대로 행동했다. 거칠 것 없는 검이 헥토르의 눈가로 쇄도했다. 그때까지 망설임조차 느끼지 못했다.

"그만둬!"

다른 목소리였다면 반응하지 않았을 것이다. 그러나 나우플리온의 목소리였다. 다프넨의 검이 멈췄다. 헥토르의 얼굴을 긋기 직전이었다.

나우플리온이 성큼성큼 걸어와 다프넨의 팔을 움켜잡더니 질레보 선생에게 소리쳤다.

"아니, 졸업도 하지 않은 아이들끼리 진검으로 대결하게 하다니, 정신 나갔나! 왜 스콜리에서 막대호신술만 가르치는지 잊었단 말인가?"

정신을 차린 헥토르는 이마와 등에서 땀이 줄줄 흐르는 것을 느꼈다. 좀 전에는 진행이 너무 빨라 당황할 틈조차 없었다. 그러나 눈앞에서 딱 멈추는 칼날을 보았을 때, 제정신이 돌아왔다. 세상 전부가 멎었다가 다시 돌기 시작한 느낌이었다.

다프넨도 자신이 상대를 죽일 뻔했다는 것을 알고 마음속으로 충격을 받았나. 왜 이렇게까지 했을까. 그렇게 흥분할 필요는 없었는데. 게다가 손에 든 검이 윈터러도 아닌데, 왜 그렇게 살기에 익숙한 듯 행동하고 만 거지?

"내…… 수업에 참견하지 마."

보아하니 질레보 선생과 나우플리온은 반말을 하는 사이였다. 나우플리온은 몹시 화가 나 있었다.

"방금 한 아이가 죽을 뻔하지 않았나! 선생이란 자가 그런 것을 막지도 않고, 무얼 넋 놓고 보고 있었지?"

"너, 너는……."

질레보 선생은 불쾌감으로 온몸을 떨었다. 헥토르가 다칠 뻔했다거나, 다프넨이 살인을 저지를 뻔했다는 것 따위는 애초에 관심조차 없는 것 같았다.

"넌 내게 이래라저래라 할 자격이 없어! 평생을 참회해도 모자랄 죄인인 주제에……. 너, 넌 여기 들어와 수업에 끼어들 수 없어, 넌 스콜리에 들어올 수도 없어, 넌, 넌, 이 섬에 있을 자격도 없어!"

다들 나우플리온이 정신 나간 소리를 지껄이는 선생에게 크게 화를 낼 거라고 생각했다. 그러나 나우플리온은 입술을 꾹 다물더니 다프넨의 손을 잡아끌었다.

"그만 가자. 저자의 수업을 받지 마라."

질레보 선생은 아무도 까닭을 모르는 격분에 사로잡혀 중풍 환자처럼 떨었다. 나우플리온의 모습을 보는 순간 폭발해버린 것 같았다. 돌아선 상대의 뒤통수에 대고 계속 소리를 질러댔다.

"왜 돌아왔지? 그대로 대륙에서 떠돌이처럼 살다가 죽어 버릴 것이지! 섬사람들이 다 너를 환영할 줄 알았나? 어림없는 소리, 나는 분명히 기억하고 있어! 비겁자 나우플리온! 네가 양심이 있다면 감히 이솔렛의 얼굴을 마주보지도 못할 것이다!"

나우플리온은 아무 대꾸도 하지 않은 채 모든 아이들의 시선을 등뒤로 받으며 그 자리를 떴다.

다프넨은 스승을 따라가다가 문득 뒤를 돌아보며 헥토르의 얼굴을 살피려 했다. 그러나 먼저 들어온 것은 리리오페의 모습이었다. 그녀는 큰일을 당할 뻔한 헥토르는 아랑곳 않고, 오른손 손바닥을 쫙 펴든 채 눈동자만 굴려 인사를 보냈다.

# 산 위의 공주, 산 아래의 공주

지금껏 함께 지내며 나우플리온이 결코 대답하지 않은 화제가 한 가지 있었다.

렘므에서 재회했을 당시, 나우플리온은 제사용 단도인 루네트를 통해 섬의 이곳저곳을 보여준 일이 있었다. 그때 이솔렛이라는 소녀가 나타났었다. 다음날쯤 다프넨은 그 소녀가 누구냐고 넌지시 물어보았다. 누이동생일까 하고 생각해봤지만 전혀 닮은 얼굴이 아니었다.

"글쎄 말이다."

나우플리온이 대꾸하기 싫은 질문을 은근슬쩍 넘길 때 종종 하는 말이었다. 일단은 그렇게 넘어갔다.

얼마 후 가족에 대해 이야기할 기회가 있었다. 그때 처음으로 다프넨은 고향과 진네만 가문의 이야기를 자세히 들려주었다. 일찍 돌아가신 어머니, 아버지와 삼촌 간에 얽힌 오랜 애증, 예니 고모, 그리고 예프넨의 죽음에 대한 것까지. 그런 다음 나우플리온에게도 가족이 있었는지 물어보았다.

알고 보니 나우플리온에게는 마땅한 가족이 없었다. 부모를 일찍 여의었던 어머니는 아버지가 누구인지도 모르는 자식을 낳고 얼마 안 되어 세상을 떴다고 했다. 졸지에 고아가 된 나우플리온은 섬사람들의 보살핌을 받으며 자랐다. 그중에서도 이름을 지어줬던 지팡이의 사제는 그를 자식처럼 돌보아주었다. 당시 지팡이의 사제는 현재 지팡이의 사제인 데스포이나의 아버지였다.

그때 다시 한번 이솔렛에 대해 물어보았지만 나우플리온은 또다시 함구했다. 간단한 정보도 얻지 못했다.

섬에 와서 이솔렛을 실제로 보았을 때, 다프넨은 묘한 충격을 받았다. 아름다워서? 아니다, 그것조차 사소한 특징에 불과할 정도로 이솔렛에게는 특별한 것이 있었다. 온몸에 감도는 비인간적인 싸늘함부터가 그랬다. 고요하고 섬세한 얼굴과 검사답게 균형 잡힌 단단한 몸매는 대조적이었다. 그러나 살아가며 남의 도움 따위 필요 없다는 오만한 자태만은 같았다. 목소리는 여성치고는 약간 낮은 처음에 풍부한 울림이 깃들어, 종종 낯설게까지 느껴지는 허스키로 변했다.

산 위의 공주, 산 아래의 공주

섬에 와서 모든 풍경과 풍습이 낯설었고 모든 사람이 자신과 달랐지만, 그녀 같은 사람은 없었다. 존재 자체만으로도 먼 별에서 온 듯 또렷이 구별되어 보였다. 섬뜩한 전설에 나오는 손댈 수 없는 미인처럼.

그리고 그렇게 느끼는 사람이 자신만이 아니라는 것도 알게 되었다.

나우플리온이 말한 대로 다프넨은 더이상 질레보 선생의 수업을 듣지 않기로 마음을 정했다. 버틴다 한들 제대로 가르쳐줄 리도 만무하고, 자신의 잘못도 아닌 다른 이유 때문에 저렇듯 증오를 내보이니 마음을 되돌리기란 힘들 듯했다.

"그러니까 막대호신술을 더이상 배우지 않겠다는 거냐? 흐음……."

다프넨은 나우플리온과 함께 교장의 방에 다시 와 있었다. 다프넨은 나우플리온의 입을 빌리지 않고 솔직하게 자신의 의사를 밝혔다. 교장도 어제 사건을 알고 있었기에 사정을 짐작하여 굳이 비난하지 않았다. 어제 사건은 여파가 엄청났다. 섬사람들은 헥토르와 대등하게 겨룰 만한 소년이 나타났다는 이야기에 큰 관심을 보였다. 다프넨이 뽑지 않았다던 대륙에서 온 검 이야기도 순식간에 퍼져나갔다. 물론 말도 안 되는 억측들과 함께.

교장은 나우플리온을 바라보았다. 나우플리온은 자신도 그렇게 생각한다고 간단히 말했다.

"알겠습니다. 다프넨은 검의 사제님께 검술을 배울 터이
니 막대호신술은 배우지 않아도 큰 문제가 없겠지요. 그렇다
면 달리 무엇을 배워야 할까요? 스콜리를 졸업하려면 네 가
지 이상의 교육 성과를 증명해야만 한다는 것을 사제님께서
도 아실 겁니다. 그런데 지금 스콜리의 학제로는 적당한 과목
이 없습니다."

교장은 나우플리온을 다프넨의 보호자로 여기는 듯 그를
향해 말했다. 나우플리온은 고개를 끄덕였다. 그리고 다프넨
을 한번 내려다본 다음 대답했다.

"노래, 그러니까 신성 찬트를 배우게 할 생각입니다."

교장은 당황해서 눈을 비볐다.

"그걸 누가 가르칩니까?"

"한 명밖에 없지 않습니까."

"그런……."

상황을 이해하지 못한 다프넨은 두 사람을 번갈아 쳐다보
다가 물었다.

"신성 찬트란 무엇인가요? 아니, 그것보다 네 가지를 증명
해야 한다는 것은 무슨 의미죠?"

나이 지긋한 교장은 낙관적이고 온후한 인물이었고 다프넨
뿐 아니라 모든 아이들에게 관대했다. 그는 아이가 끼어들었

다고 탓하지도 않고 천천히 설명하기 시작했다.

스콜리의 학제는 본래 느슨해서 입학 나이와 졸업 나이만 정해져 있을 뿐, 도중에 집안일이 바빠 몇 달 정도 쉬어도 별 문제가 되지 않았다. 수업도 많아야 하루 네 번에 불과했고, 오후 2시면 상급생들의 수업도 다 끝났다. 학생들은 수업이 끝나도 학교에 남아 왁자하게 떠들며 노는 것이 보통이었다. 그렇지만 졸업 시험에서는 스콜리에서 얻은 네 가지 성과를 증명하지 않으면 안 되었다. 성취도의 수준은 점차 낮아지고 있었지만 가짓수만은 옛 왕국으로부터 내려온 전통이라 결코 줄어들지 않았다.

지금 다프넨은 역사, 간단한 마법, 그리고 '교양'이라고 불리지만 실제로는 읽기, 쓰기, 작문, 독서, 선생이 내키는 대로 얘기해주는 잡다한 옛날이야기와 순례자와 달여왕에 대한 지식까지 통째로 혼합된 과목을 배웠다. 거기까지가 세 가지였다. 다른 아이들은 거기에 더해 막대호신술을 배웠지만, 그 수업을 받지 않기로 한 이상 새로운 선택이 불가피했다.

"예전엔 말이다, 이보다 수업의 종류가 다양했단다. 지금 교양이라 부르는 과목은 본래 철학, 문학, 논리학, 토론, 수학, 지리학 같은 다양한 과목들로 나누어져 있었지. 마법도 단계가 세분되어 있었고."

교장은 한숨을 쉬며 천장을 잠시 올려다봤다.

"하지만 그건 옛 왕국 시절의 이야기고 섬에 도착한 사람이 수백 명에 불과하다 보니 서너 세대 안에 대부분의 학문은 맥이 끊겼지. 척박한 땅에서는 살아가는 문제가 최우선이고, 대저 학문이란 여러 천재들이 재능과 노력을 동시에 쏟아부어도 간신히 유지될까 말까 한 것이기 때문이란다."

교장은 정말로 오래된 이야기를 하고 있었다. 그 시절에는 교장조차 태어나지 않았을 텐데. 교장의 설명이 끝나기를 기다려 나우플리온이 다프넨에게 말했다.

"신성 찬트란 마력이 깃든 노래를 말한다. 그러나 그런 표면적 힘만으로 설명할 순 없고, 사람의 마음과 더 나아가 영혼을 정화시키는 성스러운 노래라고 생각하면 될 거야. 평범한 사람도 한두 소절 정도는 배워서 부를 수 있지. 하지만 완벽히 익혀 자유자재로 부르기까지는 과정이 까다롭고, 소질도 많이 필요해."

소질이라는 말에 다프넨은 고개를 갸웃했다. 자신이 노래를 잘한다는 생각은 해본 적이 없었다.

"예전에는 전승자가 그래도 여럿이었는데 일전에 역병이 돌면서 신성 찬트뿐 아니라 많은 마법적 전승들의 맥이 끊겼지. 그래서 지금 신성 찬트를 제대로 노래할 수 있는 사람은 딘 힌 명뿐이야."

다프넨은 무심코 창밖에서 들려오는 소리에 귀를 기울였

다. 한 소녀가 흥얼거리는 소박한 노랫소리였다.

술방 술방 술방울 달랑 달랑 매달린

나무 그늘 따라서 걸음 걸음 걸어서

숲에 가자 친구야 숲으로 가자

"제가 그런 걸 배울 수 있을까요?"

"쉽진 않겠지. 마음을 다스린다고 생각하고 천천히 익혀나
간다면 조금쯤은 되지 않을까?"

그때 교장이 말했다.

"만일…… 그 아이가 허락하지 않는다면 어찌하지요?"

나우플리온은 싱긋 웃었다.

"이미 궤의 사제가 한 제안에 기본적으로 수긍한 터라 거
절할 명분이 없을 겁니다. 물론 이렇게 빨리 학생이 생길 줄
은 몰랐겠지만요."

검 같은 것과는 다른 평화로운 배움일지도 모른다. 경쟁할
필요가 없고, 혼자 천천히 수련해나가면 되는 그런 것. 노랫
소리가 천천히 멀어져갔다. 볕이 좋았다.

산들 산들 산바람 속살 속살 숲바람

새콤 달콤 산딸기 시나브로 시냇물

산허리에 펼쳐진 풀밭이었다. 북동쪽으로는 휴화산과 빙벽으로 이어지는 절벽이 솟았고, 서쪽에는 가파른 비탈이 내리닫고 있었다. 불쑥 튀어나온 둥근 바위 세 개, 남쪽을 바라보며 선 두 그루 전나무, 가득한 풀 냄새, 동그랗게 떠오른 오전의 태양. 그리고 세 사람뿐이었다. 나우플리온과 다프넨, 그리고 이솔렛이었다.

"……."

다프넨과 이솔렛은 한참 동안 말없이 바라보고만 있었다. 나우플리온이 다시 한번 말했다.

"네 첫 번째 학생이야."

"사제님의 첫 번째 제자잖아요."

"그것과는 다른 문제지."

"당신의 결정인가요?"

그들 또래에서 나우플리온을 '당신'이라고 부르는 사람은 다프넨을 제외하면 이솔렛이 유일했다. 나우플리온은 대답하지 않았다. 이솔렛은 홱 몸을 돌려 다프넨을 훑어보더니 한 발짝 물러섰다. 지극히 방어적인 태도였다. 나우플리온은 그린 이솔렛을 안타까운 눈으로 바라보았다.

"싫더라도 내가 무어라 할 문제는 아니겠지. 난 소개하러 따라온 것뿐이니까. 하지만 두 사람이 다툴 조건만 가졌다고는 생각하지 않아. 어쩌면 비슷한 데가 있을지도 몰라. 둘 다 어머니의 얼굴도 모르고, 몇 년 전 아버지를 잃었다는 것마저도."

순간 이솔렛이 눈을 치뜨더니 단호하게 내뱉었다.

"당신한테 그런 말을 듣고 싶지는 않군요. 내 입으로 한 약속이 가져온 결과니까 어찌하든 내가 알아서 하겠어요. 한 가지 부탁하겠는데."

나우플리온은 우울한 얼굴로 이어지는 말을 듣고 있었다.

"당신은 내 앞에서 사라져줘요, 지금 당장."

"……."

나우플리온은 말없이 물러나더니 자신을 쳐다보는 다프넨에게 맥빠진 미소를 지어 보였다. 그리고 돌아서 비탈을 내려갔다.

남은 두 사람 사이에는 오랫동안 아무 말도 오가지 않았다. 둘 다 앉지도 않았다. 이솔렛이 나우플리온에게 무례한 말을 뱉었을 때는 순간적으로 화가 치밀었다. 하지만 잠시 후 목소리에 든 강렬한 감정을 깨닫자 마음이 가라앉았다. 다프넨이 특별한 사람이어서 그걸 알아챈 건 아니었다. 실은 알 수밖에 없었다. 이솔렛의 감정은 다프넨 자신의 것과 비슷했던 것이다.

지독하게 뒤엉켜 풀지 못하게 된 애증과 원망.

왜일까.

둘 중 하나가 입을 연 것은 해가 머리 위까지 올라간 후였다.

"이해할 수가 없네."

평소와 달리 살짝 높게 울렸지만 감춰진 깊은 울림만은 변함이 없었다.

"저를 처음 보셨을 때도 그런 말을 하셨죠."

공회당에서 어이없는 누명을 썼을 때 고맙게도 변호를 해주었던 이솔렛이었다. 그때도 그녀는 '이해가 가지 않아요'라고 첫마디를 뗐다.

이솔렛은 대답 없이 성큼성큼 걸어가 바위에 걸터앉더니 한쪽 다리를 끌어올렸다. 가까이에서 본 그녀는 지금까지 몰랐던 또 다른 특징을 가지고 있었다. 머리칼이었다. 목과 귀가 드러나도록 짧게 자른 연한 금발과 대조적으로, 턱에 닿도록 긴 한 움큼의 앞머리가 있었다. 매끈한 곡선을 그리며 오른쪽 귀를 살짝 가린 그 머리는 절반이 희었다.

"무얼 쳐다봐?"

처음 만난 날 듣지 않을까 생각했던 말인지라 다프넨은 쓴웃음을 지었다. 그런데 그가 웃자 이솔렛의 표정이 약간 이상해졌다.

"당신의 흰 머리카락요. 어떻게 그럴 수 있는지 궁금해서요."

"그냥 그럴 뿐이야. 두 가지 머리색을 가졌다고 내내 불편

한 시선을 받아야만 하는 건 아니잖아?"

"아, 미안해요."

다시 짧은 침묵이 흘렀다. 하지만 입을 다문 채로도 이솔렛이 불편해하는 기색이 역력했기에 다프넨은 다시 말하지 않을 수 없었다.

"저를 가르치기 싫으신가요?"

"너여서는 아냐."

누구였다 해도 달갑지 않았을 것이라는 의미인 듯했다. 다프넨은 머뭇거리며 말했다.

"저도 누구한테 배우게 되는지는 모르고 있었죠."

"지금이라도 도로 물릴 생각 없어?"

사실 둘은 선생과 학생이라기에는 지나치게 나이 차이가 적었다. 들은 바로 이솔렛은 올해 4월에 열일곱 살이 되었다고 했다. 다프넨과는 대략 사 년 차이였다. 다른 선생들이 적어도 이십 대 후반인 것을 생각하면 그녀가 선생답지 못한 것도 무리는 아닌 셈이었다.

"그러면 신성 찬트는 누가 가르쳐주죠?"

이솔렛은 손을 뻗어 천천히 발목을 쓰다듬다가 싸늘하게 대꾸했다.

"아무도 없어, 나 말고는."

"그럼 별 대안이 없군요."

이솔렛은 잠시 후 고개를 흔들며 자리에서 일어났다. 화난 눈초리로 다프넨을 쏘아보다가 말했다.

"노래를 하나 불러봐. 찬트는 단순한 노래하고 다르긴 하지만 그렇다고 노래가 아닌 것은 아니야. 기본적으로 노래가 되어야 신성한 힘도 깃드는 거야. 내가 네게 발성부터 가르치고 있을 순 없는 노릇이니까."

실은 그건 불친절한 억지였다. 다프넨은 한참 동안 생각에 잠겼지만 결국 이렇게 말할 수밖에 없었다.

"끝까지 부를 만한 노래가 없어요."

"단 하나도?"

이솔렛은 어이가 없어져서 소년을 빤히 보았다. 아무리 삭막한 환경에서 자랐다 해도 한 곡도 모르다니. 아니, 그보다 노래도 한 곡 모르는 주제에 어떻게 신성 찬트를 배우겠다고 나선 거지?

그러나 소년은 진지했다.

"아뇨. 하지만 신성 찬트를 가르치시는 선생님 앞에서 귀여운 다람쥐가 어쩌고 하는 노래나 부르고 있을 수는 없잖아요."

풋, 저절로 웃음이 터져 나오고 말았다. 다프넨이 의아하게 쳐다보자 이솔렛은 황급히 웃음을 그친 다음 고개를 저으며 말했다.

"선생님이라고 하지 마. 듣기 불편하니까."

"그럼 뭐라고 불러야 하죠?"

"그냥 이름을 불러."

"당신은 선생님이기도 하고 저보다 나이도 많죠. 그렇게 부를 수는 없습니다."

이솔렛은 무미건조하게 탁 내뱉었다.

"왜 내가 날 부르는 호칭조차 고를 수 없다는 거지? 싫다면 아예 날 부르지 마."

다프넨은 입을 다물고 있다가 한참 후 말했다.

"알았어요. 그냥 이름을 부르죠, 이솔렛. 전 다프넨입니다."

이솔렛은 무관심하게 고개만 까딱했다. 아무래도 쉽게 잘 지내기는 힘들 듯했다.


다프넨이 땅다람쥐 오이지스와 다시 마주친 것은 그러고도 사흘이 지난 후였다. 그동안 오이지스는 아프다며 학교에 나오지 않았다.

"저, 저기⋯⋯."

그쪽에서 먼저 말을 걸리라고는 생각하지 못했다. 다프넨은 걸음을 멈춰 꼬마를 돌아보았다.

"나하고⋯⋯ 잠깐만, 아주 잠깐만 같이 가주지 않을래? 절대 위험한 곳이 아냐. 애들도 없을 거야. 제발 부탁해⋯⋯. 정말로, 다시는 귀찮게 하지 않을게."

망설이는 마음이 일어났다. 저번에 오이지스를 도와주다가 귀찮은 꼴을 당한 것을 생각하니 이번에도 누군가의 협박을 받고 저러는 것은 아닐까 싶었다. 이 겁 많은 소년이라면 충분히 그런 짓을 하고도 남았다. 다프넨이 의심쩍은 눈으로 보고 있자 오이지스는 눈물이 글썽해져서 두 손을 가슴에 모아 쥐었다.

"저번의 일 때문에 나를 믿지 못한다는 거, 알아. 하지만…… 이번엔 절대로 아니야. 달여왕의 이름을 걸고 맹세해도 좋아. 딱 한 번만 내 부탁을 들어줘. 꼭 같이 가고 싶은 데가 있어."

달여왕이라는 말에 다프넨의 마음이 간신히 움직였다. 저 소심한 소년은 달여왕의 이름을 놓고 거짓말을 할 정도로 악하지도, 대담하지도 못했다. 남을 속이기 위해서라면 더더욱 그런 이름은 입 밖에 내지도 않았을 터였다.

오이지스를 따라 마을 뒤쪽의 세 봉우리 가운데 왼쪽으로 가는 길로 접어들었다. 한참이나 올랐다. 마을이 한눈에 내려다보인다 싶은 곳까지 올라왔을 때 눈앞에 희한한 광경이 나타났다. 오이지스가 걸음을 멈췄고, 다프넨도 멈췄다.

나무 탑이었다. 그런데 첫눈에도 괴상했다. 좁다란 원통 모양인데, 위로 갈수록 뾰족해져서 흡사 바늘을 연상케 하는 생김새였다. 높기는 꽤 높아서 어른 키의 대여섯 배는 될 법

산 위의 공주, 산 아래의 공주

했다. 꼭 닫힌 나무문 위로 덧문 달린 창들이 보였다. 하지만 층 구별도 없이 아무데나 뚫려 있어서 내부 구조를 짐작할 수가 없었다. 저 탑은 창문이 바닥에 있거나, 또는 층과 층 사이에 있기라도 하단 말인가?

그렇게 어린아이가 장난삼아 그려본 낙서처럼 탑은 서 있었다. 푸른 절벽을 배경으로, 잘못 나타난 환각처럼.

"저건 도대체 뭐지?"

오이지스가 얼굴을 붉혔다.

"저긴, 음…… 날 숨겨주는 안전한 성이야. 아주 행복한 곳이고."

오이지스가 앞서 다가가 문을 두드렸다. 대답이 없는데도 문을 밀고 들어갔다.

첫 느낌은 어두움이었다. 밝은 곳에 있다가 들어와서일까? 1층은 사방 네댓 걸음이나 될까 싶은 좁고 둥근 방이었다. 바닥에는 양탄자 비슷한 거친 깔개가 깔렸고 의자도 몇 개 둘러 놓여 있었다. 불이 없는 벽난로도 있었다. 한쪽 벽에는 사다리가 있었고, 그 위에 위층으로 통하는 구멍이 뚫려 있었다. 거기까지 시선이 갔을 때, 갑자기 그쪽에서 목소리가 들려왔다.

"우리 꼬마 학자가 왔구나. 어? 오늘은 친구도 함께인가?"

이윽고 중년 남자가 사다리를 타고 내려왔다. 작업복 비숫한 차림에 앞치마를 두르고 머리에도 색 바랜 수건을 쓰고 있었다. 바닥에 내려선 남자는 얼른 수건을 벗고 손을 털더니 웃으며 악수를 청했다. 그의 손은 크고 부드러웠지만 거무스름했다.

"오이지스가 데려온 친구는 네가 처음인데? 반갑다. 난 제로라고 한다."

턱을 뒤덮은 회갈색 수염이 말할 때마다 흔들렸는데 거기에서도 먼지가 떨어졌다. 맞잡은 다프넨의 손바닥도 금방 새카맣게 되었다.

"전 다프넨이에요."

"다프넨? 어, 그 이름 어디서 들어본 것 같은데?"

오이지스가 옆에서 배시시 웃으며 말했다.

"전에 제가 말씀드렸잖아요. 대륙에서 왔다고요."

"아!"

갑자기 제로는 두 손으로 다프넨의 손을 꽉 움켜잡으며 반가운 얼굴을 했다. 섬사람 중에서는 처음 보는 반응이었지만 이젠 아예 손목까지 까매져버렸다.

"네가 그 아이로구나. 요 녀석한테 친절하게 해줬다면서? 정말 고맙구나. 이 녀석이 책만 좋아했지 도무지 친구 사귈 줄을 몰라서 걱정했는데 말이야. 노래 아이하고 그렇게 오래 이야기한 건 네가 처음이라고 하더라."

다프넨은 약간 당황해서 오이지스를 보았다. 이 아저씨는 괴상야릇한 나무 탑에만 틀어박혀 지내는지 바깥세상 소식을 도무지 모르는 모양이었다. 뺨이 빨개진 오이지스가 얼른 제로의 팔을 잡았다.

"그, 그런 말씀은 그만두시고요, 저…… 제 얘기를 좀 들어주세요."

그래서 세 사람은 의자를 끌어다 놓고 마주앉게 되었다. 먼저 입을 연 것은 다프넨이었다.

"혹시 오이지스의 아버지세요?"

제로는 입을 크게 벌려 소리 없이 웃더니 고개를 저었다. 늘 그렇게 웃는지 얼굴 주름도 상냥하게 휘어져 있었다.

"아냐. 저 녀석 아버지는 티플로스 씨지. 난 그냥 녀석의 친한 친구일 뿐이야. 허허허."

제로가 꼬마를 '친구'라고 불렀을 때 다프넨은 나우플리온의 얼굴을 떠올렸다. 렘브에서 그들 둘도 서로 친구임을 자처했었다. 스승과 제자도 아니고, 어른과 아이도 아니며, 후견인과 그가 보호하는 소년도 아닌. 오이지스와 제로는 자신과 나우플리온보다 훨씬 나이 차이가 컸다. 그런데도 나란히 입을 벌려 웃는 그들은 정말로 친구인 양 비슷한 얼굴을 하고 있었다.

오이지스가 입을 열었다. 하지만 말을 꺼내면서부터 눈 둘곳을 찾지 못해 불안하게 이곳저곳을 쳐다보기를 반복했다.

"아저씨, 제가 전에 얘기하면서 말씀드리지 못한 것이 있어요."

"응, 뭐지?"

"정확히는 제가 숨긴 거예요. 그때 전 다프넨을 좋아하게 될 것 같다고 말씀드렸지만……."

다프넨이 움찔하며 오이지스를 보았다. 그러나 꼬마는 그쪽으로 눈을 돌리지 않고 제로만을 올려다보고 있었다. 얼굴에서 일종의 결심이 느껴졌다.

"실은 이미 다프넨의 믿음을 한 번 배신했어요. 저를 때리고 협박하는 아이들이 무서워서…… 거짓말을 하고 말았거든요. 없는 이야기를 해서 다프넨을 곤란하게 만들었죠. 그때 이솔렛 누나하고 나우플리온 사제님이 도와주시지 않았더라면…… 다프넨은 큰일을 당했을지도 몰라요. 아뇨, 솔직히 말할게요. 다프넨은 검을 갖고 있었는데……."

다프넨은 지금도 윈터러를 가지고 있었다. 제로의 눈이 검에 잠깐 닿았다 떨어졌다.

"……해서 손가락 세 개를 잘리는…… 무서운 벌을 받게 될 참이었어요. 저는 그때 다프넨을 변호했어야 했어요. 저를 도와주느라 그랬나고, 저를 때린 건 다른 아이들이라고 말했어야 했어요. 검으로 위협한 적도 없다고 분명하게 말했어야 했는데, 그런데…… 저는 못 했어요. 저는 정말로 비겁하고 쓸모없는 녀석이에요. 쟤를 친구라고 부를 자격도 없어요."

"……"

제로는 입을 꾹 다물고 듣고 있다가 오이지스의 손을 끌어당겨 잡았다. 그리고 조용히 말했다.

"이 손에 손가락 세 개가 없다면…… 저 위에 있는 무거운 책들을 들고 볼 수도 없겠지. 앞으로 그런 일이 있거든 말이다, 그런 비겁한 짓을 저지른 것을 진심으로 반성할 수 있다면 말이지, 네 스스로 같은 손가락을 잘라내도록 해라."

"……알겠어요."

제로는 다프넨을 향해 말했다.

"그런 일이 있었다면 이 녀석과 친구가 된다는 것은 무리겠구나. 이 녀석은 아마 내 앞에서 자기 잘못을 고해하고 싶어서 널 데려온 것 같다. 아직 여리고 어리석어서 자기 마음이 가벼워지는 것밖에 생각할 줄 모르지."

사람 좋아 보이는 제로였지만, 그의 반응은 다프넨이 예상했던 것과 크게 달랐다. 대륙의 어른들은 아이들 일이라면 무조건 화해하고 친하게 지내라 할 테지만, 섬사람들은 아니었다.

"여기까지 와주다니 네가 할 수 있는 일은 이제 다 해준 것 같구나. 너같이 좋은 아이를 잠시나마 알아서 오이지스도 행복했을 거다."

다프넨은 쉽게 대답하기가 힘들었다. 수많은 생각이 파도처럼 일어났다가 흘러갔다.

비겁함.

용서.

한참 만에 다프넨이 말했다.

"제게도…… 가장 비겁했던 순간이 있었습니다. 오랫동안, 꿈에서조차 아프게 되씹으며 돌이킬 수 없다는 것을 괴로워했죠. 다행히도 이번엔 돌이키지 못할 일은 없었어요. 어쩌면 그건 오이지스에게 주어진 행운이겠죠. 그런 점에서 저는 오이지스가 부럽네요. 가끔은…… 그걸 돌이킬 수만 있다면 가진 것 전부를 내놓아도 아깝지 않다는 생각을 하곤 합니다. 비록 제가 가진 것은 별것이 없지만……."

오이지스가 놀란 눈으로 다프넨을 보고 있었다. 다프넨의 목소리는 점점 낮아졌고, 기억 속의 소년으로 되돌아가듯 고통스러워졌다. 제로가 듣기에도 그 나이 소년이 흔히 갖는 목소리가 아니었다.

"그런 제가 어떻게 누군가를 용서하지 못할 수 있을까요? 그 사람은 제게 누구도 뼛속 깊이 미워하지 말라고 했습니다. 지워지지 않는 원한이나 원망 따위는 삶에 검은 등불을 켜는 것과 같나고 생각합니다. 그러지 않아도 제 삶은 이미 충분히 어둡습니다. 오히려 밝은 불을 몇 개 켜야 할 정도로요."

저 호수의 망령 앞에서 예프넨을 두고 도망쳤었다……. 동생을 지킨 형이 치른 목숨의 대가, 그것 때문에 자신이 살아 있음을 한순간도 잊은 일이 없었다.

"저는 오이지스를 원망하지 않습니다. 친구가 못 될 이유도 없지만 꼭 친구가 되어야 할 필요도 없겠죠. 제가 좀더 똑똑했더라면 처음부터 괴롭힘당하는 저 애를 외면했겠죠. 그러지 못했으니 돌아온 몫일 뿐이고요. 더이상 할말은 없습니다."

다프넨은 자리에서 일어났다. 오이지스는 조그맣게 되어서 감히 그를 올려다보지도 못한 채 고개를 푹 숙이고 있었다. 제로가 따라 일어나더니 등뒤의 선반에서 책을 한 권 꺼내서 내밀었다.

"여기까지 왔으니 한 권 가져가거라. 이곳은 본래 섬의 장서관이란다. 하지만 오는 사람이 별로 없지. 그래서 여기에 처음 들어오는 사람에게는 책을 한 권 주는 것을 나름의 원칙으로 삼고 있어. 그러니 부담 가질 필요는 없다. 네게 도움이 되었으면 좋겠구나."

다프넨은 가볍게 고개를 숙인 뒤 책을 받았다. 요즘 책이 조금 그립기도 했지만, 그것보다 제로의 성의를 무시할 이유가 없어서였다.

"또 놀러오너라."

쾅, 문이 닫혔다.

스콜리 생활도 쉽지 않았다.

첫날에는 시험을 보았고, 막대호신술 선생과의 사건이 있었다. 둘째 날은 교장과 이야기하고 이솔렛을 찾아가느라 하루 수업을 빠졌다.

셋째 날부터 제대로 수업이 시작되었지만, 다프넨은 처음부터 절망을 느꼈다. 수업 내용이 어려워서가 아니었다. 오히려 수업은 지나치게 쉬웠다. 아이들의 수준은 형편없었고, 그나마도 대부분 한눈을 팔며 수업 시간을 때웠다. 쉬는 시간이 되면 막대호신술 실력이 누가 낫고 누가 누구를 이겼는지, 그것만 떠들어대느라 정신이 없었다. 마법 수업에는 몇 명만 관심을 보였는데 그 아이들은 졸업 후 진로를 그쪽으로 잡을 작정인 듯했다. 다른 아이들은 거기에도 관심 없었다.

진짜 문제는 아이들의 이야기에 낄 수 없다는 점이었다. 막대호신술 시간에 헥토르와 싸우기 전에는 그래도 호기심을 보이고 말을 걸어오는 아이도 있었다. 그러나 그 일이 있고부터는 모든 아이들이 그를 철저히 무시했다. 무시한다고 해서 비웃거나 놀려대는 것은 아니었다. 그들은 마치 사자를 외면하는 승냥이들처럼 행동했다. 가까이 가는 것을 피했고, 저들끼리 이야기를 나누다가도 다프넨이 다가갈라치면 재빨리 흩어져버렸다. 아니면 노골적으로 불쾌한 시선을 보냈다. 한 아

산 위의 공주, 산 아래의 공주

이가 용기 있게 내뱉었다. "대륙에서 온 악마 녀석"이라고.

아이들의 변한 태도가 헥토르와 관련이 있으리라는 건 뻔했다. 헥토르가 그러라고 시킨 것인지, 아니면 저들이 지레 겁먹고 알아서 저러는 것인지는 알 수 없었다.

예외가 있다면 리리오페 한 명뿐이었다. 그러나 그 애는 나이가 어린데도 수업 진도가 몹시 빨라서 한 가지 수업을 제외하고는 겹치는 시간이 없었다. 그리고 그 애도 다른 아이들이 많이 있는 곳에서는 함부로 말을 걸거나 다가가는 것을 삼갔다. 사실 까닭은 몰랐지만 아이들은 리리오페의 비위를 맞추려고 열심이었다. 그럼에도 불구하고 리리오페 역시 다프넨에게 친근하게 구는 것이 다른 아이들의 반감을 산다는 것을 알고 있었다.

오이지스와 함께 장서관에 갔다 온 다음 날이었다. 그날부터 오이지스도 학교에 나왔다. 그러나 오이지스의 처지도 다프넨과 다를 것 없었다. 아니, 오히려 더 나빴다. 아이들은 교실을 가로질러 걸어가면서도 괜히 오이지스를 툭툭 치고 지나갔다. 오이지스는 항변 한번 하지 못한 채 그냥 고개를 숙이고 있었다.

점심은 학교에서 먹었다. 식당이면서 동시에 강당으로도, 기도하는 곳으로도 쓰이는 널찍한 방에 가면 마을 사람들이 번갈아 마련한 식사가 아이들에게 나누어졌다. 그날의 식사는 푸른콩 수프와 귀리빵, 염소젖 치즈, 그리고 물 한 잔이었다.

다프넨은 음식 그릇을 받아 한쪽에 있는 식탁에 앉았다. 아이들이 많고 식탁은 적었기 때문에 식탁마다 의자가 네 개씩 딸려 있었고, 그나마도 모자랐다. 그런데도 다프넨과 같은 식탁에 앉으려는 아이는 한 명도 없었다. 앉을 자리가 없어 서서 기다리는 한이 있더라도 흘끔흘끔 바라보기만 할 뿐 아무도 다가오지 않았다. 하필 이날은 리리오페조차 눈에 띄지 않았다.

이제 다프넨도 더 신경쓰지 않기로 마음을 정한 참이었다. 그래서 조용히 귀리빵을 한입 베어 물고는 오히려 두리번대는 아이들을 구경하기 시작했다.

"저어, 같이 앉아도 될까?"

수프에 귀리빵을 적시던 다프넨은 흠칫 놀라 고개를 들었다. 누가 자신에게 이런 말을, 아니 말을 걸기라도 한단 말인가? 눈앞에 오이지스가 수프 그릇을 들고 서 있었다. 약간 수줍은 듯 미소를 지으면서.

"……그래."

얼굴이 밝아진 오이지스가 의자를 끌어당겨 맞은편에 앉았다. 다프넨은 수많은 아이들의 눈이 쏠린 것을 느꼈다.

"콩 수프 맛없지?"

수프는 확실히 밍밍했다. 색깔만 푸르스름할 뿐 콩은 어디

산 위의 공주, 산 아래의 공주

로 갔는지 겨우 반 조각 눈에 띌 뿐이었다.

"그러네."

"에라토 누나네 어머니께서 오신 날은 음식이 맛있어. 아마 내일 오실 거야."

"그렇구나."

시시한 대화였는데도 기분이 한결 나아지는 자신을 느끼고 다프넨은 우스워졌다. 또래 집단의 적대적인 눈빛을 버티는 것은 그로서도 힘든 일이었던 모양이었다. 오랫동안 모진 세상에 내던져져 속고 쫓기곤 했던 자신조차도.

그때 술렁이던 아이들의 목소리가 갑자기 잦아들었다.

"아, 헥토르구나."

"헥토르가 왔네."

헥토르와 그의 동생 에키온, 그리고 그들 패거리인 다섯 소년들이 한꺼번에 식당에 들어섰다. 상급반 막대호신술 수업이 마침 끝난 모양이었다. 동시에 수많은 눈이 다프넨과 오이지스에게도 쏠렸다. 헥토르는 흘끗 쳐다보고 아무 말도 하지 않았으나 에키온은 잘 걸렸다는 듯 소리쳤다.

"저건 뭐지? 놀아주는 사람 없는 바보들 둘이서 뭉쳤잖아?"

한패거리들이 그에 맞춰 웃음소리를 냈다. 헥토르는 불쾌한 표정을 지으며 음식을 나누어주는 어른들 쪽으로 걸어가 버렸다. 그러나 에키온은 막대호신술 수업에서 쓰던 막대를 든 채 선뜻 둘의 식탁 앞까지 왔다.

"야, 겁쟁이 땅다람쥐."

막대가 다가와 오이지스의 옆구리를 쿡쿡 찔렀다. 오이지스는 몸을 움츠리며 숟가락을 놓았다. 그러나 다프넨을 쳐다보지는 않았다.

"야, 일어서 인마! 어딜 저런 녀석하고 같이 식사를 하고 있어? 누가 그러라고 했어?"

뒤에서 다른 소년들도 거들기 시작했다.

"일어나! 일어나, 이 자식아!"

"건방지게 누구 허락을 받고 겁도 없이……."

"땅다람쥐 너 또 한바탕 맞고 싶냐?"

오이지스의 팔이 눈에 띌 정도로 덜덜 떨렸다. 그러나 굳은 결심을 한 듯, 입술을 꽉 깨물고 꼼짝도 하지 않았다. 막대기는 곧 세 개로 늘어났다. 이제는 찌르는 것뿐 아니라 머리를 때리고 목을 자르는 시늉을 하는 둥 가지각색이었다.

"말 안 들어, 이 자식아?"

"땅다람쥐 너 자꾸 버티다간 거기서 평생 못 일어나게 해버린다?"

더 이상 참고 듣기가 힘들어진 다프넨이 고개를 들었을 때, 오이지스가 집먹긴 했으나 분명한 목소리로 말했다.

"나도 내가 좋아하는 사람하고 같이 점심 먹을 자유가 있

산 위의 공주, 산 아래의 공주

어. 제발 날 그냥 내버려둬."

그 말은 소년들을 정말로 화나게 해버렸다.

"야, 끌어내!"

"바닥에 던져버려!"

"어디 말대답이야, 저 미친 자식이! 너 오늘 죽었어! 뒈지게 밟아버릴 거야!"

소년들 중에는 다프녠이 '자신을 모르는 자'였을 때 맞고 달아났던 아이들도 섞여 있었다. 그러나 이번에는 등뒤에 든든한 아군이 잔뜩 있어서인지 전혀 망설이는 기색이 없었다. 소년들이 오이지스를 의자에서 끌어내려 했을 때 다프녠이 말했다.

"멈춰."

그들의 팔이 잠시 움찔했다. 그러나 잠시뿐이었다. 오이지스는 의자에서 끌어내어져 바닥에 주저앉으면서도 다프녠을 쳐다보며 세차게 고개를 저었다. 늘 겁먹은 듯했던 눈에도 의지가 담겨 있었다. 맞더라도 자신은 버틸 수 있으니 자기 때문에 피해 입지 말라고 말하는 눈이었다.

"멈추지 않으면……."

실은 식당 안의 모든 아이들이 그 나지막한 목소리에 귀를 기울이고 있었다. 음식을 퍼 담던 어른들조차 무슨 일인가 해서 고개를 뺐다.

"너희 모두 지독히 후회하겠지."

이런 말을 할 줄 아는 자신이었던가, 하고 생각하며 다프넨은 의자를 밀고 자리에서 일어섰다. 이 순간 그는 트라바체스의 황야에서, 아노마라드의 벌판에서, 홀로 누구에게도 속지 않겠다고 다짐하며 걸어가던 순간과 똑같은 자신으로 돌아갔다. 달라진 거라면 짧아진 머리칼뿐이었다.

오이지스를 잡았던 소년들은 일전에 몸소 다프넨의 실력을 경험했으므로 저도 모르게 손을 멈췄다. 다른 아이들도 며칠 전 막대호신술 수업에서 벌어진 일을 보았거나, 전해 듣고 있었다. '대륙에서 온 악마'라고 불리는 소년이 얼마나 강한지에 대해서.

그러나 에키온만은 달랐다.

"꼴같잖은 협박은 집어치워! 네가 우릴 막을 힘이 있으면 당장 보여주면 될 것 아냐? 그럴 실력이 없으니까 입으로만 떠드는 거지?"

그리고 보란듯 오이지스의 옆구리를 세게 걷어찼다. 그러나 오이지스는 이를 악물고 소리를 내지 않았다. 그것은 오이지스가 손가락을 직접 자르지 못한 대신 스스로에게 지운 책임이었다. 제로 아저씨 앞에서 들었던 다프넨의 이야기가 준 충격은 컸다. 그런 사람 앞에서 부끄럽게 되고 싶지 않았다.

다프넨은 에키온을 똑바로 보며 입 끝만 올려 미소를 지어 보였다. 그건 그가 처음으로 남 앞에서 지은 비웃음이었다.

"그럼, 후회해라."

그 순간이었다.

"그만둬라, 에키온!"

헥토르의 목소리였다. 그는 음식을 내버려두고 구경하느라 정신이 없는 다른 아이들과 달리, 식탁에 단정하게 앉아 숟가락을 들고 있었다. 그는 이쪽을 바라보지도 않은 채 다시 큰 소리로 말했다.

"그 녀석을 화나게 하지 마라. 네게 어울리는 상대가 아니니까."

중의적인 말이었다. 너는 상대도 되지 않을 것이다, 또는 네게는 상대도 되지 않을 자다.

소년들이 슬금슬금 물러섰다. 에키온도 형의 말에는 절대 복종했다. 사나운 눈으로 쳐다보긴 했지만 역시 물러났다. 다프넨은 오이지스를 내려다보았다.

"나가자."

식사를 멈춘 아이들이 모두 쳐다보는 가운데 두 사람은 걸어나갔다. 입구를 나설 때까지도 아이들의 눈은 떨어질 줄을 몰랐다.


"이솔렛?"

다프넨과 오이지스는 발 닿는 대로 걷다가 한갓진 비탈에 주저앉아 이야기를 나누고 있었다. 오가는 화제는 전부 별것 아닌 것들뿐이었다. 그런데도 둘은 최근 어떤 날보다도 평화로운 기분이었다. 좀 전의 일 얘기는 아무도 꺼내지 않았다.

오이지스는 다프넨이 이솔렛에게서 신성 찬트 수업을 받고 있다는 이야기를 듣고는 크게 감동했다. 놀라서 동그래지는 눈을 보니 정말로 다람쥐를 닮았다는 생각이 들어 다프넨은 픽 웃고 말았다.

"신기하다. 그 누나는 우리 섬에서 제일 신비로운 사람이어서 난 말도 한번 걸어보지 못했는데. 사람들은 그 누나를 '산 위의 공주'라고 불러."

다프넨은 어이없는 표정으로 되물었다.

"왜 그렇게 부르는데?"

"이솔렛 누나의 아버지가 나우플리온 사제님 이전에 검의 사제셨거든. 그분이 돌아가시기 전에 누나에 대해서 다른 사제님들한테 말해둔 것이 있대. 그게 뭔지는 모르지만, 그다음부터 누나는 사제님들의 회의에도 들어갈 수 있게 됐고, 중요한 일이 있을 때 수도사님들이 누나한테 물어보러 가는 일도 있었어."

"수도사님들이?"

이솔렛은 고작 열일곱 살이었다. 그런 그녀에게 어른들이 뭘 물어보러 간다는 걸까?

"응. 하지만 몇 년 전부터 마을의 일에 전혀 참견하지 않고 산 위에 있는 집에서 혼자 살아. 하지만 누나는 아름답고, 또 어딘가 무섭기도 하기 때문에 그런 별명이 붙게 됐어."

그 별명은 비꼬는 것이 아니라 경외의 의미였다. 오이지스의 눈에도 분명 그런 감정이 들어 있었다. 다만 안타깝게도 오이지스는 그 이상 자세한 이야기는 몰랐다. 이솔렛이 왜 나우플리온을 싫어하는지, 질레보 선생은 왜 나우플리온이 이솔렛에게 사과해야 한다고 말하는 것인지, 그리고 질레보 선생과 나우플리온 사이의 원한은 무엇인지.

오이지스는 한참 궁리하더니 이솔렛을 '전사와 사제를 섞은 느낌'이라고 표현했다. 이어서 '산 아래의 공주'라고 불리는 사람도 있다고 말했다. 하지만 그게 누구인지는 말하지 않고 씩 웃기만 했다.


"산 위의 공주님한테 노래를 배우게 됐다면서?"

리리오페는 때때로 마치 뒤라도 밟았던 것처럼 갑자기 나타나곤 했다. 이번에도 다프넨이 오이지스와 헤어져 산에서 내려오자마자 기다렸다는 듯 나타나 새끼손가락을 빼물며 생긋 웃어 보였다.

"그래."

"좋겠네! 정말 예쁘지? 보기만 해도 황홀해지지 않아? 그런 사람을 날마다 보게 됐으니 얼마나 좋아?"

다프넨은 리리오페가 무슨 소릴 하려는 건지 몰라 대꾸 없이 쳐다보기만 했다. 리리오페는 이윽고 키득키득 웃었다.

"마을 남자들이 하는 말을 그냥 옮긴 것뿐이야. 난 여잔데 여자를 보고 황홀해질 리가 있겠어? 아주 멋있는 남자라면 또 모를까."

그렇게 말하면서 눈을 가늘게 뜨고 미소를 지었다. 자그마한 입술이 심술궂은 꼬마처럼 비죽댔다.

"그래도 솔직한 기분으로는 좋지? 이솔렛이 친절하게 대해 줘? 넌 그 언니한테 관심 없어? 겨우 네 살 차이일 뿐이잖아!"

다프넨은 리리오페의 상상력에 웃음이 나왔지만 그냥 조용히 말했다.

"이솔렛 선생님은 내게 찬트를 가르치실 뿐이야. 그나마 내 실력이 형편없어서 고생스러우시겠지."

"선생님? 그렇게 부르라고 해?"

"아니."

"칫."

뽀로통한 표정을 짓던 리리오페는 몸을 돌리려고 하다가 샵사기 벼오른 것처럼 십게손가락을 세워 저어 보였다.

"그이만 공주님인 건 아냐! 뭐, 그런 별명은 다른 사람들이 붙여주는 것이니까 자기가 불리고 싶다고 그렇게 되는 건 아니라고. 정말이야!"

그때까지는 리리오페가 무슨 말을 하려 했는지도 모르고, 가는 뒷모습을 바라보기만 했다. 사실을 알게 된 것은 저녁 무렵이었다. 느지막이 들어온 나우플리온을 기다려 렘므에서 여행하던 시절처럼 직접 끓인 수프를 내놓았다. 다프넨이 오늘 있었던 일을 이야기하자 수프를 먹던 나우플리온이 발작적으로 웃기 시작했다.

"리리가 그렇게 말해? 자기 입으로? 푸하하하하…… 이거 참 사건인데, 사건이야."

"그게 무슨 뜻인데 그래요? 무엇보다 그렇다고 아까운 수프를 뱉으실 건 없다고요."

"푸하핫, 푸하하하……."

그렇게 한참이나 웃던 나우플리온은 웃음을 그치고 식은 수프를 마저 퍼먹은 다음 사실을 말해주었다.

"산 아래의 공주는 리리오페 자신이야. 내가 섬을 비운 사이에 생긴 별명인 모양이더라고. 하지만 지금까지 리리오페는 공주가 어쩌고 하는 말이 간지럽다면서 누가 그렇게 부르면 발끈했다고 하거든. 그래서 요새는 걔 앞에서 그 별명 부르는 사람이 아무도 없어. 그런데 걔가 너한테 관심이 있긴한가 본데? 그런 달갑지 않은 별명을 끌어대어서라도 자신의 평가도 처지지 않는다는 걸 은근히 과시한 거 아니냐? 음, 아닌가? 원래 속으로는 그 별명을 좋아했던 건가?"

"그렇다면 이솔렛은요? 그분은 그런 별명을 좋아하시나요?"

나우플리온은 텅 비어버린 그릇에 아직 수프가 남아 있기라도 한 양 숟가락질만 되풀이하고 있었다. 대답은 없었다.

# 윈터바텀 킷

달의 섬에서 까마득히 먼 트라바체스 땅의 롱고르드 영지에 폐허가 다 된 저택이 서 있었다. 한때 잘 손질되던 때는 화려하지는 않더라도 안정된 자태로 영지를 굽어보던 저택이었다. 그러나 이제 낡아빠진 문짝은 출구를 막느라 둘러친 쇠사슬에 의지해 간신히 서 있을 뿐이다. 덧문이 떨어진 창들이 음산하게 입을 벌려 낙엽과 먼지를 쓸어 넣고 있었다. 지붕 머리에는 커다란 입이 물어뜯기라도 한 것처럼 뚫린 구멍이 수리되지 않은 채 그대로였다. 하늘이 내다보이는 방의 너덜너덜하게 해진 양탄자에는 썩은 나뭇잎이 수북했다.

사는 사람 없는 스산한 저택 앞에 마차 한 대가 멈추었다. 검은 포장을 씌운 마차였다. 가문의 표지도 없었다. 내린 사람은 시골 사람처럼 입긴 했지만 귀족의 자태를 숨기기 힘든 중년 남자였다.

남자는 모자를 벗고 저택을 올려다보더니 헛웃음을 흘렸다. 마차 안에서 누군가가 말을 걸었다.

"정말 제가 뒤따르지 않아도 괜찮으시겠습니까, 백작님?"

"안에 들어갈 것도 아닌데 걱정할 것 없네, 휴."

백작과 그의 비서 휴……. 다름 아닌 벨노어 백작 일행이었다.

지난번에 트라바체스에 왔던 때와는 달랐다. 마차 행렬도, 호위 기사들도 없었다. 사람들의 눈에 띄고 싶지 않았으므로. 벨노어 백작은 혼자 뚜벅뚜벅 저택 입구의 계단을 올랐다. 입구에 친친 감긴 쇠사슬을 잠시 살펴본 다음 혼잣말을 했다.

"확실히…… 다녀가긴 했군."

쇠사슬은 풍파에 삭아 누렇게 변색되어 있었다. 그중 일부에 긁혀나간 자국이 있었다. 누군가 최근에 벗겼다가 다시 묶은 것이 틀림없었다. 백작은 계단을 내려와 이번에는 저택 뒤로 돌아갔다. 거친 벽이 금방이라도 무너질 듯 굽어보고 있었다. 백작은 흙바닥에서 단단하게 말라붙은 마차 바큇자국을 발견했다. 그는 서슴지 않고 허리를 굽혀 그것을 만져보았다. 그리고 일어나더니 소금 더 놀라갔다.

이윽고 백작은 저택의 서쪽 사면을 바라보며 서 있었다. 마침 해가 지려는 참이었다. 그 벽에는 집에 비해 그리 낡지 않은 손수레가 기대 세워져 있었다. 백작은 손수레의 손잡이를 잡아당겨 바닥에 내려놨다. 손수레 안에는 물이 번진 흔적이 있었다. 시큼털털한 냄새가 풍겼다.

"포도주라도 드셨나 보군."

블라도 진네만이 엿새 전, 이곳에서 며칠 거리 떨어진 사바논 마을에 나타났다는 정보를 들었다. 사바논은 백작도 들렀던 곳이었다. 아마 블라도도 벨노어 백작과 같은 목적으로 그곳에 갔을 터였다.

사바논에서 백작은 진네만 가문의 형제를 낡은 창고에 가두었던 사내들을 찾아냈다. 아노마라드 국경을 오가는 노예 상인들을 수소문해서 얻은 성과였다. 의지가지없는 자들에게 가장 먼저 눈독들이는 무리가 그들이니까.

블라도 진네만은 윈터바텀 킷을 쫓는 벨노어 백작의 존재를 아직 알아채지 못했다. 아니, 만일 보리스의 행로를 계속 추적했더라면 지금쯤 눈치를 챘을는지도 모른다. 그러나 그 자는 벨노어 백작을 견제할 필요까지는 느끼지 못하는 듯했다. 잘된 일이었다. 덕택에 이렇듯 뒤를 쉽사리 밟고, 블라도가 아직 윈터바텀 킷 가운데 어느 쪽도 손에 넣지 못했다는 사실을 알아냈다.

얼마 전까지 백작은 블라도가 스노우가드를 손에 넣은 것은 아닐까 의심하고 있었다. 그러나 사바논에서 블라도는 예프녠의 행방을 수소문하고 있었다. 말할 것도 없이 벨노어 백작과 같은 목적일 것이다.

블라도 진네만은 이제 트라바체스의 통령 자리에 오른 칸 선제후, 다시 말해 칸 통령으로부터 지속적으로 윈터바텀 킷을 찾아내라는 압력을 받고 있었다. 그러나 벨노어 백작과 경쟁해야 할 블라도는 뒤늦게 얻은 딸에게 홀려서 최근엔 칸 통령의 성에 들르는 일조차 드물어졌다. 견디다 못한 통령이 협박에 가까운 독촉을 하고서야 최근 움직이기 시작했다.

한동안 다른 곳에 정신을 팔고 있었다고 해도, 블라도는 과거 선제후 칸의 손꼽히는 모사謀士로 이름을 날렸던 자였다. 일단 조사를 시작하자 곧장 보리스가 어떤 경로로 아노마라드에 건너갔는지, 어디에서 지냈는지, 그리고 언제 떠났는지까지 알아낸 모양이었다. 그리고 어떤 길을 거쳐 아노마라드 북부로 갔는지도 추적해냈다. 물론 벨노어 백작 자신도 거기까지는 대략 조사했다. 그다음이 문제였다. 로젠버그 호수를 낀 관문 도시 사스포네에 이르러 소년의 자취는 갑자기 사라져버렸다. 그곳까지 간 것을 보면 렘므로 넘어가려 했던 모양인데, 로젠버그 관문에서는 그런 소년을 보았다는 사람이 없었다. 그동안 없던 일행이라도 생겼거나, 아주 훌륭하게 변장을 했거나 둘 중의 하나였다.

렘프 땅은 아노마라드 사람이 쉽게 조사할 수 있는 곳이 아니었다. 백작 신분인 자신이 정식 사증을 얻어 렘프에 입국했다가는 당장에 근처 관리들이 조사하려 덤빌 것이 분명했다. 아무리 최근 평화롭다 해도 렘프는 오랜 기간 아노마라드의 적국이었다.

거기서 조사가 막힌 것은 블라도 진네만도 마찬가지인 모양이었다. 블라도는 다른 이유에서, 그러니까 렘프까지 조사할 인력이 없다는 점에서 한계에 부딪혔다. 그래서 그는 트라바체스로 되돌아와 칸 통령에게 지원을 요청했다. 요청이 어떻게 결론 났는지는 알 수 없었다. 다만 블라도는 칸 통령의 성을 떠나 오랜만에 이 근처에서 모습을 드러냈다.

벨노어 백작은 블라도 진네만 역시 이 저택까지 돌아와 아무 정보도 얻지 못했다고 추측했다. 쇠사슬의 흠집을 보면 저택에 들어갔음이 분명하고, 마차 자국을 보면 혼자 온 것은 아닐 터였다. 아랫사람들을 풀어 하나라도 정보를 얻었다면 그 자리에 가만히 있을 사람이 아니었다. 그러나 손수레로 포도주를 실어다 마신 것으로 보아 천천히 머물다 떠난 듯했다.

"그러니까…… 그 검은 이리로 오지 않았다는 거지."

보리스는 확실히 트라바체스로 돌아오지 않았다. 만일 잠깐이라도 발을 들여놓았더라면 고향 근처를 둘러보고 싶은 마음을 억누르기가 힘들었을 것이다. 그러나 이곳 출신인 블라도 진네만이 보기에 영지에는 소년이 들른 흔적이 없었던 모양이었다. 핏줄끼리의 일이니 아마 믿어도 되리라 생각했다.

백작은 마차로 돌아왔다. 마부에게 새 용병들을 만나기로 한 곳으로 가자고 일렀다.

마차가 출발하자 휴는 백작을 붙잡고 그 여자 용병이 인상이 좋지 않다는 얘기를 다시 늘어놓기 시작했다. 그러나 백작은 빙긋이 웃을 따름이었다. 그에게는 이미 세워둔 중대한 계획이 있었다.

렘므로 건너갈 방법만 찾으면 소년의 행방쯤은 곧 알아내리라 생각했다. 블라도가 앞지를 염려가 없는 이상 윈터러는 잠시 두고, 사라진 스노우가드를 먼저 찾을 생각이었다. 그러기 위해서는 그 여자 용병의 힘이 절대적으로 필요했다.


다프넨은 데스포이나 사제의 부름을 받았다. 그분의 집으로 오라는 전갈이었다.

한때 며칠간 먹고 자고 하기도 했지만 한방에 갇혀 있다시피 한 터라 다른 곳은 잘 몰랐다. 평범한 방문객이 되어보니 손님들이 대기할 장소와 업무를 보는 방 등이 따로 마련된 꽤 넓은 집이었다. 잠깐 기다리자니 한 소녀가 들어오라는 말을 전했나. 다프넨은 몸을 일으켜 휘장이 쳐진 안쪽 방으로 들어갔다.

"어서 오너라."

데스포이나 곁에는 아직껏 한 번도 본 적이 없던 남자가 앉아 있었다. 다만 투명한 초승달 모양 보석이 박힌 서클렛을 쓴 걸 보고 서클렛의 사제, 모르페우스임을 짐작했다.

이 사제에 대한 이야기는 일찍이 다른 사람들에게 들은 일이 있었다. 기예와 의술을 담당하는 서클렛의 사제는 자기집에 틀어박혀 거의 나오지 않는 것으로 유명했다. 섬에 온 지 보름이 넘었는데도 얼굴 한번 보지 못했지만 이상한 일이 아니었다.

"인사해라. 서클렛의 사제님이시란다."

모르페우스 사제는 의술을 담당하는 사람답지 않게 무서운 인상이었다. 기름한 얼굴에 짙은 눈썹과 부리부리한 눈, 큰 입, 허리에 닿도록 기른 새카만 곱슬머리가 특히 그랬다. 그의 옆에 서면 나우플리온조차 부드러운 인상으로 보이지 않을까 싶었다. 나이는 삼십 대 후반 정도. 그런데 황당하게도 저토록 근엄하고 무시무시하게 생긴 그는 사람들한테 종종 '꼴통 모르페우스'라는 별명으로 불리고 있었다.

"모르페라고 불러라."

이곳 사람들은 긴 이름을 가졌을 경우 별칭을 말해주는 것이 보통이었다.

"모르페 사제님께서 네게 묻고 싶은 것이 있으시단다."

오늘 다프넨에게 용건이 있는 사람은 데스포이나가 아니었던 모양이었다. 모르페우스는 빙빙 돌리지 않고 바로 말했다.

"네 검, 잠깐 보여주지 않겠나?"

순간적으로 망설였다. 일전에 헥토르와 싸울 때 윈터러를 뽑지 않겠다고 한 뒤 마을 전체에 퍼진 이상한 소문을 듣고 그러는 건 아닐까 싶었다. 그러나 나우플리온은 서클렛의 사제가 자기와 친한 친구라고 했다. 좀 별나긴 해도 나쁜 사람은 아니라고, 다만 별난 정도가 좀 심한 것만이 문제라고 했다.

나쁜 의도는 없을 거라고 생각하고 검을 풀어 사제들 앞에 내려놓았다. 하지만 눈을 떼지는 않았다.

윈터러를 집어 이리저리 돌려보던 모르페우스는 윈터러의 낡은 칼집과 우아한 손잡이가 전혀 어울리지 않는다는 것을 눈치챈 모양이었다. 그가 검을 뽑아보려는 순간 다프넨이 갑자기 말했다.

"검을 완전히 뽑지는 마십시오."

모르페우스는 손을 멈췄다. 이어 한 뼘 정도만 검을 뽑았다. 오랜만에 보는 흰 광채였다. 그래선지 빛이 한층 강렬해진 느낌이었다. 어쩌면 사실일지도 몰랐다.

"흐음."

모르페우스는 그 상태로 윈터러를 바닥에 내려놓더니 품에서 진주처럼 생긴 구슬을 꺼냈다. 구슬에는 은빛 끈이 꿰어져 있었다. 모르페우스는 끈을 잡고 구슬을 검이 있는 쪽으로 내렸다. 잠시 후, 구슬이 요동치기 시작했다.

위이이잉…….

이상한 소리와 함께 구슬과 검은 서로 공명했다. 구슬은 제자리에서 큰 원을 그리며 돌았다. 다프넨은 놀랍기도 하고 신기하기도 해서 모르페우스가 하는 양을 눈을 크게 뜨고 지켜보고 있었다.

"얘야, 다프넨."

"예."

모르페우스는 구슬을 거두어 품에 집어넣었다. 이어 다프넨을 보는 눈이 기묘하게 번뜩였다.

"나우플리온에게서 얘기를 조금 들었다. 너 역시 이 검의 유래를 모른다면서? 나는 마법사는 아니지만 옛 물건의 힘과 용도를 알아보는 능력이 있다. 네 검을 잠시 내게 빌려줄 수 없겠나? 이틀 정도면 된다. 그러면 그 검의 유래와 그 안에 깃든 능력을 알아내어 네게 알려주마. 악한 힘이라면 악한 대로, 선한 힘이라면 선한 대로, 중대하고 가치 있는 일이 될 것이다."

다프넨은 생각할 여유도 두지 않고 고개를 저었다.

"그럴 수는 없어요. 그건 제 몸에서 떼어놓을 수 없는 검입니다."

"단 하루도 안 되겠나?"

"안 됩니다."

"흐음."

모르페우스는 검을 돌려주었다. 그리고 궁리하는 표정이 되어 손가락으로 바닥을 톡톡 쳤다. 그의 손은 몹시 크고 손가락도 억셌다.

"그렇다면 네가 며칠에 한 번씩이라도 내 연구실로 찾아오는 건 어떠냐? 네가 지켜보는 앞에서 검을 살펴볼 테니까 말이야. 한 환일換日(이레씩 묶어 세는 날짜의 주기)에 한 번씩만 와줘도 좋아. 그렇게 와서 한 시간씩만, 어떤가?"

데스포이나가 놀란 표정으로 말했다.

"모르페, 당신이 그 쑥대밭 연구실에 다른 사람을 들이다니 믿기 힘든 결정인데요."

모르페우스는 어깨만 으쓱할 뿐 대답하지 않았다. 계속 다프넨의 얼굴만 쳐다보았다. 사제가 이렇게까지 말하는데, 아니 사실상 졸라대는데 허락하지 않을 도리가 없었다. 다프넨 역시 윈터러가 어떤 힘을 가지고 있는지, 그것이 정말로 사악한 힘인지 알고 싶긴 했다. 그는 고개를 끄덕였다.

"그렇게 하지요."

그것은 생각보다 중대한 결정이었으나 이날의 디프넨은 알지 못했다.

9

장

EVER ROSE

# 마법의 계단

이솔렛과의 수업은 수월하지 않았다.

스콜리에서 버티느라 몸과 마음이 녹초가 되어 풀밭에 올라오면 이솔렛은 언제나 미리 와 있었다. 그러나 다프넨을 위해 그런 것은 아니었다. 그녀가 평소 많은 시간을 보내는 장소였을 뿐이었다.

다프넨이 오면 이솔렛은 바위에 앉아 한참이나 말이 없다가 가끔 누구를 위한 것인지 모를 노래를 한두 곡 불렀다. 신성 찬트가 아니라 평범한 노래였다. 어떨 때는 다프넨이 눈앞에 있지도 않은 것처럼 행동했다. 가끔 대화가 오갈 때도 있었지만 대부분 이솔렛 쪽에서 먼저 말을 중단하고 일어나버렸다.

식당 사건이 있은 후 아이들이 오이지스를 괴롭히는 빈도
는 눈에 띄게 줄어들었다. 그리고 다프넨에게는 더더욱 접근
하지 않게 되었다. 다만 헥토르가 없을 때 에키온 일당이 다
가와 기분 나쁜 말을 던지고 가곤 했다. 또는 리리오페가 가
끔 스콜리에서 말을 걸기도 했다. 그러면 모든 아이들이 쳐다
봤다.

가끔 못 견디게 답답해질 때가 있었다. 차라리 혼자였던 때
가 더 나았다 싶을 정도로.

나우플리온은 검의 사제이면서 오 년이나 대륙에서 지낸
터라 오랜만에 섬 곳곳을 돌아볼 예정으로 여행을 떠났다. 기
억섬뿐 아니라 보초들 외에는 사람이 살지 않는 침묵섬도 둘
러보고, 상실섬과 기원섬에도 들를 예정이었으므로 꽤 긴 일
정이었다. 따라서 다프넨은 집에서도 혼자였다. 이솔렛과 헤
어져 집에 돌아와 혼자 있노라면 저녁을 만들어 먹을 생각도
나지 않았다. 고픈 배를 움켜쥐고 자리에 누워서 생각하곤 했
다. 나우플리온, 아니 이실더와 렘므를 여행하던 시절은 얼마
나 행복했던가. 이 많은 사람들이 그의 외로움을 한시도 덜어
주지 못하다니.

오이지스조차 학교에 나오지 않았던 어느 날, 하루 종일 한
마디 대화도 나누지 못한 다프넨은 몹시 지친 기분으로 이솔
렛을 찾아갔다. 그리고 여전히 침묵하는 그녀 앞에 앉아 있다

가 갑자기 무언가가 울컥 치밀어 올라 세운 무릎 사이에 얼굴을 묻었다. 얼굴을 가리지 않고는 감정을 감출 수가 없었다. 머리가 뜨거워지고, 가슴속에 뭉쳐져 있던 단단한 응어리가 목을 타고 올라오려 했다. 숨죽여 그것을 억눌렀다. 말없는 사람들, 존재하지 않는 거나 마찬가지인 사람들, 아니, 존재하고 있기 때문에 오히려 더 그를 비참하게 만드는 사람들에 대한 분노가 심장 깊은 곳에서 소용돌이쳤다.

이솔렛이 한참 전부터 그를 주시한 것도 몰랐다. 더이상 견딜 수 없게 되었을 때 다프넨은 벌떡 일어나 인사도 없이 산비탈을 내려가버렸다. 그러고서 며칠 동안 이솔렛을 찾아가지 않았다.

이솔렛 역시 다프넨이 오지 않는다고 찾는 일은 없었다. 찬트 수업에 나가지 않았다는 사실은 교장도 몰랐다. 이대로 수업 따위 영원히 받지 않아도 상관없는 것이 아닐까 싶을 정도였다.

집에 혼자 틀어박혀 있던 다프넨의 눈에 문득 책 한 권이 띄었다. 오이지스와 함께 찾아갔던 장서관에서 가져온 책이었다. 책을 집어 무작정 읽어 내려가기 시작했다. 갑자기 눈물이 한줄기 흘렀다.

친구는 될 수 없었던 소년, 란시에와 나누었던 내화가 이루 말할 수 없이 그리웠다. 의견이 다르더라도, 비밀을 들킬까

봐 긴장하더라도, 말을 하고 싶었다. 란지에는 지금도 여동생을 돌보고 저택의 누군가를 시중들며 살아가고 있을까. 아니면 전에 말했던 대로 다른 삶을 택해 그곳을 떠났을까.

흐려진 눈을 닦고 십여 페이지나 읽고 있던 것이 무엇인지 그제야 살펴보았다. 겉표지에는 제목이 없었지만 안쪽에는 있었다.

『가나폴리 이주의 역사』

'역사'라는 단어를 보니 갑자기 웃음이 나왔다. 눈물을 닦으면서 동시에 웃음도 터뜨렸다. 란지에가 있었다면 이 책도 권해주었을까? 아마 그랬을지도 모른다.

그날 저녁까지 다프넨은 그 책을 열렬히 탐독했다. 어두워지자 달빛을 빌려서라도 마저 읽고 싶을 정도였다. 책은 그리 두꺼운 편이 아니었기에 다음날 스콜리에 갔다가 집으로 돌아와서 마저 다 읽었다. 그런데 끝이 조금 이상했다. 자세히 살펴보니 끝부분에 여러 페이지가 뜯겨나가 있었다.

그래서 그는 책을 옆구리에 낀 채 장서관을 찾아가게 되었다.

"아, 다프넨이 왔구나."

제로는 놀란 기색도 없이 그렇게 반겨주었다. 오이지스는 오늘 오지 않은 모양이었다. 다프넨은 책을 내밀며 말했다.

"전에 주신 책인데 뒷장이 찢겨져 있어서요. 이 책 뒷부분을 읽고 싶은데요."

제로는 책을 받아들어 이리저리 살펴보더니 사다리를 타고 위로 올라가자고 손짓했다. 앞서 올라가는 제로를 따라 사다리 위로 오르자 놀라운 세상이 펼쳐졌다. 원뿔 모양으로, 두 사람이 선 곳부터 원뿔 끝에 해당하는 꼭대기까지 벽 전체가 모두 계단식 책꽂이였다. 그런 책꽂이에 수천 권도 넘을 책들이 가득 꽂혀 있었다. 그러니까 이 탑에 방이란 두 군데뿐이었다. 처음 들어왔던 아랫방과 지금 서 있는 윗방. 그리고 윗방의 천장이 탑 꼭대기까지 솟아 있는 셈이었다.

이 많은 책들을 어떻게 꺼내고 넣는 걸까? 살펴보니 두 사람이 간신히 걸어갈 만한 너비의 나무 계단이 벽을 친친 감으며 올라갔다. 빽빽한 책꽂이 틈새에 쭈그리고 앉을 만한 작은 쉼터들이 있었고, 그 옆에 창이 뚫려 있었다.

벨노어 성의 서재에도 이보다 많은 책이 있었을까 싶었다. 세로로 쌓여 한눈에 들어오는 책들의 육중한 무게감은 실로 압도적이었다. 다프넨은 한참 만에 이렇게 물었다.

"저…… 창문으로 비바람이 들이치지는 않나요?"

다시 생각해도 난데없는 질문이었지만 정말로 걱정스럽기노 했다. 세로는 싱긋 웃더니 방 한쪽에 늘어진 붉은 줄을 집아당겼다. 그러자 모든 창의 덧문이 일순간에 닫히는 것이 아닌가.

"와아, 대단하군요."

다프넨은 진심으로 감탄했다. 동시에 기분이 다소 나아졌다. 순수한 경탄의 힘이랄까.

2층 바닥에는 편히 앉거나 누울 수 있도록 방석이나 쿠션 같은 것들이 쌓여 있었다. 깨끗하지는 않았지만 다프넨은 개의치 않고 한쪽에 앉았다. 제로가 계단을 타고 올라가더니 헤매지도 않고 다프넨이 원하는 책을 딱 찾아 빼어 들고 내려왔다. 하지만 오르내리는 내내 계단 곳곳이 삐걱거렸다.

책을 건네준 제로는 다른 책 한 권을 쥐고 쿠션 몇 개를 쌓더니 바닥에 비스듬히 누웠다. 자주 이렇게 하고 지내는 듯 익숙한 자세였다. 고개만 들면 책으로 쌓은 자신의 성채를 만족스럽게 감상하기에 좋았다. 하지만 줄곧 살펴본 다프넨은 이 말을 하지 않을 수가 없었다.

"그런데 말이죠, 아저씨. 아무래도 이 탑은 좀 위험해 보여요. 여기 앉아 있다가 혹시 땅이 약간만 흔들려도 떨어지는 책에 깔려 죽겠는걸요. 게다가 나무 건물에 종이책이라 불이 나기도 쉬울 것 같고요."

제로는 한숨을 내쉬더니 미소를 지었다.

"이 탑은 내 꿈의 결정체야."

제로는 말했다. 과거 섬사람들이 살았던 땅에는 이 탑의 수십, 아니 수백 배에 이르는 거대한 장서관이 있었다고. 이 탑은 그 형태를 조악하게 본뜬 것이었다.

물론 제로가 옛 왕국의 장서관을 보았을 리 없었다. 대대로 책을 수집하던 집안에서 태어나 책을 사랑했던 그는 아무도 읽지 않은 책 더미에서 장서관의 구조에 대해 적은 책을 발견했다고 했다. 그후 제로는 위대한 장서관을 자기 눈으로 다시 보는 것을 평생의 꿈으로 여기게 되었다. 물론 한 사람, 아니 수백 사람의 힘이라 해도 옛 왕국의 장서관을 재현할 길은 없었다. 옛 장서관의 아름다움과 정교한 구조, 그리고 규모는 섬에 있는 모든 건물을 합쳐도 비교되지 않았다. 그런 이야기를 하는 제로의 눈은 아이처럼 순수한 열정으로 반짝거렸다.

결국 제로는 자신이 할 수 있는 일을 해냈다. 이 자그마한 나무 탑을 설계하여 세우고 섬 곳곳에 흩어진 책들을 모아 이만큼 채워 넣는 일에 반생半生을 소비했다. 남은 반생 역시 이 꼬마 장서관을 좀더 안전하게 만들고, 더 많은 책을 모으는 일에 바칠 생각이었다. 대륙으로 나가는 사람이 있으면 그는 잊지 않고 꼭 책을 부탁했다.

"왜 하필 나무였나요?"

"섬에는 석재가 모자라거든. 섬에 있던 쓸 만한 석재의 거의 전부가 공회당을 짓는 데 사용됐어. 공회당은 우리 순례자들이 달여왕을 위해 반드시 지어야만 하는 건물이라 선택의 여지가 없었지. 물론 산과 절벽에 돌이 널려 있긴 하지만 지금 우리에겐 그런 것을 뜯어내어 옮길 기술이 없어. 더구나 장서관 같은 건……. 이제 그런 걸 중요하게 생각하는 사람은 거의 없거든."

섬은 언제부터인가 옛 왕국으로부터 지리적 혈연적으로 멀어진 것뿐 아니라 정신문화 면으로도 동떨어져갔다. 학문과 예술, 그리고 말할 나위 없이 마법을 가장 숭상했던 옛 왕국의 문화는 점차 무武, 그중에서도 특히 검을 지향하는 것으로 변질되었다. 학문과 예술 같은 분야는 객관적으로 평가할 수준 높은 비평가와 많은 향유자를 필요로 하는 반면, 검은 둘이 마주 겨루기만 하면 손쉽게 승패가 갈렸다. 섬의 환경이 척박하다 보니 인구는 쉽게 늘어나지 않았다. 겨우 천 명, 가장 많았을 때조차 수천 명에 불과한 소규모 사회에서 사람들의 관심사는 생활과 생존에 밀접한 것으로 집중될 수밖에 없었다.

새로 자라나는 아이들 가운데 절반 이상이 강한 전사가 되기를 원했다. 그런 식이니 검의 사제 아래로 모여든 아이들의 경쟁은 일정 정도를 넘어섰다. 균형 따위는 예전에 사라졌다. 마법을 비롯한 다른 모든 전승들이 겨우겨우 명맥만 유지해나가는 동안 검의 경쟁에서 밀려나 농사라든가 염소치기, 숲지기 따위를 하게 된 사람들의 불만은 점차 커져만 갔다. 심지어 신성 찬트와 같은 전승은 계승자가 이솔렛 한 명밖에 남지 않았을 정도였다. 이미 사라져버린 전승들은 말할 것도 없었다.

제로는 그것을 퇴보라고 단언했다.

"일찍이 찬란하게 발전시킨 바 있던 문화를 내팽개치고 도로 야만인들로 되돌아가는 짓이지. 하지만 내게는 그걸 되돌릴 힘이 없어. 겨우 오이지스 같은 아이 한둘을 바라보고 이렇게 책을 모아 물려주겠지만, 이미 대부분의 사람들은 평생토록 한 권의 책도 제대로 읽지 않아. 세월이 갈수록 점점 더 심해지고 있지. 나중에 너희가 어른이 되었을 무렵엔 아이들에게 역사를 가르칠 스콜리의 선생님 한 명도 구하지 못하는 건 아닐까."

제로는 어깨를 움츠렸다가 말을 이었다.

"상상만으로도 두렵군."

어쨌거나 제로의 이야기를 들은 다프넨은 왜 헥토르를 비롯한 많은 아이들이 자신을 그토록 심하게 질투하고, 또 괴롭히는지 알게 되었다. 그들은 '대륙에서 온 낯선 소년 다프넨'보다 '검의 사제의 첫 번째 제자인 다프넨'을 더욱 미워하고 있었다. 일전에 오이지스에게 듣기로 지금까지 헥토르는 스물을 넘기지 않은 심의 아이들 가운데 단연 최고의 검사로 인정받았다고 했다. 그런 헥토르를, 비록 몇 가지 운이 겹쳤다고는 해도 죽음 직전까지 몰고 간 다프넨은 모든 아이들에게 두려움의 대상이자 동시에 불쾌함의 원천이었다.

섬에서 섭정 각하 다음으로 존경과 선망의 눈길을 받는 검의 사제가 아끼는 소년, 뒤를 이을 가능성이 가장 높은 첫 번째 제자, 아이들이 싫어해마지않는 대륙에서 왔으니 친구도 아니며, 심지어 '산 아래의 공주'라고 불리는 리리오페에게 이런저런 친절을 받기까지 했다.

어쩌면 모든 조건이 이렇게 공교롭게 겹쳤을까.

푸훗…….

다프넨은 소리 없이 웃다가 자리에서 일어났다. 제로가 벌써 가겠느냐고 물었다. 함께 한 이야기가 즐거웠던 듯, 아쉬워하는 눈치였다.

"또 올게요. 책 빌려 읽어도 되지요?"

"물론이지. 책을 읽는 사람은 모두 내 친구야. 언제든지 놀러오너라."

장서관을 나서며 다프넨은 흐릿하던 것들이 많이 맑아지고, 분명해졌다고 생각했다. 언제 그에게 호락호락한 세상이었던 적이 있었나. 한 번도, 단 한 번도. 미움을 받을 수밖에 없는 조건이라면, 그 미움을 뚫고 살아남는 것도 자신의 임무였다. 하고 싶고 말고의 문제가 아니었다. 하긴, 속마음을 숨기고 친절한 체 가면을 쓴 자들보다는 적어도 낮지 않은가.

그리하여 닷새 만에 다프넨은 이솔렛을 다시 만났다. 다프넨이 비탈을 올라오자 바위에 앉아 생각에 잠겨 있던 이솔렛은 약간 놀란 얼굴을 했다. 그가 다가가 맞은편 바위에 앉을 때까지 말없이 쳐다보고 있었다.

"사정 이야기도 없이 오랫동안 수업에 빠져서 죄송합니다. 어떤 벌이라도 내리시는 대로 받겠어요."

이솔렛은 갑자기 고개를 돌리더니 풋, 하고 나직이 웃음을 터뜨렸다. 다프넨은 영문을 알 수가 없었다.

"왜 웃으시죠?"

"푸후훗……."

이솔렛은 한참이나 그 비슷한 웃음소리를 내며 혼자 웃어 댔다. 웃음이 그치자 다시 한번 다프넨의 얼굴을 구석구석 뜯어보았다. 다프넨이 말했다.

"당신도 잘 웃으시네요."

마음을 달리 먹은 다프넨은 이제 쌀쌀맞음이나 불친절함 따위는 두려워하지 않았다. 이솔렛이 아무리 그를 외면해도 참아내고, 대답할 때까지 끝끝내 말을 붙이리라고 마음먹고 올라왔다. 그러나 이건 예상했던 반응이 아니었다.

"무슨 뜻이시?"

"사실은 말이죠."

다프넨은 솔직하게 씩 웃으면서 대꾸했다.

"당신을 무시무시한 전설에 나오는 미녀처럼 생각하고 있었거든요."

이솔렛은 투명한 분홍빛 눈을 한 번 깜빡이더니 물었다.

"내가 무시무시하다고?"

"아, 아뇨. 무시무시한 건 전설이고 미녀는……."

"그러니까 '무시무시한 전설'에 나오는 미녀라는 것은 도대체 어떤 건데?"

"……무시무시한 거죠."

똑같은 결론이 나버렸다. 그러나 이솔렛은 화를 내거나 웃는 대신 뭔가 생각하는 표정이었다.

"그동안 왜 오지 않았지?"

"잘못 생각했기 때문이에요. 이제는 마음을 고쳐먹었으니 다시는 그럴 일이 없을 겁니다."

"앞으로는 빠지지 않고 늘 오겠다고? 내게 얻어 가는 것도 없으면서?"

"아뇨. 얻어 가고 있습니다."

다프넨은 편안한 얼굴로 미소를 지어 보였다.

"아마도 저는 침묵하는 상대를 견딜 수 있게 되겠죠."

"……."

이솔렛은 대꾸 없이 일어나 잠시 풀밭 위를 왔다갔다했다.

다프넨은 저도 모르게 종아리를 덮는 바짓자락 아래로 드러난 흰 발목을 바라보고 있었다. 복사뼈의 곡선이라는 것도 참 미학적이구나, 하고 혼자 생각하면서.

"넌 다르구나."

혼잣말이었다. 다프넨이 쳐다보자 이솔렛이 이번엔 그를 보며 말했다.

"난 네가 나우플리온 사제님과 닮았다고 생각했어. 그 사실이 나를 몹시 불편하게 했지. 하지만 어딘가 다르구나. 그분이라면 침묵 따위 시시한 시위를 꾸준히 참아주는 일은 없을 테지. 꺾일지언정 휘어지는 법이 없는 사람이니까. 하지만 넌 몇 번이고 휘어지더라도 끝내 꺾이지는 않는 사람 같구나."

어떤 심증을 굳어지게 하는 말이었다. 다프넨이 말했다.

"당신도 저와 비슷한 데가 있는걸요, 이솔렛."

"어디가 비슷하지?"

다프넨은 약간 도박하는 심정으로 말을 이었다.

"과거를 잊지도 못하고, 잊어버리려 하지도 않는다는 점에서요."

그 과거가 무엇인지도 모르면서 대담하게 해버린 말이었다. 이솔렛은 걸음을 딱 멈추더니 몸을 돌렸다. 갑자기 빠른 말이 쏟아졌다. 지금껏 하던 말에는 내키하지 않은 채로.

"난 그리 좋은 선생이 못 될 거야. 왜냐면 한 명도 가르쳐

본 일이 없으니까. 그리고 친절한 사람도 아닐 거야. 아무도 내 곁에 접근하지 않는 걸 보면 알 만하잖아? 그래도 나하고 잘 지낼 수 있겠어? 그럴 자신이 있어?"

다프넨은 잠깐 생각한 다음 대답했다.

"아주 잘 지낼 수 있을 것 같습니다."

"그래? 어째서지?"

예전 보리스라고 불리던 시절처럼, 다프넨의 눈이 살짝 깊어졌다.

"지금까지 어떤 것도, 좋은 조건에서 해본 적이 없으니까요."

이솔렛은 고개를 살짝 기울이며 그 말을 들었다. 그리고 손을 들어 흰 머리카락을 매만졌다.

6월이 왔다. 비교적 순조로운 수업을 하게 된 후로 수십 일이 흘렀다. 이제는 스콜리에 가지 않는 날에도 종종 이솔렛을 찾아갔다. 6월 초순의 어느 날 아침, 다프넨은 스콜리 수업을 빼먹고서 둘만의 교실인 산중턱 풀밭으로 올라갔다. 어쩌면 날씨가 너무 좋았기 때문에.

다프넨은 이솔렛이 자리에 없는 걸 보고 약간 당황했다. 이 곳은 그들의 수업이 시작되기 전부터 이솔렛의 놀이터였다. 하필 날씨 좋은 여름에 다른 곳에 갔을까?

"이솔렛?"

몇 걸음 나아가자 두 사람이 늘 앉곤 하던 바위들이 보였고, 그 뒤로 솟은 절벽이 눈에 들어왔다. 무심코 절벽을 올려다보았다. 절벽 중간에 불쑥 튀어나온 평지가 있어서 풀이 약간 자라고 있었다. 전에 이솔렛은 거기에 샘이 있다고 말한 일이 있었다.

해가 떠오른 지 얼마 안 되어서인지 샘이 반사한 햇빛이 눈부신 광채로 변해 감돌았다. 아니다, 잠시 후 다프넨은 착각했다는 것을 깨달았다. 그곳에 있는 것은 수십 마리의 하얀 새였다.

꿈인가…….

그가 선 곳에서도 퍼덕이는 날개와 순백색 깃털이 보였다. 새들의 몸에는 광채가 깃들어 있었다. 믿기 힘들 정도로 아름다웠다. 환각 같았다. 날개 치며 떠올랐다가 내려오고, 빙글빙글 도는가 싶다가 절벽 그늘에 숨으면서, 떠날 듯 떠날 듯 되돌아왔다. 거기엔 새들 말고도 다른 뭔가가 있었다. 새들을 춤추게 하는 무언가가.

의문이 확신으로 변해갈 무렵, 새 한 마리가 높이 떠올랐다가 다프넨이 있는 쪽으로 쏜살같이 날아 내려왔다. 다프넨은 당황하여 한 발짝 물러섰다. 하지만 새는 다프넨의 얼굴 앞에 이르러 허공에 뜬 채 날개를 퍼덕이며 황금빛 부리를 내밀었다. 부리에 넷으로 접힌 쪽지가 물려 있었다. 집게손가락으로 집어 펼쳐보았다.

　오늘 수업은 여기서 하자.

　적힌 말은 그뿐이었다. 다프녠은 쪽지를 든 채 어이가 없어하, 하는 소리를 냈다. 저 절벽으로 올라오라고? 길도 가르쳐주지 않고서?
　"혹시 넌 저기로 올라가는 방법을 아니?"
　대답하리라고 기대한 것은 아니었다. 새가 인간의 말을 이해할 리 없으니까. 하도 기가 막혀서 해본 말에 불과했다. 그런데 새가 머리를 까딱거리는 것이 아닌가. 안다고, 고개를 끄덕이는 것처럼.
　긴가민가하면서 다프녠은 다시 물었다.
　"정말로 알아?"
　다시 한번 끄덕, 하고 고개가 움직였다. 이렇게 신기할 데가.
　"그럼 가르쳐줘."
　갑자기 새가 날개를 펴더니 조금 위로 날아올랐다. 그리고 다프녠에게 잘 보이도록 고갯짓을 해 보였다. 한마디로 이거였다.
　싫어.
　"……."

새는 다시 절벽 위로 훨훨 날아가버렸다. 새한테까지 놀림을 당하고 나니 다프넨도 은근히 화가 치밀었다. 그리고 이솔렛이 저런 곳에 올라가서 수업을 하자는 둥 하는 것도 역시 그를 가르치기 싫어서라고 지레짐작을 했다.

실제로 6월이 오기까지 두 사람이 한 거라고는 시시한 노래 연습밖에 없었다. 대화는 순조로웠지만 이솔렛은 신성 찬트의 한 소절, 아니 반 토막도 가르쳐주지 않았다. 게다가 자기 노래는 한 번도 끝까지 들려주지 않으면서, 계속 다프넨에게 노래를 시키고는 틀린 점만 지적했다. 시범을 보여주지 않으니 제대로 해낼 리 없었다. 벨노어 저택에서 월넛이라고 불리던 시절 지독히 그를 가르치기 싫어했던 나우플리온도 이렇게까지 하지는 않았다.

그러나 그럼에도 불구하고…… 지내면 지낼수록 답답해지는 스콜리에 비하면 이솔렛과 함께 있는 시간이 훨씬 즐거웠다. 아니, 시원했다. 이솔렛은 보기보다 직선적인 사람이었다. 생각이나 감정을 숨기는 법이 없었다. 마음에 들지 않는 것이 있으면 바로 말했다. 섬의 관습과 관련된 것이라 해도 때로는 서슴없이 비난했다.

다프넨은 언제부턴가 이솔렛이 말하는 방식을 즐기게 되었다. 자기 어린 소녀처럼 또또하게 떠들어내는 것을 듣고 있으면 자신은 너무 소심하게 살아온 것이 아닐까 싶어질 정도였다. 평소 냉담하게 모든 문제를 외면하는 듯 보이는 이솔렛의 내면에는 적을 벼랑 끝까지 쫓아가서라도 박살내버리는 격렬함도 숨겨져 있었다.

그나저나 저길 가야 하나 말아야 하나.

마음을 결정하지 못했으면서도 다프넨은 절벽 주위를 살피며 위로 통할 만한 길이 없나 찾아보았다. 처음엔 아무것도 안 보였는데, 주의깊게 보니까 수풀로 가려진 구석에 야트막한 동굴 입구가 보였다. 허리를 한껏 구부려야 간신히 들어갈 만한 동굴이었다. 이 동굴이 그곳으로 통한다는 보장은 없었다. 그러나 아무리 이솔렛이라 해도 저 깎아지른 절벽 위로 기어서 올라갈 수는 없었을 테니까.

"으음……."

결국 들어가고 말았다. 절반은 오기, 절반은 호기심으로. 동굴 안은 의외로 어둡지 않았다. 몇 걸음 들어가니 금세 바깥으로 통하는 통로가 보였다. 길은 절벽 뒤편, 그러니까 두 사람의 풀밭에서는 절대 보이지 않을 곳으로 통해 있었다. 동굴이라기보다는 양쪽 입구를 연결한 통로인 셈이었다.

그러나 그리로 가보니 아래는 천길 낭떠러지였다. 길은 위험천만하게도 절벽을 빙글빙글 돌아가며 나 있었다. 누군가가 만든 길 같긴 한데 한 사람이 겨우 지나갈 정도로 좁고 울퉁불퉁했다. 주위에는 거머잡을 만한 것도 없었다. 그런 것쯤

주의하면 된다고 쳐도, 다프넨에게는 윈터러가 있었다. 등에 멘 검은 가로로 튀어나와 있기 때문에 자칫 검이 벽에 걸려 발이라도 헛디뎠다가는 그대로 끝장날 것이 뻔했다.

동굴로 돌아온 다프넨은 궁리 끝에 윈터러를 풀고 띠를 고쳐 등뒤에 잡아맸다. 상당히 고심해서 떨어지지 않도록 잘 묶었다. 잘못했다간 검이 절벽 밑으로 떨어져버리는 일이 벌어질지도 모르니까. 도로 주우러 내려갈 만한 골짜기는 절대 아니다.

그런 다음 그는 절벽 길에 도전했다.

몸을 벽에 바짝 붙이고 조심조심 걸었다. 언뜻 옆을 내려다보니 저절로 식은땀이 흘렀다. 길은 절벽 중간까지는 잘 통했다. 이런 길을 대체 누가 만들어놨을까 하는 생각이 들 즈음 길은 점차 좁아지더니, 끊어져버렸다.

"이런······."

몸을 돌리기조차 힘든 상황인데 눈앞에 길이 없으니 황망한 노릇이었다. 발밑을 살피던 눈으로 까마득한 허공을 내려다보니 더럭 겁까지 났다. 왜 여기까지 왔을까. 이런 위험을 무릅써야 할 이유는 전혀 없었는데.

그때였다.

하얀 새 한 마리가 날아 내려오너니 눈앞의 허공에서 멈춰 퍼덕거렸다. 다프넨의 시선이 따라가자 새는 약간 멀어졌다.

그제야 그의 눈에도 보였다. 발밑만 보고 걷느라 발견하지 못했던 것이. 상상도 못 한 광경이었다. 입이 저절로 벌어졌다.

"어떻게 저럴 수가…… 있지?"

바위가 허공에 떠 있었다. 천지사방에 닿는 것 하나 없는데 그냥 덩그러니 떠 있었다. 손이 떨려서 눈을 비비기도 힘들었다. 섬뜩한 광경이기까지 했다. 들어와서는 안 되는 비밀스러운 마법의 영역에 잘못 발을 들여놓은 것 같았다.

조금 정신을 차리고 나서 다프넨은 바위를 관찰해보았다. 일단 생김새는 둥근 바위를 반으로 자른 것처럼 위쪽이 평평했다. 사방 두어 걸음 정도 되는 넓이였다. 바위까지의 거리는 열 걸음 정도? 그리고 다프넨이 서 있는 곳보다 약간 높았다. 여기서 저기까지 뛰는 것은 당연히 불가능하고…… 아니, 누가 저 위로 가라고 한 건 아니잖아?

퍼득…….

세 마리의 새가 다시 다프넨이 있는 곳으로 내려와 작은 포물선을 그렸다. 모두 네 마리가 된 새들은 허공에서 날개를 접더니 마치 어딘가에 발을 딛고 앉은 듯한 자세로 멈췄다. 네 마리가 줄지어, 흡사 자신들을 하나씩 밟고 바위가 있는 곳으로 가라는 것처럼.

뗏똑.

새 한 마리가 가볍게 뛰어올라 한 뼘 옆으로 옮겨갔다. 날개를 접은 자세 그대로였다. 다른 새들도 비슷한 동작을 취하며 좌우로 움직였다. 그제야 다프넨도 깨달았다. 비록 보이지는 않지만 저곳에는 발판이 있다!

허공에 떠 있는 바위와…… 보이지 않는 계단?

이쯤 되자 시험을 받고 있다는 생각이 머리를 파고들었다. 돌아서고 싶지 않다는, 불합리한 감정이 서서히 스며 올라왔다. 이렇듯 자신을 오만하게 시험하는 소녀가 낸 문제, 그걸 풀어서 자신을 증명하고 싶었다. 왜 그랬을까. 본래 그는 남의 평가 따위에 마음 쓰는 사람이 아니었는데.

깊이 숨을 몰아쉰 다프넨은 대담하게 허공을 향해 한 발을 내디뎠다. 그 순간 자신이 무엇을 생각했는지 몰랐다. 마법이라고 믿었다. 그를 데려가줄 것은 마법이라고.

발이 닿았다.

"……."

다시 한 발, 또 한 발을 디뎠다. 예외 없이 바위처럼 단단한 계단이었다. 투명한 계단을 거쳐 드디어 허공에 뜬 바위에 도착했다. 거기서 고개를 젖혀 위를 바라보았다. 햇빛이 만드는 오묘한 그림자와 계속되는 마법의 계단……. 다시 올랐다. 새들이 계속 옮겨 앉으며 걸음을 인도했다. 이미 신비로운 감정에 사로잡힌 다프넨은 이 새들이 어째서 이토록 인간의 일을 잘 해내는지 의심하지도 않았다. 그저 오를 따름이었다.

햇빛 가운데로 나아가고 있었다.

절벽 위에 춤추는 수십의 날개, 수천의 깃털을 보았다. 나부끼는 깃들 사이로 축복처럼 빛이 쏟아졌다. 투명한 샘도 보였다. 그리고 그 모든 것에 둘러싸인 사람을 보았다. 기원을 드리듯 높이 든 두 손, 요정인 양 빛나는 짧은 금발, 날리는 소맷자락, 대리석을 깎은 듯한 목선을 가진 가장 비현실적인 소녀가 그곳에 있었다.

소녀의 내민 손끝에 올라앉았던 새 한 마리가 날개를 펴고 날아올랐다. 가볍게 들린 턱이 빛에 감싸여 수려한 곡선을 그렸다. 이슬렛은 처음 보는 하얀 긴치마를 입고 있었다. 반짝이는 바람이 치맛자락을 휘감아갔다. 그녀가 다프넨이 올라온 쪽으로 고개를 돌리는 순간이었다.

"아⋯⋯."

무엇 때문에 당황한 것일까. 발이 허공을 딛고 말았다. 비틀, 하며 쓰러지는 순간 지금까지 딛고 오던 계단이 세차게 부딪쳐와 입술이 찢어졌다. 분명 그걸 밟으며 왔는데도 무심코 존재를 불완전하게 느끼고 있었던 것이다. 하지만 그런 것을 생각할 때가 아니었다. 간신히 투명한 돌 하나를 부여잡는 데 성공했으나 그 순간, 돌이 불안정하게 휙 돌았다. 다프넨은 그만 손을 놓치고 말았다.

작은 돌처럼 떨어져갔다.

무엇을 느낄 사이도 없이. 귓가의 세찬 바람도, 멀어져가는 빛도, 죽음에 대한 공포조차도.

그것이 느려지는 듯했던 것은 착각이었을까?

"아아……."

다프넨의 몸은 허공에 떠 있던 돌들처럼 멈추었다. 시간이 멈추기라도 한 것처럼. 그러더니 서서히 위로 오르기 시작했다.

속도는 느렸다. 하지만 분명 떠오르고 있었다. 나는 것과는 다르지만…… 무엇도 잡지도 딛지도 않은 채 허공에서 움직이고 있었다!

귓가를 파고드는 소리가 있었다. 노래였다.


라라라라라……


잘 알아들을 수 없는 발음 때문일까, 단지 그렇게만 들리던 노래는 차츰 가까워지자 지금껏 한 번도 들어보지 못한 신성한 음향으로 변했다.


푸르라, 무無의 꿈속에서

기어 바의 것을 열어보이리

이솔렛의 목소리였다. 처음으로 들은 그녀의 신성 찬트였다.

말로는 표현 못 할 음색이 다프넨의 귀를, 그리고 드넓은 골짜기를 채우며 퍼져나갔다. 수천의 합창인 양 겹쳐지고 증폭된 음향이었다. 한 인간의 목에서 나오는 노래임을 믿을 수가 없었다. 아름답다는 말만으로는 표현되지 않았다. 온 세상이 귀 기울이며 멈춘 것 같았다.

　닿아라, 바람의 깃이여

　하프와 같은 날개를 펴고서

평소 듣던 이솔렛의 목소리, 약간 낮다 싶던 허스키는 다채로운 자연의 소리를 품은 찬란한 악기로 변했다. 꽃이 피는 소리, 비가 듣는 소리, 숲이 떠는 소리, 흙이 녹는 소리. 저 목소리에 마법이 깃들지 않으면 세상에 마법은 존재하지 않으리라. 다프넨은 자신이 허공에서 떠오르고 있다는 신비로움보다 노래의 마력에 더 사로잡혔다. 신성한 것, 귀한 것, 드높은 것, 모두가 그 속에 녹아 있었다.

샘이 있는 절벽에 이르러, 발이 바닥에 닿았다.

이솔렛은 아직 노래를 멈추지 않았다. 그녀의 신성 찬트가 자신을 살려냈다. 틀림없었다. 그 순간만은 그 누가 아니라 해도, 그만은 믿었을 것이다. 노래가 속삭임으로 바뀌어갔다. 아직 감격에서 깨어나지 못한 채로 다프넨은 다가가 손을 내밀었다. 이솔렛의 목에 두 손가락을 댔다. 평소라면 감히 하지 못했을 행동이었다.

"계속, 그대로 조금 더 노래해줘요."

따뜻함, 그리고 가느다란 떨림이 손가락을 통해 전해져왔다. 온몸에 전율이 일었다. 그녀의 마력이 그에게 넘어오는 것처럼, 가누기 힘든 감정의 물결이 밀려들었다.

"……."

이솔렛은 두 소절 정도 더 노래하다가 천천히 멈추었다. 그리고 하늘 한 조각이 담긴 눈동자로 소년을 응시했다. 다프넨은 띄엄띄엄, 그러나 분명하게 말했다.

"당신…… 아름다워요……. 정말로…….."

당신의 목소리가 아름답다, 라고 말하려 했었다. 그러나 '목소리'라는 단어는 입술 사이로 흘러버리고, 나온 것은 그 말뿐이었다. 이솔렛은 눈을 약간 크게 떴다가 입술을 오므리고 한 발짝 물러섰다.

푸드덕…….

흰 새들이 날아와 주위를 감쌌다. 이솔렛은 샘가에 앉아 두 손을 담갔다. 그 곁으로 새들이 모여들어 날개를 접고 물을 쪼았다. 다프넨은 셜떡 아래로 밀어져가는 괭믹힌 흡곡과 떠처럼 흐르는 강을 내려다보았다. 그가 밟고 올라온 투명한 돌들이 그림자를 드리울까 생각하면서.

이솔렛이 한 번 노래한 것은 수십 일 동안 안 되는 가락을 억지로 연습하며 실랑이한 것보다 훨씬 효과가 있었다.

너무 일찍 와서 혼자 있던 이솔렛을 방해한 셈이었지만 그녀는 화를 내지 않았다. 그날 절벽 위에서 둘은 번갈아 나직이 노래 불렀고, 이솔렛은 몇 번인가 고개를 끄덕여주었다.

새에 대한 이야기도 들었다. 흰 새들은 섬의 전령들로서 때로는 먼 대륙까지도 간다고 했다. 인간의 말을 알아듣는 것은 물론이고 의사를 표현하거나 심지어 충고조차 할 수 있다고 했다. 이 현명한 동물들의 조상은 먼 고향 왕국에서 온 몇 마리의 새였다. 그들의 정확한 지능은 단언하기 어려웠다. 물론 이솔렛 혼자만의 새들은 아니었다. 그러나 새들은 섬에서 단 하나 남은 신성 찬트의 전승자인 이솔렛의 목소리에 민감하게 반응했다.

요즘 섬에서는 육체적 강함만이 최고로 여겨져 노래 같은 것을 배우고 싶어 하는 사람이 없었다. 겪어볼수록, 은둔할 성격이 아닌데도 스스로를 고립시키며 살아온 이솔렛 역시 굳이 제자를 찾으려 하지 않았다. 그러나 섬의 사제들로서는 그런 중요한 전통이 전승자 없이 사라져선 곤란했다. 그래서 그들은 두 사람의 수업에 깊은 관심을 나타냈다.

실은 이슬렛이 누군가를 가르칠 마음을 냈다는 것부터가 놀라운 일이었다. 이슬렛이 '공주'라는 별명을 얻은 것은 우연이 아니었다. 아직 이유는 몰랐지만 섬에서 나이 많고 현명한 자들조차 열일곱 살에 불과한 이슬렛을 함부로 대하지 못했다. 다프넨은 이슬렛이 일부러 마을에서 멀리 떨어져 혼자 사는 것도 이런 대접이 불편하기 때문이 아닐까 생각해보았다.

'저 보이지 않는 계단은 아버지께서 발견하셨고, 오직 내게만 알려주신 거야. 그러니 너도 비밀을 지켜줘.'

이슬렛은 새 한 마리를 무릎에 앉히고 쓰다듬으며 말을 이었다. 하얀 머리카락이 새의 동그란 머리에 갸웃이 닿아 있었다.

'지금껏 나 말고는 이 새들만이 알고 있었어.'

'그런 것을 왜 제게 알려주셨죠?'

'새들이 알려준 거지.'

이슬렛은 새들더러 다프넨을 이곳으로 인도하라고 한 일이 없다고 했다. 새들은 왜 그를 도와줬을까?

'이 새는 요즈렐이야. 흰 새 가운데 공주라고 불리지.'

'당신과 같네요.'

이슬렛 앞에서 그 별명을 언급한 일이 한 번도 없었다는 걸 곧 깨달았다. 이슬렛은 표정을 바꾸지 않은 채 말했다.

'그래. 하지만 이 새는 진짜 공주야. 옛 고향 땅에서 온 조

상새들 가운데는 '왕'이 있었고, 이 새는 그 조상새의 후손이거든.'

'섬까지 온 건 몇 마리뿐이었다고 하지 않았어요? 그렇다면 어떻게 왕손이 한 마리뿐일 수가 있어요?'

'그건 이 새들이 정말로…… 왕위를 물려주는 의식을 행하기 때문이지.'

요즈렐의 목에 새의 눈빛과 똑같은 빨간 루비 한 알이 끈에 꿰어져 걸려 있는 것이 보였다…….

"아."

다프넨은 문득 회상에서 깨어나 자신을 부른 사람을 쳐다보았다. 집안에서 그를 부를 사람이라고는 한 명밖에 없었다.

"뭘 그리 생각하냐?"

"이솔렛이……."

거기까지 말하다가 급히 말을 멈추었다. 분명히 약속을 한 터였다. 나우플리온이라 해도 계단에 대한 이야기를 해선 안 되었다.

"이솔렛이 뭘?"

"아, 아무것도 아니에요."

나우플리온은 침대에 앉아 사과 한 알을 장난처럼 깎작대고 있었다. 그는 결국 사과를 한입 베어 물더니 씁쓸한 목소리로 말했다.

"너, 이제 나한테도 비밀이 생기는구나. 아, 왠지 사춘기에 접어든 아들한테 따돌림당하는 아버지의 기분을 알 것 같다. 젠장, 말도 안 돼. 결혼도 못 해본 주제에 왜 이런 궁상스러운 생각만 드는 거지? 이게 다 너 때문이야, 이 나쁜 녀석아."

# 두 가지 음모

론은 트라바체스의 수도였다. 트라바체스의 선제후 열다섯 명 중 단 두 명만이 수도 안에 살도록 허락되었다. 하나는 통령, 또 하나는 평의회 의장.

트라바체스의 신분은 '의원'이라는 이름에서 시작되었다. 세습직인 의원은 백오십여 명인데 줄어들기도 하고 늘어나기도 했다. 줄어드는 것은 주로 항쟁으로 멸망한 경우이므로 비교적 잦았다. 그러나 늘어나는 것은 기존 의원 서른 명의 추천을 받아내야 했으므로 상당한 뇌물이 오가지 않고는 불가능했다. 이런 까닭에 나라의 사정이 좋지 않은 요즘은 계속 의원들이 줄어들고 있었다. 흡사 굶주린 짐승들이 서로를 잡아먹기 시작하는 것처럼, 트라바체스 전역에 항쟁이 불붙고 있었다.

의원들은 저들 구역 내에서 선제후를 선출할 자격이 있었다. 이 과정에도 수많은 비리가 끼어들었다. 선제후는 세습이 아니었지만 대신 종신직이었으므로 기존의 선제후가 죽고 잠깐 동안 힘의 공백이 생기면 새로 선제후가 되려는 의원들이 갖은 모함과 술수를 동원하여 덤벼들었다. 그럼에도 불구하고 종내에는 죽은 선제후의 자식이 새 선제후가 되는 경우가 가장 많았다. 결국 가장 효과적으로 부와 권력을 축적할 수 있는 것은 선제후이기 때문이다.

선제후들은 역시 종신직이자 세습은 아닌 통령을 선출할 권한이 있었다. 저들 중에서. 세습이 아니라고는 했지만 강대한 선제후들은 자기가 죽은 후 자식이 새 선제후 자리에 앉도록 거침없이 각본을 짰다. 선제후 자리를 수없이 물려주어온 결과 자연스럽게 일렉터Elector 칸이라고 불리게 된 가문처럼.

그 가문의 수장인 이반 일렉터 칸은 최근 열다섯 선제후들 가운데 열한 명이라는 유례없는 지지를 업고 통령 자리마저 차지했다. 그래서 수백 년 만에 예상을 벗어난 방식으로 가문의 이름에서 '일렉터'가 떨어져나가게 되었다.

"4익翼, 유리히 프레단, 지금 돌아왔습니다."

무릎을 꿇고 고개를 숙인 사람은 스물 중반의 남자였다. 일현실의 높은 의자에 앉은 칸 통령은 뚱뚱한 몸을 어렵사리 일으키며 턱을 약간 긁었다.

"고향에는 별일 없느냐."

"물론입니다. 염려해주신 덕분입니다."

유리히라는 남자는 정중하게 대답했지만 입가에는 장난기 있는 미소가 엿보였다. 칸 통령이 손짓하자 유리히는 몸을 일으켜 왼쪽으로 가 섰다. 그곳에는 이미 검은 드레스를 입은 여자가 서 있었다. 그녀가 싱긋 웃으며 말을 걸었다.

"꼬마는 잘 크고?"

"누님 염려 덕택에."

여자는 창백한 뺨을 부채로 살짝 가리며 미소 지었다. 서른 살 정도 된 상당한 미인이었다. 잡담이 그치자 칸 통령이 헛기침과 함께 말을 시작했다.

"오랜만에 네 날개가 다 모였군."

유리히와 검은 드레스의 여자가 선 곳 맞은편에는 두 남자가 서 있었다. 칸 통령의 말이 떨어지자 그들은 동시에 허리를 굽혔다. 칸 통령의 입가에 만족한 미소가 떠올랐다.

"그래, 내가 무슨 일로 간만에 너희 모두를 소집했는지 짐작이 가느냐?"

오른쪽에서 앞쪽에 선 남자가 입을 열었다. 서른 후반에서 마흔 정도로 잡아볼 수 있는, 눈빛이 우울한 남자였다.

"결국 윈터바텀 킷입니까."

네 개의 날개라는 별칭을 가진 이들은 선제후 시절부터 칸 통령을 보좌해온 심복들이었다. 하지만 정치적 의미의 심복이 아니라 칸 통령의 은밀한 지시만을 받는 암살자들로, 공식적인 자리에는 결코 나타나는 법이 없었다. 정쟁이 난무하는 트라바체스에서 권력을 유지하려면 이런 비밀스러운 조직의 뒷받침이 꼭 필요했다. 때로는 이런 암살자들을 어떻게 활용하느냐가 대세를 크게 바꾸기도 했다.

여자가 불평을 했다.

"어쩐지 이럴 것 같았다고요. 꼬마를 뒤쫓는 일이라니 졸리고 한심할 텐데. 그런 것을 꼭 가지셔야 해요, 우리 통령 각하?"

그들 중 4익인 유리히를 제외한 셋은 칸 통령을 오래 모셨다. 칸 통령이 아버지 선제후의 여섯 아들 가운데 후계자로 낙점받고자 온갖 모함과 암살을 서슴지 않던 때, 이들의 존재는 중요한 힘이었다. 그렇게 오래된 사이다 보니 말하는 것에도 별 거리낌이 없는 편이었다.

칸 통령은 너털웃음을 터뜨렸다.

"그래, 무슨 일이 있어도 가져야겠다, 마리노프. 내가 너희를 굳이 부른 건 소년이 렘므 땅으로 도망쳤다는 소식이 들어와서다. 너희는 여러 가지 이름을 갖고 있으니 외국으로 달아난 자를 추석하기에 석석이겠지. 유리히, 렘므 국적쯤은 어렵지 않겠지?"

"저는 렘므의 항구도시 나르닛사 출신이잖습니까?"

내키기만 하면 조작 따위는 문제도 아니라는 의미였다. 유리히의 능청에 다들 웃음이 터졌다. 다른 사람들 앞에서는 극히 권위를 세우는 칸 통령도 이들 앞에서는 담백한 태도를 보였다. 아니, 실은 그럴 필요가 있었다.

"그래, 그러면 일단 너와 류스노가 가라. 같이 행동해도 좋고, 어쨌든 렘므에서 소년의 자취를 찾거든 연락을 보내는 거다."

"연락이라고요?"

유리히가 불만스럽게 되뇌자 칸 통령이 말을 이었다.

"만일 소년이 아직 혼자고 보물도 가지고 있다면 너희가 빼앗아 공을 세우는 것도 좋겠지만, 그런 어린아이가 보호자도 없이 지금껏 혼자 버텼을 리가 만무하겠지. 그러니 섣불리 행동하지 말고 정확한 정보를 얻거든 곧장 지원을 요청해라."

류스노와 유리히를 보내는 것은 치밀함과 속도를 택했다는 의미였다. 나머지 두 사람은 그들 둘에 비하면 전투에 강했다.

유리히가 대답했다.

"하긴, 그런 식이라면 벌써 다른 녀석에게 물건이 넘어가 버렸을 수도 있겠군요. 알겠습니다."

"이번엔 물건 갖고 달아나면 안 돼."

마리노프가 농담조로 경고를 보냈다. 유리히는 전부터 오래된 물건에 대한 애착이 유별나서 일을 다 잘 처리해놓고 은 근슬쩍 한두 개 자기 주머니에 집어넣는 버릇이 있었다. 유리히는 당황한 빛을 보였으나 곧장 너스레를 떨며 말했다.

"누님도 참. 제가 푼돈이나 챙겼지 그런 중요한 걸 집은 적이 있습니까? 통령 각하께서 이번 일을 얼마나 중대하게 생각하시는지 모를 제가 아니잖아요?"

우울한 낯빛의 1익, 류스노 덴이 말했다.

"알겠습니다. 오랜만에 임무를 주셨으니 나름대로 정보를 모아보겠습니다."

류스노가 '정보를 모으겠다'고 말하는 것은 이 마을 저 마을 돌아다니며 수소문이나 하겠다는 의미가 아니었다. 그가 정보를 모으겠다고 말했을 경우, 가져오는 정보의 양과 정밀함은 수십 명을 보내어 한 조사보다도 뛰어났다. 칸 통령도 시시한 일은 그에게 맡기지 않았다. 그의 능력에 대한 모욕이기 때문이었다.

이런 류스노가 좀더 정치 감각이 있었더라면 정치꾼들의 나라인 트라바체스에서 크게 출세할 수도 있었을 것이다. 그러나 그는 큰 그림을 짜는 것에는 관심이 없었다. 주어진 일은 귀신같이 처리하지만, 임무가 없을 때는 한가하게 꽃이나 가꾸고 옷이나 재단하며 나날을 보냈다. 그는 본래 재단사의 아들이었다.

2익인 마리노프 캄브는 어마어마한 도끼를 휘두르는 전사로 도끼들을 무척 좋아해서 수집하기도 했다. 궁성에 나올 경우 여름에도 팔을 덮는 드레스를 입었는데 워낙 근육질이어서 보는 사람마다 흠칫 놀라기 때문이었다. 지금껏 수많은 사람을 죽였는데도 여전히 어린애 같은 성미였고, 그런 성격은 자기가 죽인 사람의 머리카락을 인형놀이하듯 리본에 묶어 보관하는 괴벽으로 발전했다.

　내내 말이 없는 3익은 톤다라는 자였는데 네 날개 가운데 유일하게 이곳 출신이 아닌 레코르다블 사람이었다. 그곳 사람이 흔히 그렇듯 피부가 거무스름하고 머리는 회색이었다. 마리노프보다 나이가 많은데도 3익이 된 것은 칸 통령 밑에 들어온 시기가 늦어서였다. 밧줄과 그물 같은 특이한 무기들을 즐겨 사용했지만, 상대가 매우 강하거나 또는 그를 화나게 했을 경우에는 끝이 셋으로 갈라진 긴 창을 들었다. 그 창이 꿰어 죽인 자의 수는 헤아릴 수 없었다.

　마지막으로 4익인 유리히 프레단은 까불기도 좋아하고 놀기도 좋아하는 청년이었다. 고향땅에 아들을 하나 두었는데 이 꼬마는 친아들이 아니라 길에서 주운 아이였다. 나이 차이도 얼마 나지 않아 아들보다는 동생이라 부르는 편이 적절할 정도였다. 그는 놀랍게도 아이에게 지극정성이어서 요즘은 돈을 벌어야 한다고 입버릇처럼 말하고 있었다. 그의 장기는 날랜 몸과 빠른 발, 그리고 팔랑개비처럼 돌리는 쇠도리깨였다. 그의 가느다란 몸에서 어떻게 그런 힘이 나오는지는 동료들조차 궁금해했다.

"저희 말고 다른 사람이 같은 임무를 받고 있는 것으로 압니다만."

류스노가 신중하게 묻자 다른 세 사람은 약간 긴장했다. 그러나 칸 통령은 상관없다는 듯 대답했다.

"그렇지. 다름 아닌 그 애 삼촌이야."

류스노 역시 말을 돌리지 않고 물었다.

"그 사람이 하는 일이 신통찮습니까?"

"후훗, 그자에게는 그자 나름대로 맞는 일이 있는 거지. 혈연이라는 이점이 있어서 지금까지는 잘해왔지만 지금쯤 그 아이에게 후견인이 있을 것이 자명한 만큼 이젠 너희가 더 잘할 수 있을 거라 생각한다. 그자는 일을 오래 맡겨둔 것에 비해 성과가 적었어."

그러나 칸 통령의 생각은 거기까지가 아니었다. 그는 블라도 진네만이 쓸 만한 자라고 생각하고 있었지만 어디까지나 섬기던 자를 한번 배반했으니만큼 완전히 신용하지는 않았다. 그간의 공을 치하하여 론에 있는 저택까지 사주며 가까이 두었으면서도 만일을 대비해 약점을 집어넣는 것이 당연하다고 생각했다. 칸 통령 역시 전형적인 트라바체스 사람이었다.

이번 일은 결국 습격이 될 듯하니 지략가보다는 암살자인 이들 '네 날개'가 성공할 가능성이 더 컸다. 지금껏 네 날개는 주어진 일에 한 번도 실패한 적이 없었다. 그러니 보이지 않는 경쟁을 시켜놓고, 실패하는 쪽에게 책임을 물을 생각이었다. 어느 쪽이든 그것을 빌미로 더 충성하게 만들 수가 있으니까.

"그렇습니까."

류스노의 담백함은 칸 통령의 이중 계산과는 거리가 멀었다. 이자야말로 트라바체스 출신답지 않은 자였다. 마리노프가 물었다.

"아이는 죽여도 상관없나요?"

칸 통령은 고개를 저었다.

"아니, 안 돼. 그 녀석은 산 채로 데려와라. 상처도 많이 입히지 말고. 다른 한 가지 보물의 행방을 말하도록 해야 할 테니까. 다른 자는 얼마든지 죽여도 좋다. 하지만 혹시라도 인질이 될 만한 자가 있다면 생포해 와라."

많은 상처를 입히면 고문의 효과가 적어지기 마련이었다. 마리노프는 입술을 내밀며 말했다.

"아이, 그러면 결국 아무도 못 죽인다는 얘기잖아요? 서글퍼라."

"대신 인질의 가치가 없는 자를 죽이라고. 누님한테 양보

할 테니까."

옆에서 유리히가 천진한 얼굴로 싱글거리며 거들었다. 그러나 이 젊은이 역시 지금까지 죽인 사람의 숫자가 자기 나이보다 많은 자였다. 마리노프가 씩 웃었다.

"그 약속 믿어도 되겠지?"

류스노와 유리히가 준비를 끝내고 렘므로 출발한 것은 그날 밤이었다. 평소에는 한껏 게으름을 피우지만 일이 맡겨지면 촌각도 지체하지 않는 자들이었다. 칸 통령이 정말로 때가 무르익었다 싶을 때까지 이들을 부르지 않는 것도 그런 이유가 있어서였다. 칸 통령의 마법사 종그날이 두 사람을 단숨에 아노마라드 국경까지 데려다주었다.

류스노와 유리히가 로젠버그 관문에 도착해 조사를 시작하기까지 꼭 이레가 걸렸다.


한때 보리스라고 불렸던 소년 다프넨은 나뭇잎이 우수수 내리는 언덕을 걷고 있었다. 스콜리의 수업도 끝났고, 오늘은 이솔렛에게 다른 일이 있어 하루 쉬기로 한 터였다.

언덕 꼭대기에 오른 그는 잠시 주위를 두리번거렸다. 만나기로 한 사람이 보이지 않았던 것이다. 몇 걸음 더 걷다가 발끝에 뭔가가 걸리기에 내려다보았다. 풀밭 속에 신발 두 짝이 굴러다니고 있었다. 그제야 상황을 눈치챈 다프넨은 싱긋 웃으며 신발을 집어 들고 근처의 수풀을 몇 군데 더 헤쳤다. 예상대로 나우플리온이 세상모르고 낮잠에 빠져 있었다.

"게으른 사제님, 당신의 첫 번째 제자가 왔다고요!"

요즘 다프넨은 곧잘 이런 식으로 말하는 것을 즐겼다. 나우플리온의 정식 제자가 되었다는 사실이 불편만 가져다준 것은 아니었다. 내심 그는 제자로 인정받아 기뻤다. 나우플리온이 쌓인 일들을 처리하느라 바빠서 전처럼 검술 연습을 할 기회는 별로 없었지만. 남의 질투 따위에 우쭐해진 것은 아니었다. 선생 소리조차 듣지 않으려 하던 나우플리온이 자신을 받아들였다는 것, 그것만으로도 충분했다. 또 그와 지내는 것은 본래 재미있었다.

"으음…… 게으른 사제님이라니 너무하잖냐, 버릇없는 제자야. 스승님은 격무에 시달려 한잠 더 주무셔야겠다."

힘들다는 말이 괜히 하는 소리는 아니었다. 네 섬을 일일이 방문해 상태를 확인하고 돌아온 지 얼마 되지도 않았는데 이번에는 마을의 방어 상황 조사에 착수했다. 무기를 비롯한 보급품의 수량 조사 따위가 나우플리온의 성미에 맞을 리 없었다. 지루한 일을 되풀이하느라 요즘 그는 지칠 대로 지쳐 있었다.

"그럼 전 여기서 잠깐 기다리죠."

나우플리온이 몸을 뒤척이더니 웅얼거렸다.

"검의 사제란 무척 피곤한 직업이란다. 나중에 누가 너보고 하겠냐고 물으면 결단코 안 한다고 그래라."

다프넨은 얼떨결에 대답했다.

"네? 네……."

그래서 나우플리온은 다시 잠이 들었고, 다프넨은 풀밭에 다리를 뻗고 앉아 언덕 밑을 내려다보며 생각에 잠겼다. 바람의 뭉툭한 손가락이 길게 자란 풀밭에 이리저리 선을 긋고 있었다. 또는 긴 치맛자락이 쓸고 지나갔다. 짧아진 머리는 바람이 불면 획 뒤집혀 흩날리곤 했다. 예전 누군가의 머리카락도 그랬다는 생각이 들었다. 윈터러를 띠에서 풀어내어 가만히 들여다보았다. 조금만 뽑아볼까 하다가 마음을 바꿔 그대로 두었다.

이솔렛에게 드디어 첫 찬트를 배운 것이 어제였다. 물론 이솔렛처럼 마력을 불어넣지는 못했지만 구조는 외워두었다. 언젠가 그도 마법의 노래를 부를 줄 알게 될 것이다. 자신은 훌륭한 학생은 아닐지 몰라도 언제든 성실한 학생이기는 했다.

아직은 뜻을 잘 모르지만, 나직이 외워보았다.

물속의 구슬 그 안의 세계
네 안의 마법 그 속의 노래

잃은 것을 영원히 버려 성스러워지며 맑아지리라

"그 노래, 이슬렛이 가르쳐줬냐?"

자는 줄 알았던 나우플리온이 불쑥 물었다. 수풀 속에 머리를 묻고 있어서인지 목소리는 한결 먼 것처럼 들렸다.

"네."

"클라자니냐의 찬트구나."

"클라자니냐가 뭐죠?"

나우플리온은 상체만 벌떡 일으켜 앉았다.

"지명이야. 옛 왕국의 지명."

그러더니 다시 물었다.

"정말로 가르치긴 하는군. 이슬렛과는 잘 지내고 있는 거냐?"

단순한 질문을 받은 것뿐인데 순간 뺨이 살짝 붉어졌다. 다행히도 그는 나우플리온에게 등을 돌리고 앉아 있었다.

"많이 좋아졌어요."

"다행이구나."

잠시 사이를 두고 나우플리온이 말을 이었다.

"너를 이슬렛에게 소개할 때 절반은 너를 위해서, 절반은 그 아이를 위해서 그랬다. 너를 위해서가 무슨 얘긴지는 알 테고, 이슬렛은 너무 사람들과 교류를 안 해. 예전엔 그렇지 않았는데."

오랜만에 물어볼 기회를 잡은 것 같아서 말을 꺼냈다.

"당신은 이솔렛을 잘 아시나요? 왜 그렇게 행동하는지 알고 있어요?"

또다시 나우플리온은 말이 없었다. 그러나 평소와는 달리 조금 후 이야기가 나오기 시작했다.

"이솔렛은 돌아가신 검의 사제, 일리오스 님의 외동딸이야. 이솔렛의 아버지는…… 말로 표현하기 힘들 정도로 뛰어난 분이었지. 검술도 독보적이었지만 학문이면 학문, 예술이면 예술, 못하는 것이 없으셨어. 최고의 리라 연주자이자 작곡가였고, 그림 솜씨도 당할 사람이 없었지. 건축 설계에도 정통해서 후세를 위해 많은 스케치를 남겨뒀어. 철학자이기도 했고, 역사가이기도 했고, 심지어 거의 사라진 학문인 수학에도 능통하셨거든."

나우플리온의 목소리는 담담했지만 동시에 진심이 느껴졌다.

"생전에 그분을 존경하지 않았던 사람은 아무도 없었을 거야. 당시 섭정 각하께서도 그분의 학식과 식견에는 고개를 숙일 정도였으니까. 그래, 진정한 의미의 천재였다고 할까. 섬의 긴 역사를 모두 뒤져봐도 그만한 천재는 달리 찾기가 어렵지."

나우플리온의 목소리에는 존경심과 더불어 일말의 그리움

까지 깃들어 있어 다프넨은 신기한 기분이 들었다. 지금껏 본 적이 없는 모습이었고, 또한 나우플리온이 매번 보여준 새로운 면모들 중에서도 가장 놀라웠다. 나우플리온은 다프넨을 제외한 다른 사람들에게는 오만하거나 소탈하거나 둘 중의 하나였다. 심지어 데스포나 사제 앞에서도 그다지 겸손하지는 않았다.

"장서관에 가봤다고 했지? 그곳 책들을 전부 읽은 사람 역시 제로 씨를 빼고는 그분이 유일했을 거다. 제로 씨도 '나무탑의 현자'라고 불리는 사람인 만큼 그분의 좋은 친구였지."

제로의 친구였다면 비슷한 나이였을 것이다. 그렇다면 이솔렛의 아버지는 꽤 일찍 죽은 셈이었다.

"두 분은 협력해서 옛 왕국에 있었다던 마법 기계들을 직접 구현해보려 하셨지만 뛰어난 마법사가 없어서 실패하셨어. 옛 왕국의 물건들 중 두 분이 유일하게 성공적으로 만들어낸 것이 바로 그 장서관이지. 그 외엔 이를테면 하늘을 나는 날개를 만들어낸다든가……."

어쩐지 가나폴리의 비행선이 떠오르는 이야기였다.

"그분의 직분이 검의 사제인지라 검술에 있어서는 제자를 두었지만 그 밖에 다른 것들은 오직 딸에게만 전수하셨거든. 이솔렛이 가르치는 신성 찬트도 그분이 물려준 거야. 그분의 놀라운 업적 중 하나가 새 찬트를 몇 곡 만드신 거지. 찬트뿐 아니라 창작이라는 것 자체가 옛 왕국을 떠난 뒤에는 멈추다 시피 한 것이라서……"

나우플리온이 평소 말하는 방식을 생각한다면 장황하기까지 한 설명이었다. 일리오스의 일을 말하면서 그는 하나의 업적도 축약하고 싶지 않은 듯했다.

"어쨌든 그분은 딸을 사랑하는 마음이 깊었고, 이솔렛이 아버지를 존경하는 마음도 컸어. 그랬던 만큼…… 아버지를 잃었을 때 받은 충격은 대단했지. 정말로, 따라 죽겠다고 하지 않은 것이 신기할 정도로."

"그러면 지금 이솔렛이 갖고 있는 학식도 엄청나겠군요."

나우플리온은 씩 웃었다.

"응, 나 같은 시시한 사제는 비교도 안 되지. 게다가 이솔렛은 아버지를 닮아서 똑똑해. 아마 아버지가 남긴 것들을 정리하면서 새로운 걸 많이 창안해냈을 거야."

나우플리온의 시선이 다프넨을 떠나 허공으로 향했다가, 다시 돌아왔다.

"하지만…… 생전의 아버지와는 달리 아무 결과물도 보여주지 않게 됐지. 아버지의 죽음 때문에 섬사람들을 불신하게 됐거든. 그들을 위해 노력해봤자 돌아오는 것은 아무것도 없다고 생각하는 거야. 아버지가 죽게 됐을 때 아무도 도와주지 않았던 것처럼. 아니, 오히려 훌륭한 만큼 희생이 강요된다고

나 할까."

지금도 마을 안에서 해결하기 힘든 일이 생겼을 때 이솔렛에게 물으러 간다는 것은 소문만이 아니었다. 전승이 끊긴 특수한 지식들에 있어 그녀를 당할 사람은 없었다. 심지어 사제들조차도.

"이솔렛의 아버지께선 어쩌다가 돌아가셨는데요?"

나우플리온은 벌떡 일어나 다프넨의 앞쪽으로 돌아왔다. 그리고 두 손을 벌리며 처연한, 그렇게밖에 표현이 안 되는 미소를 지었다.

"넌 정말 뭐든 다 알려고 하는구나. 좋아. 얘기를 들어봐라."

이어진 이야기는 상상 이상으로 충격적이었다.

네 섬으로 이루어진 달의 섬에서 섬사람들은 가장 살기 좋은 기억섬에 정착했다. 그리고 두 마을을 건설했다. 하나는 현재의 마을이고 또 하나는 북서쪽에 있었다. 두 마을 중에서도 북서쪽의 마을이 훨씬 컸다. 그때는 사제들 가운데 절반이 거기에 살았고, 섭정 각하가 거처하는 곳도 그쪽이었다. 그렇다 보니 북서쪽 마을 사람들에게는 묘한 우월감이 있어 알게 모르게 아랫마을과 알력을 빚었으나 표면적으로 드러나지는 않았다.

현 섭정 각하의 아버지가 섭정으로서 통치하던 마지막 해에 첫 번째 재앙이 터졌다. 역병이었다. 정체 모를 역병은 이

듬해부터 빠르게 북서쪽 마을을 초토화했다. 서클렛의 사제 혼자의 힘으로는 수많은 환자들을 감당할 수가 없었다. 그래서 검의 사제이지만 의술에 뛰어난 일리오스까지 구원에 나섰다. 일리오스의 제안에 의해 두 마을 사이의 소통은 끊겼고, 사람들은 완전히 격리되었다. 그때 섬 인구의 절반이 죽어나갔다.

역병이 잠잠해질 무렵, 살아남은 북서쪽 마을 사람들은 유령 마을이 되다시피 한 그곳을 떠나 지금의 마을로 하나둘 이주해 왔다. 그러나 과거의 알력도 알력이거니와 역병을 옮겨올지도 모른다는 주장이 대두되어 곳곳에서 분쟁이 빚어졌다. 사람들의 텃세에 화가 난 북서쪽 마을 사람들은 도로 자기 마을로 돌아가면서 다시는 저들과 상종하지 않겠다고 으름장을 놓았다. 그리고 치민 울화를 만용으로 바꿔 마을 안의 시체들을 한곳에 모아놓고 불을 질렀다. 장소는 역병이 도는 동안 임시 병원으로 쓰였기에 가장 많은 시체들이 있었던 공회당 뒷마당이었다.

그리고 두 번째 재앙이 닥쳤다.

연일 계속된 여름비로 장작이 젖어 있어서 화장은 사흘 밤낮이 가도록 끝나지 않았다. 화장불은 꺼졌다 다시 피워지기를 수번이나 반복했나. 마낙에 낄틴 시제들이 습기와 온기에 썩기 시작했다. 그리고 나흘째 되는 날, 악취를 풍기는 시체의 산을 뚫고 정체 모를 괴물이 나타났다.

나우플리온은 괴물의 모습을 담담히 묘사했지만 다프넨은 온몸에 소름이 쫙 끼쳤다.

"몸은 안개로 만든 것처럼 어른거리고, 거대한 피막 날개가 넷으로 갈라져 촉수처럼 너울거렸어. 날개 끝에는 발톱들이 이빨처럼 붙어 있었지. 눈 대신 불꽃 두 개가 박혀 있는 머리는…… 글쎄, 뭐라고 설명해야 할까."

에메라 호수에 있던 망령과 똑같지 않은가!

"……."

나우플리온이 말을 멈추고 놀라 다프넨을 보았다.

"왜 그래? 괴물이 진짜로 나타난 것도 아닌데 왜 그렇게 떠는 거야?"

일전에 집안 이야기를 한 적이 있었지만 호수의 망령에 대해 정확히 설명하지는 않았다. 그 장면을 다시 떠올리는 것만으로도 온몸이 후들거리도록 공포가 되살아났기 때문이다. 하물며 입에 올린다는 것은 상상도 할 수 없었다. 괴물 앞에서 벌어진 일은 다프넨의 가장 아픈 기억이기도 했다.

"계속…… 얘기해주세요……."

다프넨은 간신히 마음을 가라앉혔다. 이건 옛이야기에 불과해. 망령은 이제 나타나지 않아. 적어도 여기엔.

나우플리온은 다프넨의 반응이 신경쓰였는지 일부러 건조

하게 이야기를 이어나갔다. 괴물은 북서쪽 마을로 되돌아온 사람들을 모조리 죽였다. 불행인지 다행인지, 그 이야기에서는 상처만 입고 살아나 결국 광기로 죽어간 사람은 없는 모양이었다. 살아남은 자가 한 명도 없자 괴물은 홀로 마을을 차지했다. 그러나 아랫마을로 내려오지는 않았다.

북서쪽 마을에 벌어진 비극은 뒤늦게, 당시 지팡이의 사제가 마법으로 비추어보고서야 알려지게 되었다. 즉각 비상 회의가 소집되었다. 전사들이 파견되었지만 순식간에 몰살당했다. 이미 역병으로 많은 사람이 목숨을 잃은 상태에서 저 괴물의 존재는 순례자들을 전멸로 몰고 갈지도 모를 중대한 문제였다. 다시 한번, 일리오스 사제를 중심으로 원정대가 조직되었다. 그때 이솔렛은 열두 살이었다.

"일리오스 사제님에게는 세 명의 제자가 있었어. 그중에서 실력이 모자라는 셋째 제자는 남겨두고 나머지 두 사람이 행동을 함께하기로 했지. 그때 이솔렛은, 아버지가 어떤 곳에 가는지 알고는 죽어도 따라가겠다고 덤볐어. 떼어놓으려 묶어놓지 않으면 안 될 지경이었지."

나우플리온의 목소리가 서서히 낮아졌다.

"군수와 검사, 마법사를 합해 스무 명으로 이루어진 원정대는 절반은 죽음을 예감하며 북서쪽 마을로 나아갔지. 그중에는…… 철부지 검사였던 나도 있었다."

문득 궁금해졌다. 나우플리온은 일리오스 사제의 제자가 아니라고 했는데 그러면 누구의 제자였을까?

"싸움 얘긴 자세히 하지 말자. 어쨌든 악취가 풍기는 그곳에서 무너진 건물들을 이용해가며 하루 밤낮 동안 처절한 전투가 벌어졌어. 결국 일리오스 사제님과 그분의 둘째 제자, 그리고 나만이 남았지."

맑은 오후였던 들판에 갑자기 구름이 몰려들었다. 거친 바람이 뭉쳐진 풀들을 소리 내어 가르기 시작했다.

"일리오스 사제님은 나를 불러서 몇 가지를 일러주며 마을로 돌아가라고 하셨고…… 나는 그 말에 복종해야 했어. 결국 괴물은 소멸되었지만 사제님도, 남은 제자 한 사람도 목숨을 잃었다. 다시 말해 원정대에서 살아남은 사람은 나 하나였어. 돌아온 나는 그분의 뒤를 이어 검의 사제가 되었고."

나우플리온은 비가 올 듯 어두워진 하늘을 올려다보더니 말했다.

"이만하면 왜 이솔렛이 나를 싫어하는지 알겠지?"

나우플리온의 이야기에는 모호한 점이 있었다. 이솔렛이 그를 싫어하는 이유는 이해가 갔지만 자신이 아는 나우플리온이라면 결단코 하지 않았을 일들이 해명되지 않은 채 넘어갔던 것이다. 괴물과의 마지막 전투를 앞둔 절체절명의 순간, 나우플리온이 동료들을 내버리고 도망칠 사람이던가? 검의 사제니 뭐니 하는 명예를 갖고 싶어서? 그리고 일리오스 사제는 왜 자기 제자를 놓아두고 제자도 아닌 나우플리온을 내려보냈을까? 게다가 한 명의 도움도 아쉬운 판국에 나우플리온을 살려 보내고 결전을 벌일 정도면 마지막을 위해 준비한 뭔가가 있었다는 이야기인데, 왜 그런 것을 처음부터 사용하지 않았단 말인가?

나우플리온이 앉았던 자리에서 일어나 주위를 두리번거렸다. 하던 이야기는 다 잊어버린 것 같은 목소리였다.

"그만 내려가자. 비가 올 것 같은데."


막대호신술 선생 질레보가 사는 집은 마을 중심부에서 뚝 떨어진 곳에 있었다. 그의 집에서 산비탈을 타고 반시간 정도 올라가면 한때 일리오스 사제가 지었던 여름 거처였으나, 지금은 이솔렛이 혼자 사는 집이 있었다.

밤늦은 시각인데도 질레보의 집에는 아직 불이 밝혀져 있었다. 초를 만들 재료도 부족하고 램프에 넣을 기름은 더더욱 모자란 섬에서 그런 일은 대단한 사치에 속했다. 물론 질레보 선생이 사치를 부릴 입장은 아니었다. 그러나 오늘 그는 일생일대의 중대한 계획을 짜고 있었기에 램프 기름 따위를 아낄 계제가 아니었다.

지금까지 질레보에게는 용서할 수 없는 인간이 둘 있었다.

첫째는 나우플리온이고 또 하나는 헥토르였다.

헥토르에 대해서는 '용서할 수 없는'과 같은 식으로 표현하는 것이 다소 과할지 모른다. 그러나 나우플리온이라면 이보다 더 적절한 단어를 찾을 수 없을 정도였다. 그는 나우플리온을 극도로 증오하고, 혐오하고, 그리고 질투했다. 본격적인 시작은 일리오스 사제의 죽음이었으나 연원은 좀더 오랬다.

질레보는 나우플리온보다 두 살이 많았다. 그는 평범하고 이상적인 가정에서 자랐다. 그러나 사생아 출신에 부모도 없는 나우플리온보다 검술에 있어 늘 한 발짝씩 처졌다. 세월이 더 흐르자 그건 한 발짝이 아니라 여러 발짝, 아니 아무리 기를 써도 좁힐 수 없는 거리가 되고 말았다. 그런 질레보가 단 한 번 나우플리온에게 승리한 적이 있었다. 바로 일리오스 사제의 제자로 들어간 일이었다.

순례자들의 스승이자 우상인 일리오스 사제의 정식 제자로 선택받았을 때 그는 미칠 듯 기쁜 나머지, 일리오스 사제에게 이미 두 명의 제자가 있다는 사실도 잊어버리고 차기 검의 사제로 낙점되기라도 한 양 좋아 날뛰었다.

그랬다. 그가 바로 실력이 모자라 원정대에 참여하지 못하고 마을에 남았던 세 번째 제자였다.

반면 또래들보다 월등히 뛰어났던 나우플리온은 끝내 일리오스 사제의 제자가 되지 못했다. 그 일에는 복잡한 곡절이 있었으나 질레보에게는 중요한 일이 아니었기에 관심도 없었다. 결론적으로 그는 이겼다고 생각했던 것이다. 그러나 두 번의 재앙으로 일리오스 사제와 두 선배가 죽고 나자, 새로운 검의 사제가 된 사람은 자신이 아닌 나우플리온이었다.

실력 없는 자에게 시시한 검술을 배웠던 그가! 일리오스 사제의 정식 제자인 자신을 제치고!

결국 스콜리에서 막대호신술이나 가르치는 선생이 될 수밖에 없었던 질레보는 그후로 나우플리온에 대한 일이라면 늘 게거품을 물었다. 그런 나우플리온이 사제직을 내팽개치다시피 하고 훌쩍 대륙으로 떠났을 때 다시 한번 혹시나 기대를 품었던 것도 사실이었다. 그러나 오 년이나 되는 세월이 흐르는 동안 섭정 각하도, 다른 다섯 사제들도 검의 사제를 다시 뽑아야겠다는 말을 입에 올리지도 않았다. 그리고 밉살스러운 나우플리온은 실컷 게으름을 피우고 놀다가 흥밋거리가 다 떨어지고 나니 슬금슬금 돌아와 당연한 듯 자기 자리를 도로 꿰찼다.

깃펜을 움직이던 질레보의 손이 미세하게 떨렸다. 자기 이름이 왜 질레보, 즉 '질투'인지 일찌감치 깨달았어야 했다. 그는 나우플리온이 죽어 없어지지 않는 한 미망에서 놓여날 수 없는 운명이었다.

그런 질레보에게도 한 가지 희망이 있었다. 나우플리온이

몹쓸 병에 걸려 오래 살지 못한다는 소문이었다. 소문이다 보니 누구도 사실 여부를 확인해주지 않았지만 꽤 오래 사라지지 않는 것을 보면 전혀 신빙성이 없는 이야기는 아니었다. 그럴듯한 추론도 있었다. 누군가는 나우플리온이 북서쪽 마을의 괴물과 싸우던 당시 치명적인 상처를 입었다고 했다. 누군가는 그가 우레의 룬을 내던지고 대륙으로 떠난 것도 병을 고칠 약을 찾으려 했기 때문이라고 했다.

그래, 좋았다. 질레보는 그것을 믿기로 했다. 질레보와 나우플리온 또래의 젊은이들은 재앙이 벌어졌을 때 너무 많이 죽었기 때문에 만일 나우플리온이 죽는다면 검의 사제가 될 재목은 자기밖에 없었다. 오래 걸리더라도 기다릴 가치가 있었다. 그런 그에게 또 다른 적색 신호가 나타났다. 바로 헥토르였다.

헥토르는 섭정 각하의 누이동생의 아들이었으므로 섬 안의 어떤 소년보다도 고귀한 위치에 있었다. 그리고 아직 나이가 어렸다. 이것은 단점일 수도 있지만 동시에 장점도 되었다. 지금 나우플리온이 갑자기 죽어버리기라도 한다면 단점이겠지만, 나우플리온이 한 오륙 년 정도만 더 버텨준다면 장점으로 변하는 것이다.

검의 사제는 다른 어떤 사제직보다도 육체적인 능력이 많이 요구되었다. 그래서 마흔에서 쉰 사이에 물러나는 것이 일반적이었다. 너무 나이든 사람을 검의 사제로 임명했다가 잠깐 사이에 다시 바꾸면 혼란만 초래하기 때문에, 검의 사제가 생각 외로 일찍 죽었을 경우 차라리 젊은 사람을 택하고 원로들을 비롯한 다른 사제들이 도와주는 형태를 취했다. 즉, 상황은 간단했다. 헥토르가 스물을 넘기면, 차기 검의 사제의 자리는 헥토르의 차지였다.

게다가 이 소년은 갈수록 일취월장하는 실력을 보여주고 있어서 많은 섬사람들의 이야깃거리가 되었다. 아부나 과장을 좋아하는 사람들은 일리오스 사제 같은 사람이 한 명 더날 거라고 떠벌리기도 했다. 그런 소문에는 질레보조차 코웃음을 쳤다. 일리오스 사제 같은 사람이 어디 그리 쉽게 태어나는 줄 알아?

어쨌든 이런 상황은 헥토르 자신도 충분히 인지하고 있었다. 그러니 자기 자리를 공고히 하기 위해 나우플리온의 제자가 되고자 그토록 집착했던 것이다.

그런데 낯선 소년 하나가 대륙에서 들어오면서 상황은 완전히 뒤집어졌다. 헥토르가 다프넨에게 불타는 적개심을 보이는 것과 마찬가지로 질레보에게도 다프넨만큼 위험한 존재가 없었다. 영영 제자를 거두지 않을 줄 알았던 나우플리온의 첫 제자였고, 게다가 헥토르와 맞먹거나 오히려 더 뛰어난 실력을 가지고 있었다. 나이는 헥토르보다 어렸다.

질레보에게 필요한 일은 명확했다. 나우플리온이 일찍 죽거나, 아니면 다프넨이 빨리 죽어주거나, 둘 중의 하나다.

헥토르의 존재도 아직 완전히 지워진 것은 아니었다. 세 사람을 동시에 없애버릴 수 있다면 가장 좋겠지만, 나우플리온의 실력은 자신과 비교할 바가 아니었기에 보류할 수밖에 없었다. 그렇다면 모종의 수를 써서 두 소년을 한꺼번에 없애버리는 것이 가장 괜찮은 방법이었다. 나우플리온이 저 다프넨이라는 소년에게 꽤 집착하는 듯 보이는 것도 그에게는 기회였다. 만일 다프넨이 죽는다면 나우플리온도 충격을 받고 검의 사제를 때려치우거나 다시 대륙으로 떠나버릴지도 모른다고 생각했다. 그는 나우플리온이 섬의 아이들에게 품고 있는 혐오감이나 다프넨을 보며 느끼는 희망은 이해하지 못했지만, 그것을 이용해야 한다는 사실만은 본능적인 감각으로 놓치지 않았다.

아마도 싸움을 붙여 서로가 서로를 죽이게 하는 것이 가장 적당할 것이다. 둘 다 죽어준다면 더할 나위 없을 테고, 만일 한쪽이 살아남는다 해도 살인죄를 적용해서 밀어붙이면 제거하는 것은 간단했다. 헥토르의 경우는 신분이 신분이니만큼 아예 제거하는 것은 어려울 수 있지만, 적어도 검의 사제가 되는 길은 막힐 것이다. 소년 시절의 더럽혀진 마음이란 사제가 되는 데 있어 가장 큰 걸림돌이었다.

목표는 확실해졌고, 방법만이 남았다. 이미 질레보는 몇 가지 음모를 짜놓고 실행에 들어가기 전에 장단점을 비교하는 중이었다. 이런 부분만은 어쩌면 나우플리온도, 섬 안의 다른 누구도 질레보에게 대적할 자가 없을지도 모른다.

# 그림자 도시와 죽은 자의 오벨리스크

7월이 왔다.

렘므의 항구 나르닛사의 번화한 거리를 경쾌한 걸음으로 가로지르는 청년이 있었다. 요즘 북부에서 유행하는 오를리 모자(앞뒤가 납작하고 양끝이 치켜 올라간 모자로 오를란느의 수도 오를리에서 유래되어 그런 이름이 붙었다)를 비스듬히 눌러쓰고, 통을 살짝 부풀린 바지에 카키색 양가죽 조끼를 걸친 날씬한 젊은이였다. 손에는 묵직해 보이는 가방이 들려 있었다.

그는 부둣가에 이르러 걸음을 멈추고 주위를 두리번거렸다. 그러다가 어느 범선 앞에서 선원들을 기다리는 늙은 항해사를 발견하고 손을 흔들며 다가갔다.

"이야, 안녕하신가요! 이게 얼마 만이에요? 저 기억하시죠?"

"이보라, 유리치 군이 아니다라? 고거 일 년 만이구다니!"

둘은 반갑게 얼싸안고 인사를 했다. 유리치라고 불린 청년은 곧 눈을 반짝이며 싹싹하게 물었다.

"이야, 아직도 배 타시네요? 노익장도 대단하셔. 어디로 가는 배죠?"

"요 물구정에서 나가는 배가 달리 갈 데라도 있다니? 엘베섬 한 바퀴 휙 돌고 오는 거다라."

"잘됐는데요? 저도 마침 엘베섬으로 가려던 참이었는데. 저 좀 태워주실 수 있나요? 물론 사례는 하고요."

"사례는 무슨 놈의, 그냥 타라! 마침 길손도 없다니. 내 손님이라 하면사, 선장도 별소리 안 하니까너. 퍼뜩 오르라."

잠시 후 유리치는 배 안에 두 개 뿐인 선실 중 하나에 들어가 앉아 있었다. 배는 한 시간 후 출항이었다.

문이 잠긴 것을 확인하자 그는 가방을 열고 검은 가죽을 돌돌 말아놓은 꾸러미를 꺼내 테이블에 놓았다. 한 번 손짓만으로 꾸러미를 맨 끈이 풀렸다. 안에는 반들거리는 단도 다섯 개가 나란히 꽂혀 있었다. 칼날과 자루의 구분도 없고, 폭 반 촌에 길이는 손바닥에 감춰질 성도였다. 하지만 에리함은 손가락도 버터처럼 잘라낼 수 있었다.

그중 하나를 뽑아 왼쪽 소매 속에 집어넣고, 나머지는 조끼 안쪽에 하나씩 주의깊게 꽂았다. 만족한 듯 빈 칼집 주머니를 말아 가방 안에 넣은 그는 이번엔 지도 한 장을 꺼냈다.

직접 그린 렘프 지도였다. 지형이나 큰 도시의 위치 따위는 꽤 정확했다. 거기에 렘프 땅을 질러 빨간 잉크로 그려 넣은 선이 있었는데 그 주위만은 작은 마을도 구체적으로 표시되어 있었다. 빨간 선 주위로 메모가 이어졌다.

로젠버그 관문. 5월 말경 통과.

자로발리 마을. 7월 21일 숙박.

가네로. 7월 27일 출발.

드볼치 광산. 10월중 통과.

단티보. 11월 12일 통과.

모리더 산. 11월 중순경 통과.

헤베브로 마을. 12월 2일 도착.


잉크와 펜을 꺼내 든 유리치는 헤베브로 마을에서 끊어진 선을 티보 만 쪽으로 쭉 이어 그었다. 그 끝에 붉은 점을 그려 넣은 뒤 유려한 서체로 한 줄 써넣었다.

나르닛사. 2월경 도착.

지도는 다시 돌돌 말려 가방 안으로 들어갔다. 모든 준비를 끝내고 침대에 편안하게 앉은 유리치는 기분이 좋은 듯 혼잣말을 했다.

"아무리 추적의 귀재인 류스노 형님이라 해도 이보다 빠르지는 못했을 테지."

그는 칸 통령의 네 날개 중 4익인 유리히 프레단이었다. 그의 트라바체스식 이름은 렘므에 오니 유리치가 되었다. 한때 나르닛사에서 정보를 수집하며 몇 달간 산 적이 있었던 그는 안면 있는 사람들을 손쉽게 찾아냈다. 추적이 끊긴 후 이곳으로 직행한 것도 이 때문이었는데 덕택에 뜻밖의 행운을 잡았다. 문제의 소년도 이리로 왔던 것이다.

아는 사람들을 통해 몇 가지 정보를 조합하자 결과가 드러났다. 소년 일행은 이곳에서 또 한 명의 일행을 만났고, 엘베섬을 한 바퀴 돌아 나르닛사로 돌아오는 배를 탔다는 것이었다. 이 항로의 배를 타는 승객은 티보 만 구경을 목적으로 하지 않는 한 대부분 엘베섬에서 내렸다. 유람 여행이 목적이었다고 하기엔 그들이 탔던 알탄 시그머호는 낡기도 했고, 결정적으로 바삐 움직이는 상선이었다.

류스노와 유리히는 처음엔 함께 행동했지만 모리디 산을 지나 작은 마을 하나를 거치면서 목표의 종적이 묘연해지자

그림자 도시와 죽은 자의 오벨리스크

갈라져서 추적을 계속했다. 유리히가 나르닛사에서 보리스 일행의 흔적을 다시 찾아내기까지 꼬박 열흘이 걸렸다. 춥디추운 렘므의 겨울을 나면서 계속 여행을 했다는 것도 놀라운데, 그자들은 심지어 마을에도 잘 들르지 않았다. 그것 때문에 추적도 이렇게나 힘이 들었다.

"로젠버그 관문부터 나르닛사까지 진짜, 대체 뭘 얻겠다고 이렇게 지독스럽게 돌아다니는 거야? 너희들 발은 동상에 안 걸렸냐?"

하지만 곧 좋은 소식이 생길 것 같았다. 유리히는 침대에 누워 오랜 만에 잠을 청했다.

그러나 그날 오후.

엘베섬에서 유리히를 기다리고 있었던 것은 뜻밖의 결과였다. 엘베섬을 돌며 배들이 정박하는 곳이라 해봐야 빤했는데, 유리히는 그중 가장 큰 항구에서 내렸다. 그리고 스무 걸음도 채 걷기 전에 류스노와 딱 마주쳐버렸다.

워낙 경쟁을 좋아하는 성격이라 추월당했다는 것도 기분이 나빴는데, 심지어 류스노는 예의 우울한 표정으로 추적이 끝났다는 청천벽력 같은 소식을 전해주었다.

"끝이라니요? 그게 무슨 소린가요, 형님?"

"그자들이 여기서 작은 돛배를 샀다는 것까지는 확인했다.

그러나 그다음이 없어. 엘베섬의 다른 어느 항구에도 그들이 돌아온 흔적이 없다. 수정 제도에서 사람이 살고 있다는 곳은 모두 가보았지만 결과는 똑같아."

류스노는 언제 도착한 건지, 벌써 이 근처 섬들까지 모조리 뒤진 모양이었다. 유리히는 형님의 귀신같은 능력에 은근히 화가 치밀기도 하고, 이렇게 흔적 없이 도망친 녀석들이 밉살스럽기도 해서 소리를 치고 말았다.

"아니, 바다에 빠져죽기라도 했단 말인가요? 수정 제도를 넘어가면 얼어붙은 북해가 있을 뿐인데 가면 어딜 간다는 거요?"

마리노프 앞에서 이랬다면 당장 주먹으로 한 대 얻어맞고 비틀거렸을지도 모를 일이었지만 류스노는 신경쓰지 않았다.

"글쎄, 어쩌면 배를 타고 산스루리아로 갔을지도 모르지. 하지만 그런 작은 돛배를 타고 악명 높은 돌풍이 몰아치는 산스루 반도를 넘어갈 수 있었을지 모르겠어. 어쩌면 네 말대로 바다에 빠져버렸을지도 모를 일이야. 어쨌든 이대로라면 산스루리아에 가보긴 해야 할 것 같다."

"산……스루리아라고요? 하!"

유리히는 기가 막힌 나머지 그 자리에서 몇 바퀴 빙빙 돌기까지 했다. 그리고 허공에 대고 시납게 불평을 늘어놓았다.

"허, 그것참! 대륙을 한 바퀴 돌기라도 할 참인가? 돌고 나면 제자리로 오는 거 아뇨? 트라바체스에 죽치고 앉아서 유람 끝내고 돌아오도록 기다리는 편이 나을지도 모르겠네. 이거 똥개 훈련시키는 것도 아니고……."

류스노는 돌아서서 걷기 시작했다. 유리히가 뒤따라가며 소리쳤다.

"정말 갈 참인가요? 산스루리아로?"

류스노는 대답 대신 이렇게 말했다.

"바닷길로 가긴 위험하니 여기서 곧장 남곳으로 가서 새줄리프 지협을 건너 대륙으로 돌아가자. 거기서부터는 긴 여행이 되겠지."

이리하여 칸 통령의 암살자들은 전혀 엉뚱한 길로 접어들게 되었다. 하긴 그들이 북해 너머에 숨겨져 있는 달의 섬의 존재를 짐작하는 것이야말로 불가능한 일이긴 했다. 어쩌면 보리스가 그곳으로 떠나지 않았더라면, 이들의 손에서 벗어나기가 쉽지 않았을지도 모를 일이었다.


7월은 십 년 만에 치르는 칠원례의 달이어서 온 섬이 정신없이 바빴다. 제례가 끝나고서야 겨우 한숨 돌리고 다른 것을 생각할 여유가 생겼다.

다프넨은 그동안 약속대로 모르페우스 사제의 집에 몇 번 갔지만, 사제가 하는 일을 그리 관심 있게 지켜보지는 않았다. 열심히 쳐다본다 해도 알아볼 능력도 없었고, 이렇다 할 결과가 나온다면 사제님이 알려주겠거니 싶었다.

모르페우스 사제의 집은 데스포이나 사제가 '쑥대밭 연구실'이라고 부른 이유를 알 법한 풍경이었다. 책이란 책은 죄다 책꽂이에서 나와 돌아다녔고, 바닥에는 뭔가 잔뜩 쓴 양피지 조각들이 날아다녔다. 커다란 테이블에는 뭔지 모를 그릇과 약병이 즐비해서 자칫 하나 건드렸다가는 줄줄이 바닥에 떨어져버릴 것만 같았다. 그러나 집 안쪽에는 두터운 커튼으로 분리된 공간이 있어서 그 안은 티끌 하나 없이 깨끗했다. 커튼 안에는 마치 묘석처럼 생긴 길쭉한 검은 돌이 놓여 있었다. 표면은 거울처럼 반들반들했다.

다프넨이 찾아가면 모르페우스는 무조건 하던 일을 멈추고 커튼 안쪽으로 들어갔다. 그리고 윈터러를 받아들어 검은 돌 위에 놓았다. 보리스가 한쪽에 놓인 의자에 앉아 기다리는 동안 그는 매번 다른 물건들을 가져와 실험을 했다.

처음과 두 번째엔 아무 반응도 없었다. 세 번째에는 광채 비슷한 것을 보았으나 그뿐이었다. 네 번째 찾아간 날 모르페우스 사제는 구리로 만든 커다란 고리를 가져와서 그 사이에 검을 끼워놓았다. 그리고 고리 한쪽을 잡은 채 늘 하던 대로 분을 외웠다.

반. 시아. 다모르. 잘디.

룬으로 구현하는 마법을 전혀 모르는 다프넨도 모르페우스가 외우는 룬의 조합이 슬슬 익숙해졌다. 모르페우스는 두 가지 물건이 조금이라도 같은 과거를 공유하고 있다면 서로 공명할 것이라고 말했다. 그의 근거 없는 확신에 따르면 윈터러는 만들어진 지 최소 수백 년, 길면 천 년도 넘는 검이었다. 구리 고리는 그들의 옛 왕국으로부터 온 물건이라고 했다.

저번처럼 빛이 나기 시작했다. 고리 주위로 동그란 빛이 번지다가 서서히 검 전체로 퍼져나갔다. 빛은 점차 강해지더니 어느 순간 허공으로 훌쩍 뛰어올랐다. 흡사 호수 속에 큰 바위를 던져서 튀어 오른 물처럼.

치지직!

보리스는 놀라 자리에서 벌떡 일어났다. 튀어 오른 광채는 가라앉을 줄 모르고 흡사 살아 있는 것처럼 허공에서 너울거렸다. 이런 결과는 모르페우스도 예상하지 못한 모양이었다. 그의 엄숙한 얼굴에 흥분이 번졌다.

"드디어……."

빛은 한동안 멋대로 뛰놀다가 점차 구체적인 형태로 변해갔다. 처음에는 산이 되었다. 이어 가늘게 뻗어오르며 날카로운 창 모양으로 변했다. 창 밑에 그것을 쥔 손의 모양이 나타났다. 어떤 끔찍한 존재가 숨어 멋대로 빛을 주무르는 것처럼, 그렇게 또렷한 형태였다.

창 모양이 흩어졌다. 빛은 잠시 수천 개의 작은 점으로 변해 눈송이처럼 흩날렸다. 아니, 정말로 눈보라를 보여주려는 것 같았다. 하늘거리며 떨어진 빛들은 검은 돌에 닿으면 녹아 사라지고, 다시 허공에서 생겨나 떨어지기를 되풀이했다. 다프넨은 눈이 휘둥그레져서 그 광경을 바라보았다.

이윽고 빛송이들이 회오리처럼 돌기 시작하더니 순식간에 가운데로 뭉쳐지며 첨탑 같은 것으로 변했다. 그리고 다시 납작해지며 선반 같은 모양이 되었다. 그다음부터 빛은 갑자기 온몸을 뒤틀며 난잡하게 펄쩍펄쩍 뛰기 시작했다. 날카로운 창에 꽂힌 짐승처럼 솟구치고 곤두박질쳤다. 목소리가 있었다면 비명이 집을 뒤흔들지 않았을까 싶을 정도였다.

다프넨은 그 빛의 감정에 이상할 정도로 동요되었다. 뭔지도 모르면서 안타깝고 괴로웠다. 한참 후, 빛은 서서히 사그라지며 돌바닥에 낮게 깔렸다. 무언가 엄청난 일이 벌어지려 한다는 생각이 갑자기 다프넨을 휩쌌다.

다프넨은 모르페우스 사제를 쳐다보며 뭐라도 말하려 했지만, 문득 모르페우스가 대륙만큼 멀리 떨어져 있어서 아무리 불러도 대답하지 않을 것 같은 생각이 들었다. 그렇게 생각하는 순간, 환하던 방안이 갑자기 한 치 앞도 보이지 않는 암흑으로 변했다. 시슴은 분냉히 넛인네?

들리는 거라곤 자신의 숨소리뿐이었다. 뭔가 엄청난 일이 벌어졌다. 그게 뭔지는 짐작도 가지 않았다.

"후우, 후, 후우, 후……."

아직도 바깥세상은 밝은 것인지, 창문 쪽을 돌아보려 했지만 방향 감각이 사라져서 어딜 봐야 할지 몰랐다. 다프넨은 목소리를 짜내어 모르페우스를 불렀다.

"사제님! 사제님! 모르페우스 사제님! 대답해주세요! 지금 어디 계세요!"

예감대로 아무 대답도 들려오지 않았다.

온몸에 오한이 끼쳤다. 다프넨은 두 팔로 몸을 감싸고 움츠렸다. 움직일 수가 없었다. 지금 발 딛고 있는 곳 외에는 모두 까마득한 낭떠러지라 조금만 움직여도 떨어져버릴 것 같은 기분이었다. 아무것도 보이지 않는 공포가 이렇게 클 줄은 상상도 하지 못했다. 손에 검이 없다는 것도 불안감을 가중시켰다.

아니, 실은 그 검 때문에 이 사태가 일어난 것 아닌가?

그그그그극…….

뭔가를 긁는 소리가 들려왔다. 바로 곁이었다.

그르르르…….

늪의 진흙이 끓는 듯한 소리였다. 저도 모르게 뒤로 물러섰다. 다행히 등뒤는 낭떠러지가 아니었다.

툭, 투둑, 툭.

다프넨은 그것이 핏방울이 떨어지는 소리라고 생각했다.

절실히 그렇다는 직감이 왔다. 그때였다. 머릿속에서 뭔가가 꿍음을 내며 터졌다.

콰콰쾅!

꿍음의 잔상이 사라지면서 목소리가 들려왔다. 머릿속으로만 들리는 전율스러운 목소리였다. 이것에 비하면 에메라 호수의 망령이 그의 뇌리에 박아 넣던 목소리는 어린아이 장난이 아니었나 싶을 정도로.

누가 나를 부르느냐.

산 자의 한계를 넘어, 무한히 존재하는 힘의 음성이었다. 이 세상에 존재할 수도, 존재해서도 안 될 끔찍하고 압도적인 '힘' 그 자체가 다프넨을 향해 건넨 첫마디였다.

다프넨은 정신을 잃었다. 생애 두 번째였다.


"정신이 드나?"

눈을 뜨자마자 다프넨은 빛을 보고 안도했다. 어둠은 사라졌다.

"괜찮은가? 괜찮으면 지금 일어나 앉아봐라."

의술을 담당하는 사제인 주제에 모르페우스는 다짜고짜 그렇게 말했다. 그런데 다프넨 역시 당연한 듯 자리에서 벌떡 일어났다. 그가 누워 있던 곳은 모르페우스의 쑥대밭 연구실 한쪽 구석에 놓인 침대였다.

"괜찮군."

확실히 몸에는 별문제가 없는 것 같긴 했다. 그러나 조금 전에 보고 들은 것은……

다프넨은 모르페우스 사제의 팔을 덥석 움켜잡았다.

"무, 무슨 일이 있었죠? 제가 들은 소리는 뭐였죠? 사제님은 뭘 보셨나요?"

모르페우스는 잠시 우울하게 침묵을 지키다가 일어나 커튼 뒤로 들어갔다. 그는 곧 손에 무언가를 들고 나타났다. 처음에는 뭔지도 몰랐다. 그만큼 모양이 달라졌다.

그것은 윈터러였다.

그러나 자루와 날밑이 완전히 사라졌다. 칼집도 없었다. 남은 것은 차가운 백색으로 빛나는 칼날뿐이었다. 자루 속에 박혀 있었을 슴베도 칼날과 똑같은 재료였던 듯했다. 모르페우스는 윈터러를 수건으로 감싸 다프넨 곁에 내려놓고 말했다.

"뭐라고 해야 좋을지 모르겠군. 일단 미안하구나. 이런 일이 벌어질 줄은 나도 상상하지 못했다. 더 미안한 건 이런 사건을 겪고도 이 검의 역사를 전혀 알아내지 못했다는 거다."

뻔뻔스러운 말투는 모르페우스의 특기였다. 그러나 이어 나온 이야기는 더욱 놀라웠다. 다프넨이 암흑을 보았던 때, 방안뿐만이 아니라 섬 전체가 몇 분 동안 어둠에 잠겼다고 했다.

섬사람들은 크게 놀라 우왕좌왕했다. 벌써 공회당에는 사제들의 비상 회의가 소집되어 있었다. 그러나 상황을 설명할 수 있는 사람은 아무도 없었다. 다시 말해 다프넨이 정신을 잃은 것은 몇 분 전이 아니었다. 지금은 이미 밤이었다.

회의는 아직도 계속되고 있었다. 모르페우스 사제는 환자를 돌봐야 한다는 명목으로 잠깐 빠져나온 참이었다.

"우리, 약속 한 가지만 하자."

"뭐……죠?"

다프넨은 칼날만 남은 윈터러를 내려다보며 섬뜩한 기분에 몸서리쳤다. 고개를 들자 모르페우스가 흡사 미친 사람 같은 눈으로 그를 주시하고 있었다.

"오늘 일, 아무한테도 이야기하지 마라. 친구들은 물론이고 나우플리온 사제님에게도 말해선 안 된다. 아까 사제 회의에 가서도 난 이 일이 어떻게 된 것인지 전혀 모른다고 했다. 이건 내가 아니라 너를 위해서야. 나는 위험한 실험을 한 대가로 사제직을 빼앗기는 정도면 될지도 모른다. 원래 그런 것 따위엔 미련도 없고. 그렇지만 넌 검을 빼앗기는 건 물론이고…… 섬에서 쫓겨날지도 모른다."

모르페우스는 말을 끊었다가 평소에도 무서운 눈을 더 크게 떴다.

"내 말 이해하겠나? 난 아무 생각이 없던 너를 끌어들인

당사자이기에 이 일에 책임감을 느끼고 있다. 그러니 이번 일로 네가 해를 입기를 바라지 않는다."

다프넨은 반쯤 멍해진 상태로 그 말을 다 들었다. 듣고도 실감이 나지 않았다. 갑자기 모르페우스가 다프넨의 어깨를 움켜잡아 흔들며 목소리를 높였다.

"내 말 알아듣나! 심하면 사형을 당할지도 모른단 말이다! 정신 바짝 차려라! 아무한테도 발설하면 안 된다!"

사형이라는 말에 퍼뜩 정신이 들었다.

"왜, 왜죠? 왜 그렇게까지……."

더듬거리며 겨우 입을 뗐다. 모르페우스는 고개를 몇 번 젓더니 물었다.

"너…… 아까 무슨 소리를 들었다고 했지?"

"네, 이상한 목소리가……."

"나는 듣지 못했다. 난 어둠을 봤을 뿐이고, 얼른 램프에 불을 붙였지. 하지만 아무리 불을 밝혀도 저 검을 감싼 시커먼 안개 덩어리만은 밝게 만들 수가 없었어. 그리고 그건…… 너도 마찬가지였다. 너 역시 검은 덩어리에 묻혀 머리끝 하나 볼 수 없는 상태였으니까. 저 검이 정말로 반응하는 건 구리 고리 따위가 아니야. 바로 너, 너 자신이야!"

오한이 다시 찾아왔다. 다프넨은 몸을 움츠렸다. 모르페우스가 말을 이었다.

"어쩌다가 그렇게 됐는지는 모른다. 하지만 넌 저 검의 힘에서 쉽게 놓여나지 못할 거다. 그러니 섬에서는 저렇게 위험한 물건을 가져온 너를 내쫓거나 심하면 죽이려 할 거란 말이야. 안 돼, 안 될 일이지. 오늘 일은 없었던 거다. 하지만……."

그때 다프넨은 잠들어 있던 예지가 오랜만에 되살아나는 것을 느끼며 말했다.

"계속 오라는 말씀이시죠? 비록 더한 일을 겪더라도 비밀을 밝히고야 말겠다고…… 마음먹으신 거죠?"

모르페우스가 단호하게 고개를 끄덕였다.

"흥, 내가 꼴통이라는 소리가 괜히 나온 것이 아니지. 꼴통답게 끝까지 가자고. 너도 갈 테지?"

모르페우스의 눈에서는 미친 사람 같은 의지가 불탔다. 알고 싶은 것을 위해서는 죽음도 두렵지 않다는 의지가.

그러나 다프넨은 두려웠다. 윈터러의 정체를 알고 나면 그다음에는 어떻게 될까? 어쩌면 지금보다 더 끔찍한 일이 벌어지지는 않을까?


다프넨은 모르페우스가 준 큰 천으로 윈터러를 감싸서 들고 그 집을 나왔다.

낮에 나왔는데 밤에 돌아가는 기분이 이상했다. 어둠이 문득 무섭다고 느껴졌다. 전에 없던 일이었다.

애써 마음을 다잡고 걸어갔다. 그날따라 달도 구름에 가렸다. 사람들은 기름과 초를 아끼기 위해 일찍 잠들어 마을은 캄캄했다.

모르페우스 사제는 윈터러가 이렇게 변해버린 이유가 본질로 돌아가려 하는 거라고 추측했다. 그것은 다름 아닌 너, 다프넨과 가까워지려 하기 때문이라고. 거추장스러운 자루니 날밑이니 하는 것들은 어쩌면 검 자체보다 나중에 만들어졌던 것인지도 몰랐다. 그런 것들은 이제 사라졌다. 그가 대륙에서 구했던 칼집조차도. 이제 이 검을 어떻게 다루어야 하는 걸까?

모퉁이가 보였다. 저기를 돌아가면 공회당이 있고, 거기서 동쪽으로 세 번째 있는 집이 그와 나우플리온이 사는 아늑한 보금자리였다. 그 집을 떠올리자 다프넨은 또다시 두려워졌다. 그와 나우플리온 사이에는 거짓도, 숨기는 것도 없었다. 그런데 오늘 있었던 일을 나우플리온에게 말하지 못하는 것이다. 이건 이솔렛이 보여준 투명한 계단의 비밀을 지키는 것과는 판이하게 다른 이야기였다.

아니, 어쩌면 말해도 되지 않을까? 다프넨은 나우플리온한 사람만을 믿고 이곳에 들어왔다. 그런 자신이 나우플리온을 신뢰하지 않는다면 이곳에 있을 이유도 없었다. 섬 밖으로 쫓겨난다 해도 나우플리온과의 신뢰가 깨지는 것보다는 오히려 나을지도 모른다.

거기까지 생각했을 때, 다프넨은 길모퉁이에 놓인 표지석 같은 것을 발견하고 어리둥절해졌다. 언제부터 이런 것이 있었지?

표지석은 몹시 닳아 글자를 알아보기도 힘들었다. 게다가 아는 글자도 아닌 것 같았다. 고개를 들자 이번엔 까마득히 높이 솟은 오벨리스크가 눈에 띄었다. 곳곳이 부서졌거니와 특히 허리 부분이 부러질 듯 아슬아슬했다.

잠깐, 오벨리스크라고? 저런 것은 그동안 섬에서 살면서 단 한 번도 본 기억이 없었다.

다프넨은 저도 모르게 오벨리스크 쪽으로 다가갔다. 발에서 돌 비슷한 뭔가가 밟혀 부스러지는 것이 느껴졌다. 오벨리스크 앞에 선 그는 왼손으로 표면을 만져보았다. 작은 글자들이 빼곡하게 새겨져 있었다. 자세히 보니 절반 정도는 알아볼수 있는 글귀들이었다. 아무 곳이나 천천히 읽어보았다.

레우코시아, 타레이나의 딸은 아들 히에라를 낳던 도중 산고로 죽다. 2845년 4월 9일.

멜타니모스, 이메이히의 아들은 징시긴 권축 도중 떨어지는 석재를 맞고 죽다. 2845년 4월 9일.

티그리스, 판드로소스의 아들은 호랑이를 사냥하다가 얻은 상처로 병이 겹쳐 죽다. 2845년 4월 9일.

히페레노르, 히페레노르의 아들은 백구십팔 년을 산 끝에 삶의 지루함을 이기지 못하고 자살하다. 2845년 4월 10일.

코리트시, 트렐로스의 딸은 친구들과 놀던 도중 실수로 벼랑에서 떨어져 죽다. 2845년 4월 10일.

오벨리스크에 새겨진 것은 모두 그런 것들뿐이었다. 누가 죽다, 또 누가 죽다, 죽다, 죽다. 다프넨은 빙그르르 돌아 다른 면을 들여다보았다. 자신이 왜 그러고 있는지도 모르면서. 뜻밖의 것이 보였다. 아마 아는 이름이었기에 재빨리 눈에 들어왔던 모양이었다.

일리오스, 오모르피아의 아들은 마을을 지키기 위해 이계에서 온 골모답을 살해하고 함께 죽다. 5412년 7월 22일.

틀림없는 그 이름이었다. 이솔렛의 아버지 일리오스. 괴물을 죽이고 함께 죽은 사람.

아니, 아니잖아!

다프넨은 고개를 흔들고 다시 보았다. 글씨는 변함이 없으나 상황을 이해할 수가 없었다. 일단 지금은 오천 몇 년 따위가 절대 아니었다. 어느 나라의 달력을 써도 그 정도의 세월은 나오지 않았다. 게다가 골모답은…… 평생 듣도 보도 못한 이 이름이 그 괴물의 이름이라고? 에메라 호수에도, 이 섬에도 나타났던?

그러나 나우플리온의 이야기에 의하면 괴물의 정체를 아는 사람은 아무도 없었다고 하지 않았나? 누가 그 이름을 알고 여기에 새겨놓을 수가 있지? 더구나 이계에서 왔다는 말은 무슨 뜻인가? 이계란 어디를 말하는 거지? 예전에 진네만 저택에서 항쟁이 벌어졌을 때 소환되었던 크리갈처럼, 이곳 아닌 다른 세계에서 왔다는 말인가?

충격에 휩싸여 급히 더 읽어나가려 했을 때였다. 곁에서 바람 같은 것이 쉭 지나가는 느낌이 들었다. 다프넨은 몸을 홱 돌렸다. 있었다. 다프넨이 선 곳 바로 아래에 쪼그리고 앉아서 철필로 뭔가 끼적이고 있는 존재가.

"뭐, 뭐야!"

다프넨이 깜짝 놀라 뒷걸음질치는 순간, 그자는 고개를 돌려 다프넨을 보았다. 다프넨도 그를 보았다. 비슷한 또래인가? 아니, 더 어려 보였다. 앳되고 귀여운 소년이었다. 몸을 감싼 푸르스름한 광채와 얼굴 너머로 희미하게 비쳐 보이는 오벨리스크만 아니라면.

순간 다프넨은 머리를 퍼뜩 스치는 상상에 당황하여 황급히 주위를 둘러보았다. 그리고 방금 전까지 그를 둘러싸고 있던, 아니 그렇다고 생각했던 마을이 송두리째 사라졌음을 깨달았다. 주위는 처음 섬에 온 날 보았던 이상한 환각, 그 폐허와 비슷했다. 곳곳에 부서져 내린 돌무더기, 쓰러진 채 가로놓인 거대한 기둥, 그리고……

방금 본 것과 비슷한 유령 아이들이 수십 명이나 폐허 곳곳을 돌아다니고 있었다.

"시, 싫……."

다프넨이 정신없이 고개를 저으며 물러나는데 오벨리스크 앞에 쭈그리고 있던 유령 꼬마가 벌떡 일어나 그를 쏘아보았다. 그러더니 곧 의아한 표정으로 날카롭게 소리쳤다.

「넌 뭐야? 어째서 너한테 내가 보이는 거지?」

찌릿, 하고 머릿속을 울리는 목소리였다. 꼬마가 그렇게 외치자마자 제멋대로 떠돌아다니던 다른 유령들이 한순간에 고개를 돌려 다프넨을 쳐다보았다. 수십 개의 시선이었다. 그것도 속이 비쳐 보이는 투명한 눈동자였다.

식은땀이 흘러내렸다. 지금 다프넨이 가진 거라고는 자루조차 사라져버린 윈터러의 흰 칼날뿐이었다.

(4권에 계속)

# 룬의 아이들 – 윈터러 3 : 살아남은 자들의 섬

**1판 1쇄** 2019년 6월 21일
**1판 12쇄** 2024년 9월 11일

**지은이** 전민희

**책임편집** 임지호 ㅣ **편집** 지혜림 이송 ㅣ **일러스트** UK Nakagawa
**표지디자인** 이혜경디자인 ㅣ **본문디자인** 이원경
**저작권** 박지영 형소진 최은진 오서영
**마케팅** 정민호 서지화 한민아 이민경 안남영 왕지경 정경주 김수인 김혜원 김하연 김예진
**브랜딩** 함유지 함근아 박민재 김희숙 이송이 박다솔 조다현 정승민 배진성
**제작** 강신은 김동욱 이순호 ㅣ **제작처** 한영문화사(인쇄) 경일제책(제본)

**펴낸곳** (주)문학동네 ㅣ **펴낸이** 김소영
**출판등록** 1993년 10월 22일 제2003-000045호

**주소** 10881 경기도 파주시 회동길 210
**문의** 031-955-8892(편집) 031-955-2696(마케팅) 031-955-8855(팩스)
**전자우편** elixir@munhak.com ㅣ **홈페이지** www.elmys.co.kr
**인스타그램** @elixir_mystery ㅣ **X(트위터)** @elixir_mystery

ISBN 978-89-546-5655-9 04810
      978-89-546-5622-1 (세트)

엘릭시르는 출판그룹 문학동네의 장르문학 브랜드입니다.